붉은 칼

붉은 칼

정보라 장편소설

아작

인간의 존엄과 권리를 위해
끝이 보이지 않는 싸움을 견디는
나의 동지들에게

차례

제 1 부

1
안개 속의 유령들

    소년은 아름다웠다. 우주선 안은 어둡고 답답했고 앞날은 알수 없었으며 그녀는 두려웠다. 그리고 그녀는 소년과 함께 그 두려움 속에서 많은 날을 보내야 했다.

    제국인은 적에 대해 자세하게 알려주지 않았다. 그저 제국의 영토를 침범한 '괴물들'이라고만 했다. 그 '괴물'이 어떤 존재인지 그녀는 알지 못했다. 물어도 대답해주지 않으리라는 것은 알고 있었다.

    괴물이 무엇인지는 사실 중요하지 않았다. 괴물을 물리치면 자유를 주겠다고 했다. 제국인의 말이니 믿을 수는 없었다. 그러나 자유, 그것은 매혹적인 단어였다. 듣는 순간 희망이 스멀스멀 솟아나게 하는 마법의 단어. 아주 약하고 가느다랗지만 한번 생겨나면 절대로 사라지지 않는, 절대로 사라지게 놓아버릴 수 없는, 희망.

　그래서 그녀는 다른 여자들과 함께 우주선에 올랐다. 제국인을 믿어서는 안 된다고 언니들이 말했다. 멀리 다른 행성에, 혹은 그보다 더 멀리, 상상할 수 없이 먼 다른 은하계 별에 팔려갈지도 모른다고 했다. 그녀도 모르는 것은 아니었다. 생각해보지 않은 것도 아니었다. 그러나 자유를 준다고 했다. 시도조차 하지 않을 수는 없었다. 그리고 시도가 실패하면, 그때는 칼이 있다. 제국인들은 칼을 빼앗지 않았다. 아마 그게 뭔지 몰랐기 때문일 것이다. 매끄러운 붉은 칼집과 그 칼집에 수 놓인 형형색색의 무늬와 무늬 사이사이에 달린 꽃과 나비와 거울 장식을 보고 제국인들은 그것이 뭔가 여자들이 쓰는 장식품이라고 생각했다. 그 안에 숨은 길고 날렵하고 아름다운 칼날에 대해서는 상상하지 못했다. 그녀는 칼날을 숨긴 붉은 비단 칼집을 꼭 안고 배에 올랐다.

　그리고 소년이 그녀에게 왔다.

　거칠고 사나운 남자들과 짐승 같은 제국인들 속에서 소년은 조용하고 부드러웠다. 햇볕에 검붉게 그을었던 소년의 피부는 배 안에서 오래 지내면서 본래의 옅은 갈색으로 되돌아왔고 소년의 머리털처럼 몸의 털도 붉었다. 그녀는 검은 머리카락과 검은 눈동자밖에 알지 못했으므로 소년의 붉은 머리카락과 어두운 녹갈색 눈동자에 놀랐듯이 소년의 신체가 드러낸 붉은 털을 놀라워했으며 소년은 그런 그녀 앞에서 수줍어했다. 그녀가 소년의 성기를 양손으로 감싸 쥐었을 때 소년은 눈을 감고 입을 벌

렸다. 소년의 성기는 부드러웠고 입안에서 조금은 새콤하고 쌉
싸름한 맛을 내며 곧 단단해졌다. 소년은 마치 고통을 참는 것
처럼 눈을 더 꽉 감으며 이를 악물었고 손으로 그녀의 어깨를
더듬었다. 그녀가 손을 내밀자 소년은 고개를 뒤로 젖히고 길고
거친 손가락으로 그녀의 손을 힘껏 잡았다. 그 순간들이 지나간
뒤에도 그녀는 그때 소년의 가쁜 숨소리를 생각하면 불시에 몸
속이 뜨거워지곤 했다.

소년이 사용하는 언어를 그녀는 대부분 알아듣지 못했고 소
년도 그녀의 언어를 거의 알지 못했으나 오랜 시간 함께 지내면
서 둘 사이의 언어가 따로 생겼다. 소년의 처지도 그녀와 크게
다르지 않았다. 제국인들이 쳐들어왔고 마을이 점령당했다. 소
년이 태어났을 때 소년의 행성은 이미 제국인들의 차지가 되어
있었다. 소년의 아버지는 제국인들에게 붙잡혀 그들의 광산에
서 제국인들에게 맞아 죽었고 소년의 어머니는 소년에게 총 쏘
는 법을 가르치다가 제국인들에게 끌려가 사형당했다. 눈앞에서
어머니의 죽음을 목격한 뒤에 소년은 총을 쓸 줄 안다는 이유로
이 우주선에 강제로 태워졌다.

"나는 아마 다시는 고향으로 돌아가지 못하겠지."

소년은 말하곤 했다.

"어차피 그곳엔 아무도, 아무것도 없어."

그렇게 말하는 소년의 눈은 안쪽 깊은 곳에 칼날을 숨긴 것처
럼 강하고 날카롭게 빛났다.

그래서 그녀는 붉은 비단 칼집 안에 숨겨진 칼날을 소년에게

보여주었다.

소년도 제국인들이 그러하듯 총은 알았으되 칼은 알지 못했다. 길고 가느다란 칼날이 배 밑바닥의 어스름한 불빛에 빛나자 소년은 넋이 나간 듯 매혹되어 손가락으로 만지려 했다. 그녀는 소년이 다칠까 봐 깜짝 놀라서 내민 손을 얼른 붙잡았다.

그것이 처음이었다. 소년의 손은 단단하고 거칠었으며, 따뜻했다.

소년의 입술은 따뜻하고 부드러웠다.

어둡고 차가운 배 밑바닥에서, 소년은 그녀가 이끄는 대로 붉은 비단 칼집에 감싸인 칼 곁에 누웠다. 소년은 그녀의 상처와 흉터와 흔적들을 모두 알고 있었으므로 그녀가 소년을 향해 몸을 열었을 때 소년은 몇 번이나 그녀에게 괜찮은지, 정말로 괜찮은지, 진심으로 원하는지 되풀이해서 물었다. 그때마다 그녀는 웃으며 그렇다고, 괜찮다고, 원한다고 대답했다. 그리고 그녀는 소년을 뜨겁게 껴안았다. 소년은 격렬하고 절박했고 그녀를 받아들이는 행위가 마치 쾌락이 아니라 고통인 것처럼 이를 악물었다. 그래서 이번에는 그녀가 소년에게 괜찮은지 물었고 소년은 그녀에게 사랑한다고 대답했다.

그리고 소년은 우주선에서 내리자마자 죽었다.

우주선에서 내린 곳은 하얀 세계였다. 하늘은 뿌연 회색이고 사방이 안개로 덮여 있었다. 바로 발밑의 땅도 하얀 안개로 뒤덮여 제대로 보이지 않았다. 대기가 존재하는 건 확실하지만, 인간이 호흡해도 되는 공기일까? 그녀는 시험 삼아 숨을 들이마셔 보았다. 그리고 곧장 기침하기 시작했다. 안개에서는 쇠 냄새가 났고 숨을 쉴 때마다 목과 가슴이 뭔가로 꽉 조이듯 답답해졌다.

그녀뿐 아니라 다른 사람들도 해치 바깥의 안개를 들이마시고 여기저기서 기침을 하기 시작했다. 어우, 이게 뭐야, 숨 막혀 죽겠다, 여기저기서 불평하는 소리가 터져 나왔다.

"내려!"

제국인들이 고함을 질렀다. 한 명이 다가와 거칠게 그녀의 등을 밀었다. 그녀는 해치 밖으로 떠밀려 비틀거리다 칼집을 놓칠 뻔했다. 소년이 서둘러 따라와서 그녀의 손을 잡았다. 그녀는 간신히 중심을 잡고 소년과 함께 배 바깥의 하얀 세계로 걸어 나왔다.

발이 뿌연 안개 속에 잠겼다. 글자 그대로 한 치 앞도 보이지 않았다.

"아무것도 안 보이네."

소년이 주위를 둘러보며 중얼거렸다.

"이러면 총을 못 쓰는데…."

소년이 걱정스럽게 말했다.

그것이 소년이 남긴 마지막 말이었다. 다음 순간 뿌연 안개 속에서 하얀 빛줄기가 직선으로 뿜어 나왔다. 소년은 어깨에서 허리까지 대각선으로 빛을 받았다. 소년의 몸 오른쪽 절반이 미끄러지듯 잘려 하얀 안개 속에 소리 없이 잠겼다. 이어서 몸의 왼쪽 절반이 역시 소리 없이 무너지듯 쓰러졌다.

그녀는 비명을 질렀으나 그 소리도 안개에 묻혀 마치 옷으로 입을 덮은 채 외치는 것처럼 둔하게 막혀버릴 뿐이었다. 그녀는 쓰러진 소년을 향해 몸을 숙였다. 순간 그녀는 머리 위로 하얗고 차가운 빛줄기가 지나가는 것을 느꼈다. 그녀는 숨 막히는 희뿌연 안개 속에 엎드렸다.

소년의 왼쪽 눈이 그녀의 바로 곁에 있었다. 잘린 몸에서는 피가 흐르지 않았다. 빛줄기가 지나간 곳은 마치 불로 잘 익힌 것처럼 가볍게 그을어 있었다. 소년의 얼굴은 창백했고 입술은 조금 벌어져 있었다. 그녀는 소년과 처음 입 맞춘 순간을, 처음 손을 잡은 순간을, 처음 소년을 받아들인 순간 소년이 눈을 감고 고개를 뒤로 젖히고 지금처럼 저렇게 입을 벌렸던 것을 기억했다. 기억했으나 그녀는 아무것도 느끼지 못했다. 머릿속도 마음속도 텅 비어 그저 그 희뿌연 안개로 가득 찬 것 같았다. 눈물도 흐르지 않았고 더 이상 비명도 나오지 않았다. 그녀는 무감각한 몸을 천천히 일으켰다.

눈앞에 하얀 유령이 있었다. 그녀는 희뿌연 안개에 감싸인 그 하얀 옷을 입은 형체가 제국인들이 말하던 '괴물'이라는 것을 깨달았다.

하지만, '괴물'은 전혀 괴물 같지 않았다. 키는 그녀가 아는 보통의 인간 남성보다 더 컸다. 팔이 두 개 달렸고 안개에 감싸여 잘 보이지 않지만 다리도 두 개였고 팔이 이어진 어깨 위에 목이 있고 머리가 달려 전반적인 형체는 인간과 같았다. 다만 머리 전체를 하얗고 반투명한 둥근 것으로 감싸서 얼굴은 보이지 않았다. 그녀는 괴물의 얼굴을 감싼 하얗고 둥근 물체를 올려다보았다.

하얗고 둥근 물체 뒤에서 제3의 '팔'이 솟아 나왔다. 팔은 하얀 막대 같은 것을 들고 있었다. 막대의 새하얗고 반들반들한 끝부분이 그녀의 얼굴을 향했다. 그녀는 생각할 겨를 없이 칼집을 들어 올렸다.

괴물이 든 하얀 막대 끝에서 새하얗고 눈부신 빛줄기가 쏟아져 나왔다. 그녀가 붉은 비단 칼집을 들어 올리자 그 하얀 빛줄기는 칼집에 맞고 그녀의 얼굴 바로 앞에서 꺾여져 괴물의 다리로 향했다. 짙은 회색 연기가 피어올랐다. 괴물은 연기가 흘러나오는 곳을 찾아 아래를 내려다보았다. 그리고 소년이 그랬듯이 소리 없이 하얀 안개 속으로 쓰러졌다.

그녀는 그 순간을 놓치지 않았다. 쓰러진 괴물의 머리 뒤에서 나온 세 번째 팔을 칼집으로 때렸다. 세 번째 팔이 손에 쥐고 있던 하얀 막대를 놓쳤다. 그녀는 막대를 낚아채며 거의 동시에 뒤로 펄쩍 뛰어 물러났다.

괴물이 다른 두 개의 팔로 땅을 짚고 남은 한쪽 다리로 일어서려 했다. 그녀는 하얀 막대를 괴물에게 향했다. 괴물이 한순간 동작을 멈추었다.

아무 일도 일어나지 않았다. 그녀는 하얀 막대를 다루는 법을 알지 못했다. 튀어나온 곳을 누르거나 밀어 봐도 하얀 막대는 전혀 반응하지 않았다.

반투명한 둥근 헬멧 안에서 괴물의 하얀 얼굴이 잘 보이지는 않았지만 어쩐지 안도의 미소를 지은 것 같았다. 괴물은 다시 다치지 않은 한쪽 다리로 지탱해서 몸을 일으키기 시작했다.

그녀는 쓸모없는 하얀 막대를 허리춤에 꽂았다. 칼집에서 칼을 빼 들었다.

하얀 괴물이 일어섰다. 왼팔을 등 뒤로 돌리더니 어딘가에서 또 다른 하얀 막대를 꺼냈다.

이번에는 빛줄기가 쏟아지지 않았다. 하얀 빛기둥이 칼날처럼 솟아올랐다.

그녀는 칼집으로 조심스럽게 얼굴을 가렸다. 저 하얀 빛기둥이 지나가면 자신도 소년처럼 반으로 갈라질 것이다. 빛줄기가 칼에 맞으면 칼도 잘리거나 망가질까? 만약을 위해서 그런 가능성도 생각해 두어야 했다. 그녀가 가진 칼은 이 한 자루뿐이었다.

확실한 것은 단 한 가지, 저 무기는 빛이라는 사실이었다. 칼집에 붙은 거울에 닿자 빛줄기가 반사되었다. 그 각도가 정확하게 하얀 괴물의 다리로 향한 것은 그저 우연이었을 뿐이었다. 행운이었다.

그녀는 왼손을 높이 들어 칼집으로 얼굴을 가리고 오른손을 뻗어 괴물의 다리를 공격했다.

괴물의 하얀 왼쪽 다리에는 짙은 회색으로 금이 가 있었다. 그 금에서 하얀 액체가 흘렀다. 괴물은 피도 하얀 것일까. 그 하얀 피를 보자 그녀는 어째서인지 머리가 어지럽고 구역질이 났다.

고개를 흔들어 정신을 차리고 그녀는 왼손을 들어 칼집으로 얼굴을 가리고 오른손을 뻗어 괴물의 다친 다리를 공격했다. 칼끝이 괴물의 하얀 허벅다리에 박혔다.

괴물은 억눌린 괴성을 지르며 하얀 빛기둥을 그녀의 머리를 향해 내리쳤다. 그녀는 적의 다리에 박힌 칼을 뽑으며 괴물의 등 뒤로 돌아 도망쳤다. 칼끝이 부러졌다. 뾰족한 끝부분은 그대로 괴물의 다리에 박혀 있었고 그 자리에서는 흰 피가 흘러나오지 않았다.

괴물이 돌아서서 다시 하얀 빛기둥을 그녀에게 향했다. 칼끝이 다친 다리에 박혔는데도 아무런 영향도 받지 않는 것 같았다. 괴물이 입은 옷이 일종의 갑옷 역할을 해주는지도 모른다.

그렇다면 그녀의 유일한 무기인 칼은 아무 소용이 없을 것이다. 칼끝이 부러졌으니 찌를 수도 없다.

갑자기 그녀는 타는 듯한 고통에 비명을 질렀다. 괴물의 하얀 막대에서 솟아난 빛기둥이 칼집을 치켜든 그녀의 왼손목을 스쳐 간 것이다. 그녀는 하마터면 칼집을 떨어뜨릴 뻔했으나 간신히 움켜쥐며 거울이 붙은 쪽을 괴물을 향해 돌렸다. 빛기둥은 거울에 맞아 괴물의 머리 위로 꺾어져 날아갔다.

다친 왼손목을 들여다볼 틈도 없이 괴물은 빛기둥을 그녀의 얼굴로 향하고 돌진했다. 그녀는 뒷걸음질로 피하다가 넘어졌다. 발밑이 온통 희뿌연 안개라서 그 안에 무엇이 있는지 실제로 발이 어디를 디디는지 알아볼 수 없었다.

괴물의 하얀 금속제 신발이 그녀를 향해 다가왔다. 그녀는 칼을 들어 정신없이 휘둘렀다. 칼날이 괴물의 발바닥을 스쳤다.

괴물이 둔한 소리를 지르며 물러섰다.

그녀는 얼른 일어섰다. 빛기둥에 덴 손목이 화끈거렸다.

그녀가 일어서서 다시 칼을 겨누자 괴물이 조심스럽게 옆으로 돌았다. 그녀는 괴물이 왼쪽 다리를 절름거리는 것을 눈치챘다. 아까 하얀 빛줄기가 뚫고 지나가 회색으로 상처가 난 곳이었다. 칼집에 달린 거울이 더 컸더라면, 아니면 괴물에게서 뺏은 저 하얀 막대를 사용하는 방법을 알았다면. 그녀는 절박하게 이런 생각을 하고 있었다.

괴물이 하얀 빛기둥을 빠르게 휘둘렀다. 그녀는 옆으로 피하며 하얀 막대를 든 괴물의 손을 향해 칼을 휘둘렀다. 맞아도 상처를 입히지는 못하겠지만, 뭐라도 해야만 했다.

괴물이 하얀 빛기둥을 그녀를 향해 일직선으로 뻗었다. 그녀는 그 빛기둥을 피해 아래쪽으로 칼을 돌렸다. 빛기둥 끝이 그녀의 오른팔 소매에 닿았다. 연기와 함께 탄내가 코를 찔렀다. 동시에 괴물의 손목에 그녀의 칼날이 스쳤다.

괴물이 또다시 둔한 소리를 냈다. 동시에 하얀 빛기둥이 꺼지고 괴물이 손을 움츠렸다. 그녀는 괴물의 손목에서 하얀 액체가 가느다랗게 흘러나오는 모습을 놓치지 않고 포착했다.

칼날에 베인 건가?

찌를 수는 없어도 벨 수는 있는 건가?

그녀가 혼란스러워하는 사이 괴물이 다시 하얀 빛기둥을 켰다. 그녀의 눈앞에서 거대한 흰 괴물이 하얀 빛기둥을 높이 들어올렸다. 괴물이 그녀를 반으로 가르기 위해 빛기둥을 내리치는 순간 그녀는 괴물의 품 안쪽으로 파고들어 남은 칼날로 괴물의 배를 일자로 벤 뒤에 왼쪽으로 도망쳤다.

칼끝은 부러졌지만, 칼날은 종이를 베듯 쉽게 괴물의 하얀 갑옷을 갈랐다. 칼날이 지나간 자리에서 새하얀 액체가 뿜어져 나왔다.

괴물은 새하얀 빛기둥을 세운 하얀 막대를 여전히 치켜든 채 잠시 그대로 멈추어 자기 배를 내려다 보았다.

그리고 다음 순간 괴물은 희뿌연 안개가 깔린 회색 대지 위로 무너지듯 쓰러졌다.

그녀는 괴물에게 다가갔다. 발로 살짝 건드려 보았다.

괴물이 천천히 고개를 돌렸다. 반투명한 둥근 헬멧 안의 얼굴이 뿌옇게 보였다.

그녀는 쪼그리고 앉았다. 괴물의 머리를 덮은 헬멧을 양손으로 감싸 쥐고 당겼다. 괴물의 얼굴을 보고 싶었다. 자신이 어떤 존재와 싸웠는지, 어떤 존재가 소년을 죽였는지 알고 싶었다.

괴물은 여자였다. 이 종족에게도 그런 구분이 있다면 그 섬세하고 매끈한 얼굴은 분명 여성의 것이었다.

여자는 숨을 가쁘게 쉬었다. 가슴이 급하게 오르내렸고 입술까지 새하얀 입을 크게 벌리고 있었다. 반투명한 피부는 푸르스름하게 보일 정도로 새하얀 색이었고 머리카락과 눈썹까지 모두 희었다. 눈은 언뜻 보면 눈동자까지 하얀 듯 보였다. 조금 더 가까이서 보니 홍채는 이 행성의 하늘처럼 뿌옇고 아주 옅은 푸르스름한 회색이었다.

그 연푸른 회색 눈동자가 그녀를 쳐다보았다. 그녀도 마주 쳐다보았다.

하얀 여자의 입에서 하얀 액체가 왈칵 쏟아져 나왔다.

그녀는 조용히 지켜보았다.

마침내 그 하얀 입에서 더 이상 아무것도 흐르지 않게 되었다. 하얀 여자는 푸르스름한 회색 눈동자를 그대로 그녀에게 향한 채 움직이지 않았다.

그녀는 허리춤에서 하얀 막대를 꺼냈다.

제국인들은 무기에 자신의 생체정보를 저장해 둔 것일까. 싸우는 도중에 상대에게 총을 빼앗겨도 생체정보를 저장해둔 원주인이 아니면 총이 발사되지 않았다. 그녀는 이 하얀 여자가 쓰던 하얀 막대도 아마 비슷하게 작동할 거라고 짐작했다. 그녀는 하얀 여자가 낀 장갑을 벗기려 했으나 장갑은 하얀 여자가 입은 갑옷 같은 방호복 전체에 하나로 연결된 것 같아서 좀처럼 분리되는 지점을 찾을 수 없었다. 어쩔 수 없이 그녀는 죽은 여자의 손을 그대로 하얀 막대에 대었다.

막대에 하얗게 불이 들어왔다. 꽉 누르자 섬광이 쏟아졌다.

그녀는 자기도 모르게 미소 지었다. 그 순간 아무 이유 없이 그녀의 머릿속에 소년이 언젠가 들려주었던 어린 시절 이야기가 떠올랐다.

'엄마하고 같이 총알을 만들었어. 납을 녹여서 틀에 붓고….'

땅이 갑자기 진동했기 때문에 그녀의 맥락 없는 상념은 시작되었을 때처럼 빠르게 끝나 버렸다. 그녀는 주위를 둘러보았다.

시신의 오른쪽에 하얀 사람들 다섯 명이 두 줄로 서 있었다.

그녀는 움직이지 않고 그대로 죽은 여자의 손을 하얀 막대에 댄 채 시신 앞에 두 줄로 늘어선 하얀 사람들을 쳐다보았다.

가장 앞에 선 하얀 사람이 다리에 착용한 기구를 누르자 땅이 가볍게 진동했다. 대장으로 보이는 맨 앞의 사람은 기구를 눌렀다가 손을 떼고, 눌렀다가 다시 손을 떼었다. 어떤 신호인 것 같았지만 그녀는 이해할 수 없었다.

그녀는 움직이지 않았다. 앞장선 하얀 사람이 다시 한 번 기구를 눌러 진동을 일으켰다. 뒤에 서 있던 네 사람이 순식간에 옆으로 나와 시신을 둘러싸고 한 줄로 섰다. 빠르고 질서정연한 동작이었다.

'훈련된 사람들이다.' 제국인들이 말했던 것처럼 야만적이고 뒤떨어진 외계 행성에서 자생하는 괴물이 아니었다.

그녀가 아직도 죽은 여자의 손을 하얀 막대에 대고 있는 것을 눈치챈 한 명이 그녀에게 똑같이 생긴 하얀 막대를 겨누었다. 그녀는 쪼그려 앉은 그대로 양손을 들고 지구에서 만국 공통으로 통용되었던 이 항복의 신호가 이곳에서도 통하기를 마음속으로 빌었다.

칼과 칼집은 그녀의 등 뒤에 있었다.

그녀는 양손을 든 그대로 엉덩이를 땅에 대고 주저앉았다. 무릎과 발로 땅을 밀어서 천천히 하얀 여자의 시신에서 물러났다.

등 뒤에 놓여있던 칼집이 엉덩이에 닿는 것이 느껴졌다. 칼은 그보다 좀 더 뒤에 있다. 조금 더 뒤로, 아주 약간 더 왼쪽으로….

하얀 사람들 중 한 명이 광선을 쏘았다. 그녀는 간발의 차이로 피하면서 칼집과 칼을 아무렇게나 움켜쥐고 뛰었다. 등 뒤에서 하얀 광선이 날아와 어깨를 태웠다. 비명을 지르는 순간 이번에는 광선이 다리를 스치고 지나갔다. 그녀는 넘어졌다.

하얀 사람들 중 세 명은 죽은 여자의 시신을 지키고 두 명이 그녀에게 다가왔다. 그녀는 하얀 사람들에게서 눈을 떼지 않고 손짓작으로 더듬어 칼자루를 잡았다. 도망칠 때 엉겁결에 칼날을 잡아 손을 다쳤다는 사실도 그러면서 깨달았다. 그녀는 다친 오른손에 칼집을 쥐고, 칼자루를 잡은 왼손에 힘을 꽉 주었다. 하얀 사람들 중 한 명이 그녀를 향해 정면으로 하얀 막대를 겨누었다. 그녀는 시선을 돌리지 않았다.

굉음이 울렸다. 그녀에게 하얀 막대를 겨눈 하얀 사람의 어깨가 뒤쪽으로 크게 휘었다. 그리고 두 번째 총성. 그녀에게 하얀 막대를 겨눈 하얀 사람이 쓰러졌다.

옆에 서 있던 하얀 사람이 어리둥절해서 쓰러진 동료를 내려다보았다. 그녀는 서둘러 일어섰다. 남은 한 명의 하얀 사람이 무기를 겨누기 전에 그녀가 먼저 칼을 겨누었다.

"총 버려!"

그녀 뒤쪽에서 남자의 외치는 목소리가 들렸다.

"무기를 버려! 안 그러면 쏜다!"

그녀는 하얀 사람에게 칼을 겨눈 채로 얼른 뒤를 돌아보았다. 같은 배를 타고 왔던 남자 중 한 명이 하얀 사람들에게 총을 겨누고 있었다. 그 뒤로 희뿌연 안개 속에 알록달록한 막대기 같은 것이 보였다.

언니들이다. 언니들이 왔다.

그녀는 하얀 사람에게 그대로 칼을 겨누고 한 걸음씩 뒤로 물러나기 시작했다.

그때, 총을 맞고 쓰러졌던 하얀 사람이 다시 일어났다.

기괴한 광경이었다. 사방을 하얗게 뒤덮은 구름 같은 안개 속에서 쓰러졌던 하얀 사람이 천천히 일어섰다. 그리고 여유 만만한 동작으로 먼저 가슴에서, 그런 뒤에 배에서 총알을 뽑아냈다. 하얀 사람은 뽑아낸 총알이 신기한 듯 유심히 들여다보다가 손목에 찬 기구의 뚜껑을 열고 그 안에 넣었다. 총알이 들어가자 기구의 뚜껑이 자동으로 닫혔다.

그리고 하얀 사람들이 하얀 막대를 들어 그녀와 그녀의 사람들을 향해 겨누었다.

그녀는 칼집을 들었다.

"칼!"

그녀가 외쳤다.

"총은 소용없어! 칼!"

남자가 당황하는 사이, 여자들이 앞으로 나섰다.

25

✳

　그녀의 칼집에 반사된 하얀 광선은 죽은 여자의 시신 근처로 튕겨 나갔다. 그 때문에 죽은 여자를 지키던 하얀 사람들 중두 명이 더 달려왔다. 네 명의 하얀 사람들과 다섯 명의 칼을 든여자들이 서로 무기를 겨눈 채 마주 보았다. 그녀는 칼집을 높이 들었다.

　땅이 진동했다. 칼을 든 여자들이 깜짝 놀랐다. 그녀는 칼집을 든 손으로 기다리라고, 지켜보라고 신호했다.

　죽은 여자의 시신을 지키던 하얀 사람이 다가왔다. 그녀가 했던 것처럼 무기를 들지 않은 양손을 치켜들어 보여주었다. 그리고 다리에 착용한 기구를 눌렀다. 다시 땅이 가볍게 진동했다.

　하얀 사람들이 천천히 무기를 내렸다.

　여자들도 천천히 칼을 내렸다.

　하얀 사람들은 칼을 든 여자들에게서 눈을 떼지 않고 조심스럽게 물러섰다. 그리고 여자들이 지켜보는 가운데 하얀 사람들은 죽은 동료의 시신을 거두어 희뿌연 안개 속으로 사라졌다.

　하얀 사람들이 모두 사라진 뒤에도 한동안 침묵이 이어졌다.

　"어떻게 된 거야?"

　여자 중 한 명이 물었다. 뒤이어 남자가 소년의 행방을 물었다.

　"너 다쳤니?"

26

여자 중 다른 누군가가 물었다.

그녀는 울지 않았다. 그러나 대답도 하지 못했다. 말하려고 입을 열었다가 그녀는 덜덜 떨기 시작했다.

여자들이 그녀를 부축했다. 칼을 칼집에 넣어 들어주고 다친 곳을 피해서 조심스럽게 손을 잡고 어깨를 기대고 그녀를 감싸 안고 우주선이 있는 곳으로 천천히 걸어가기 시작했다.

제국인들은 그녀가 하얀 사람들의 무기를 빼앗아 오지 않았다는 사실에 혀를 찼다. 그러나 물론 여자들은 제국인들에게 그녀가 겪은 상황을 사실대로 전부 말하지 않았으므로 제국인들은 "여자가 그렇지." 하고 고개를 젓고는 그대로 보내주었다.

상처를 치료한 뒤에도 그녀는 계속 덜덜 떨었다. 여자들이 음식을 권했으나 그녀는 그저 물만 조금 마셨다. 음식물은 도저히 목구멍으로 넘길 수가 없었다. 희뿌연 안개 속에 누운 채로 자신을 쳐다보던 소년의 왼쪽 눈이 머릿속에서 떠나지 않았다. 짙은 녹갈색 눈동자는 이미 검게 변해버렸고 그 시선에는 생명이 없었으며 부드럽게 살짝 벌어진 창백한 입술은 살아 있을 때와 마찬가지로 아름다웠다. 소년은 고통 속에 태어나 자랐고 자유를 찾기 위해 삶에서 길지 않은 젊음의 6년이라는 시간을 바쳐 먼 외계 행성까지 왔으나 아무것도 이루지 못한 채 무의미하게 죽었다. 소년은 왜 태어나서 왜 죽어야만 했을까.

그런 생각을 하다가 그녀는 자신에게 소년의 흔적이라고 할 만한 것이 아무것도 남지 않았다는 사실을 깨달았다. 그래서 그녀는 소년의 시신을 찾아 우주선 밖으로 나왔다.

행성의 하늘은 언제나 희뿌연 회색이라 낮이나 밤을 구분하기 어려웠다. 우주선이 아직 검은 공간을 가로지르던 동안 선내의 생활은 엄격한 규칙과 질서에 따랐고 점호와 소등 이후에는 방 바깥은 물론 침상 바깥으로 나가는 것도 금지되었다. 그러나 이제 목적지에 도착했고 이미 전투가 시작되었기 때문인지 그녀가 우주선 바깥으로 나가는 것을 저지하는 사람은 아무도 없었다.

하얀 광선에 덴 양쪽 팔과 오른쪽 어깨, 오른쪽 다리가 화끈거리고 쑤셨다. 행성의 쇠 냄새나는 뿌연 공기가 유난히 더 맵고 답답하게 느껴졌다. 사방이 하얀 안개에 덮여 있었고 소년의 시신이 어디쯤 쓰러져 있는지 짐작조차 할 수 없었다. 그녀는 방향을 잃고 헤매기 시작했다.

— 괜찮아.

소년이 말했다.

— 난 여기 있어.

그래서 그녀는 소년이 부르는 쪽을 향해 걸어갔다. 소년이 내민 손을 잡았다. 그 손은 그녀가 기억하는 그대로 거칠고 따뜻했다.

"아프지 않아?"

그녀가 물었다. 소년은 겸연쩍게 웃었다.

— 사실은 좀 아파.

그래서 그녀는 울기 시작했다. 소년이 쓰러졌을 때도, 하얀 여자를 죽였을 때도, 언니들이 달려왔을 때도 흐르지 않았던 눈물이 비로소 폭포수처럼 터져 나왔다. 그녀는 소년의 따뜻하고 거친 손을 잡고 한없이 울고 또 울었다.

— 괜찮아.

소년이 말했다.

— 괜찮아.

그 말 때문에 그녀는 좀 더 울었다.

소년은 그녀가 울음을 그칠 때까지 참을성 있게 기다려 주었다. 마침내 그녀가 울음을 그치자 소년이 말했다.

— 내 총 네가 가져.

"쏠 줄 모르는데."

그녀가 울먹이며 대답했다.

— 그래도 가져.

소년은 웃었다.

— 네가 아니면 이 세상에서 누가 날 기억해 주겠어.

그래서 그녀는 다시 울기 시작했다.

— 너는 살아남을 거야.

소년이 그녀의 손등을 토닥토닥 두드리며 말했다.

— 너만은 끝까지 살아서, 네가 원하던 걸 찾을 거야.

"내가 어떻게…."

그녀는 울면서 속삭였다.

"네가 없는데, 나 혼자 어떻게 해…."

— 할 수 있어. 넌 강하니까.

소년이 웃으며 볼에 흘러내린 그녀의 눈물을 조심스럽게 닦아 주었다.

— 그리고 강한 사람들과 함께 있으니까.

"난 강하지 않아."

그녀는 통곡했다.

"네가 없으면 난 강하지 않아…."

그리고 그녀는 그에게 이야기했던 모든 상처와 흉터와 흔적들을 다시 한 번 이야기했다. 오로지 칼을 쓰고 칼을 돌보기 위해서 태어나 자란 어린 시절, 제국인들이 마을을 점령했을 때의 전투, 가깝고 친하던 모든 사람이 살해당하거나 어디론가 끌려가 사라졌던 폭력의 경험, 그리고 제국인들에 붙잡혀가서 당한 또 다른 폭력, 포로의 삶, 노예의 삶. 그런 일들을 겪을 때마다 그녀의 정신과 영혼은 조금씩 부서졌고 그녀는 자신이 강해지거나 단련된다기보다는 그저 지쳐간다고 느꼈다. 그녀가 진정 강했고 스스로 강하다고 느꼈던 때는 인생에서 단 한 번, 소년을 만나 함께 지냈던 시간뿐이었다. 행복했던 때였다.

— 괜찮아.

소년이 다시 그녀를 달랬다.

— 또 언젠가 행복하고 강해질 수 있을 거야.

그리고 소년은 그녀의 손을 놓고 일어섰다.

"왜? 어디 가?"

그녀는 겁에 질렸다. 소년은 다정하게 웃었다.

30

― 가야지. 난 죽었으니까. 넌 살아 있는데, 언제까지나 함께 있을 수는 없어.

"안 돼. 가지 마."

그녀가 애원했다.

"가지 마…."

― 괜찮아.

소년이 다시 말했다. 그리고 그녀에게 총을 내밀었다.

― 내 총 잊지 말고 가져가.

그녀는 총을 받았다. 그녀의 손 안에서 총은 소년의 손처럼 딱딱하지만 따뜻하게 느껴졌다.

소년이 웃으며 그녀의 이마에 입 맞추었다.

― 그걸로 제국인을 죽여.

그녀는 소스라쳐 깨었다. 베개가 눈물로 흥건히 젖어 있었다. 그리고 베개 밑에는 소년의 총이 있었다.

그녀는 총을 꺼내 손가락으로 쓰다듬어 보았다. 표면은 거칠었고 쇠는 딱딱했으며 소년의 손처럼 따뜻했다.

그녀는 총을 도로 베개 밑에 집어넣었다.

― 그걸로 제국인을 죽여.

그녀는 생각하기 시작했다.

이중나선 1

의식은 어디에서 오는가? 인간의 자아 정체성은 기억에서 생겨나는가? 배양육에 기억을 이식하면 인간이 되는가?

이것이 최초의 질문이었다.

전기충격을 받아 예민해진 달팽이들은 연구자들이 주변을 탁탁 치자 꼬리를 약 50초 동안 움츠리는 방어적인 반응을 보였다. 이에 비해 전기충격을 받지 않은 달팽이들이 꼬리를 움츠린 시간은 약 1초밖에 되지 않았다. 전기충격을 받은 달팽이들의 신경계에서 RNA를 추출하여 전기충격을 받지 않은 달팽이에게 주입한 뒤에 주변을 탁탁 치자 RNA를 주입받은 달팽이들은 전기충격을 받지 않았음에도 전기충격을 받은 달팽이들만큼 오랫동안 꼬리를 움츠리는 방어적인 반응을 나타냈다.

그것이 시작이었다.

인간의 기억도 이식 가능한가?

이 질문에 대한 대답을 얻기 위해서 그들은 오랜 시간 동안 여러 가지 실험을 거쳐야 했다.

실험에 사용된 어떤 동물들은 죽었고, 어떤 동물들은 미쳤다. 그리고 어떤 동물들은 실험에 전혀 반응하지 않았다. 그래서 그들은 실험하기에 편리한 동물을 창조하기로 결정했다. 인간과 비슷한 방식으로 기억하고 반응하며 살아가는 동물을 창조할 수 있다면 언젠가는 인간을 배양해서 제작해내는 날도 올 것이라고 그들은 생각했다. 실험실에서 복제된 오래된 새로운 육체 속에 타인의 기억을 이식받은 인간을 제작할 수 있다면 인간이 인간의 몸을 입은 채 불멸의 삶을 살아갈 수 있을 것이라고 그들은 생각했다.

실험실에서 창조된 검은 새는 그들을 공격했다. 검은 새는 다른 동물의 기억을 받아들이는 것 같지 않았다. 최소한 그들이 원하는 방식으로는 받아들이지 않았다. 그러나 그들이 그 사실을 알게 된 것은 시간이 상당히 지난 뒤의 일이었다.

어쨌든 검은 새는 그들을 기억하는 것 같았다. 최초의 검은 새가 눈을 떴을 때부터 그들을 알고 있었던 것 같았다. 최초의 검은 새는 알을 깨고 나오지 않았다. 그들이 인공 알의 플라스틱 껍질을 가르고 꺼내 주었다. 젖은 깃털이 다 마른 뒤에, 눈을 뜨고 날개를 펼친 뒤에 검은 새는 그들을 불안하게 쳐다보며 몸을 움츠렸다. 그러나 검은 새는 아직 작았고 그들은 검은 새를 관찰한 시간이 길지 않았다. 그래서 그들에게는 검은 새의 불안한 움직임이 어미 없이 세상에 갓 던져진 작은 동물의 불안함인지 그들에 대한 구체적인 공포인지 판별할 근거가 아직 없었다.

어쨌든 검은 새는 날개를 펼치고 움직이고 걷기 시작했고(날아다니기까지는 시간이 조금 더 걸리고 더 많은 노력이 필요했다) 그들은 성공했다고 판단했다. 그래서 그들은 인공 알을 더 제작해서 검은 새를 더 생산하는 과정에 착수했다. 인공적인 검은 새들이 인공 알 속에서 자라나는 동안 그들은 최초의 검은 새에게 추적장치를 이식한 뒤에 하얀 하늘로 날려 보냈다.

2
더러운 강

새벽에 출정했다. 포로들은 걸어서 진군했고 제국인들은 소형 비행정을 타고 공중을 돌며 포로들을 감시했다.

희뿌연 안개 속에서 그들은 계속 걸었다. 어디로 가는지는 알지 못했다. 목적지는커녕 바로 발 앞에 무엇이 있는지도 잘 보이지 않았다. 하늘은 변함없이 뿌옇고 희끄무레했으나 그들이 하염없이 걷는 동안 구름 뒤에서 비쳐 나오는 하늘이 차갑게 푸르스름한 색깔이다가 옅은 보라색으로 변했고 이어서 처음 도착했을 때 보았던 것과 같은 회색으로 변했다. 안개는 더 짙어졌고 더 습해졌다. 오슬오슬한 한기가 습하고 탁한 공기를 통해 피부를 적시고 뼛속까지 파고들었다.

짙은 남색 치마를 입은 여자가 그녀의 곁에서 걷고 있었다. 그녀는 여자를 잘 알지 못했으나 연녹색 치마를 입은 여자의 짝이라는 것은 알고 있었다. 제국인들은 포로끼리 가까워지는 것을 몹시 경계했다. 그러나 포로들은 포로였기 때문에 서로를 이해했고 사람의 마음이 다른 사람의 마음과 가까워지는 것은 인간이 막거나 막지 않을 수 있는 일이 아니었다. 오랜 잠에서 깨어나 어쩌면 죽음이 기다리고 있을 낯선 세상으로 내몰리는 순간을 앞두고 포로들은 절박하게 마음을 기댈 곳을 찾았다. 소년이 그녀의 짝이라는 사실을 모두가 알았고, 마찬가지로 짙은 남색 치마의 여자와 연녹색 치마의 여자가 짝이라는 사실도 모두 알고 있었다.

"짝은 어디 있어요?"

그녀가 작은 목소리로 물었다.

"뒤에."

짙은 남색 치마의 여자가 짧게 대답했다.

그리고 두 사람은 계속 걸었다. 다른 포로들도 함께 걷고 있었지만 하얀 안개 속에서는 바로 옆에 있는 사람 아니면 주위에 누가 있는지 알기 어려웠다.

저 앞에는 알 수 없는 땅과 전투와 어쩌면 죽음이 있고, 하얀 안개에 뒤덮여 그들은 각자 혼자였다.

그녀는 소년이 그리워졌다. 치마 아래 허벅다리에 묶은 소년의 총을 생각했다.

문득 땅이 진동했다. 한 번, 그리고 다시 한 번.

진동은 먼지와 안개 속을 터벅터벅 행진해 가는 포로들의 열을 따라 퍼졌다.

"멈춰!"

제국어로 외치는 남자의 목소리가 텁텁한 안개의 장막 속에서 가느다랗게 들려왔다.

"멈추라고! 앞은 강이다!"

남자는 있는 힘껏 외치는 것 같았지만 그 고함은 어딘지 모를 아주 먼 곳에서 들려오는 것처럼 작고 약했다. 어쨌든 그녀는 '강'이라는 한 단어를 알아듣고 발걸음을 멈추었다.

앞은 안개에 가려 전혀 보이지 않았다. 그녀는 천천히 쪼그리고 앉아 손으로 주변을 더듬었다. 흙, 그리고 끈적끈적한 감촉의 가느다란 풀 같은 것이 손가락에 휘감겼다. 그녀는 쪼그린 채 힘들게 한 걸음씩 움직이며 주위를 더 넓게 더듬어 보았다.

액체가 손가락을 적셨다. 지구에서 알던 물보다 훨씬 더 무겁고 끈적끈적했지만, 분명히 액체였다. 그녀는 그 낯선 액체를 양손으로 비벼 그 감촉을 조심스럽게 탐색하면서 천천히 몸을 일으켰다.

바로 뒤에서 둔한 폭발음이 들렸다. 그리고 섬광이 번쩍이며 흙이 튀었다. 그녀는 깜짝 놀라 펄쩍 뛰었다가 하마터면 미끄러져 강에 빠질 뻔했다.

— 진군하라!

제국군의 비행정이 신경질적으로 고함쳤다. 그리고 비행정이 다시 한 번 포로들을 향해 아무렇게나 총을 발사했다.

— 진군하라! 행군을 멈추는 자는 반란으로 간주하여 처형한다!

"앞은 물이오!"

남자가 제국의 언어로 항의했다.

"저 안에 뭐가 있을지 수심이 얼마나 깊은지도 모르는데 모두다 강으로 뛰어들란 말입니까!"

제국군은 들었는지 말았는지 대답 대신 또 총을 쏘았다. 총알이 강물에 맞은 듯, 사격음 뒤에 섬광과 함께 물이 튀는 소리가 들렸다.

― 진군하라!

제국군의 감시용 비행정이 짖어댔다.

망설이던 사람들이 하나둘씩 강으로 걸어 들어갔다. 그녀도 체념하고 강물 속에 발을 디뎠다. 물은 차갑지도 따뜻하지도 않았다. 지구의 물보다 훨씬 무겁고 발에 휘감겨 걷기가 힘들었다. 하얀 물이 칼에 닿지 않게 조심하며 걷는 것도 쉽지 않았고 전혀 실용적이지 못한 긴 치마 때문에 더더욱 걷기 힘들었다. 그녀는 치마를 아무렇게나 감아쥐고 헐떡거리며 발걸음을 옮겼다.

머리 위에서 날카로운 비명 같은 것이 들렸다. 그녀는 깜짝 놀라 고개를 들었다. 새 같기도 하고 박쥐 같기도 한 검붉은 동물들이 날아다녔다. 몸통이 가느다란 데 비해 날개가 엄청나게 커서 서너 마리밖에 보이지 않는데도 하늘을 다 가린 것 같았다. 날개는 끝으로 갈수록 선명한 핏빛을 띠었다. 안개 속에서도 뚜렷하게 들리는 비명 같은 날카로운 울음소리와 하늘에 얼룩진 핏자국 같은 날개 빛깔에 그녀는 자기도 모르게 몸을 떨었다.

물이 점점 깊어졌다. 그녀의 종아리, 무릎을 지나 허벅다리가 잠겼다. 소년이 준 총을 허벅지에 감아둔 것이 뒤늦게 떠올랐지만 한 손에 칼을 들고 다른 손으로 총을 풀 수가 없었다. 마침내 배와 가슴까지 짙고 희뿌연 물에 잠겼고 그녀는 양손으로 칼을 머리 위로 쳐들었다. 탁한 안개 때문에 그렇지 않아도 호흡이 힘겨웠는데 물이 가슴을 짓누르는 것 같아 더더욱 숨쉬기가 괴로워졌다.

강의 중간 지점에서 안개가 걷혔다. 그녀는 강의 물줄기가 두 개로 선명하게 갈라진 것을 보았다. 절반은 그녀가 건너온 무거운 물로, 우윳빛으로 탁하고 느렸다. 강폭의 바로 중간 지점에서 안개가 걷히면서 물이 갑자기 맑아졌다. 강바닥이 보이도록 투명하고 맑은 물이 우윳빛을 띤 흐리고 탁한 물과 전혀 섞이지 않고 두 줄기로 나란히 흐르고 있었다.

강에 흐르는 액체의 성분이 지구와는 다른 걸까? 이대로 들어가도 되나?

그녀는 주위를 둘러보았다. 뒤는 안개 때문에 잘 보이지 않았지만, 앞에는 벌써 강을 건넌 사람들이 강둑으로 기어오르는 모습들이 보였다.

그녀는 숨을 한 번 크게 몰아쉬고 조심스럽게 맑은 물 쪽으로 들어갔다.

하얗고 탁한 물이 그녀를 따라 맑은 물속으로 조금 흘러졌다가 곧 사라졌다. 맑은 쪽은 물이 가볍게 느껴졌다. 탁한 쪽보다 맑은 쪽 물이 훨씬 깊었고 들어갈수록 점점 깊어졌지만 움직이기는 더 쉬웠다. 물이 가슴에서 목으로, 턱으로 차올랐다. 물이 코에 닿았을 때 그녀는 다시 크게 숨을 들이쉬고 얼굴을 물속에 집어넣었다.

물속에서 눈을 떴을 때 눈앞에 하얀 사람의 모습이 보였다. 눈이 마주쳤다.

하얀 사람 쪽이 더 빨랐다. 하얀 외계인은 손에 쥐고 있던 하얀 막대를 그녀를 향해 겨누었다. 그녀는 움직이지 못하고 굳어졌다.

하얀 사람이 그녀를 향해 천천히 경고하듯이 고개를 저었다. 그리고 그녀에게서 시선을 떼지 않은 채, 하얀 막대를 여전히 겨눈 채로 천천히 헤엄쳐서 물 밖으로 사라졌다.

하얀 사람이 사라지고도 한참 동안, 더는 숨을 참을 수 없게 될 때까지 그녀는 얼어붙은 듯 물속에 그대로 서 있었다. 그러다 숨이 답답해서 견딜 수 없게 되었을 때 그녀는 물 밖으로 눈만 살짝 내밀었다. 하얀 사람은 사라지고 없었고, 강둑에는 제국인의 포로들이 아까보다 더 많이 올라가 있었다. 강둑도 하얗고 매끈했으며 붙잡고 올라갈 만한 것이 전혀 없어 포로들은 고생하고 있었다. 맑은 물이 흐르는 쪽 강둑에는 나무나 풀 혹은 그와 비슷한 식물처럼 보이는 것이 단 한 포기도 자라지 않았고, 가파르고 경사진 표면은 흙이나 돌이 튀어나온 곳도 없이 인공적으로 다듬은 것 같았다.

하얀 사람이 어떻게 포로들의 눈에 띄지 않고 강둑을 내려왔으며 어떻게 물속에서 오래 숨을 참을 수 있었는지 그녀는 알 수 없었다. 당장 급한 것은 사람들에게 하얀 외계인이 정찰하러 나왔으며 그녀를 보았다는 사실을 알리는 일이었다. 그녀는 할 수 있는 한 서둘러 헤엄쳐서 맑은 물을 가로질렀다.

물이 조금씩 얕아졌다. 그녀는 흠뻑 젖은 채로 왼손으로는 머리 위에 칼집에 넣은 칼을 치켜들고 오른손으로는 한없이 다리에 휘감기며 물이 젖어 흐늘거리는 치마를 움켜쥐고 허우적거리며 걸었다.

그녀가 완전히 강물 밖으로 나온 순간 또다시 땅이 진동했다. 그리고 어디선가 아주 둔하고 깊은 소리가 들렸다. 그것은 한숨 소리 같기도 하고 바람이 빠지는 소리 같기도 한, 탁하고 낮은 소리였다.

동시에 하얀 섬광이 강 위를 가로질러 날아갔다. 섬광은 아직도 건너편 상공에서 선회하며 포로들을 지켜보고 있던 제국군 비행정에 명중했다.

비행정이 폭발했다. 강 건너편을 뒤덮은 하얀 안개 속에서도 폭발의 굉음과 붉은색과 노란색 불꽃은 확연하게 보였다. 비행정의 절반은 산산이 부서져 흩어졌고 나머지 절반은 검은 연기로 강변을 뒤덮으며 희뿌연 안개 속으로 추락했다.

시간이 멈추었다. 그녀는 깎은 듯이 매끈한 하얀 강변에 서서 폭발하는 제국군 비행정을 멍하니 쳐다보고 있었다.

땅이 우르르 진동해서 그녀는 퍼뜩 정신을 차렸다.

새하얀 강둑 위로 반투명한 흰 원반이 천천히 모습을 드러냈다.

＊

그녀의 본능적인 첫 번째 반응은 도로 강을 건너서 왔던 곳으로 되돌아가려는 것이었다. 그녀뿐 아니라 대부분의 사람들이 다시 강에 뛰어들었다.

반투명한 흰 원반이 강물에 뛰어든 사람들을 향해 하얀 섬광을 내뿜었다.

맑은 물과 희고 탁한 물 두 줄기로 흐르던 강이 붉게 물들었다.

도망칠 곳은 없었다.

그녀는 매끈하고 하얀 강둑을 칼집으로 두들겼다. 대리석처럼 단단하게 보이던 표면은 사실 그렇게까지 단단하지 않았다. 도자기처럼 매끈하게 다져진 흙을 조금씩 부수어 손잡을 곳과 발 디딜 곳을 만들어가며 그녀는 강둑을 기어오르기 시작했다.

강둑을 다 올라서 칼집을 먼저 내려놓고 몸을 끌어올렸을 때 그녀를 마주한 것은 거대한 체격의 하얀 외계인이었다. 지난번에 만났던 하얀 사람보다 두 배는 더 커 보였다. 하얀 외계인은 그녀의 목덜미를 붙잡아 끌어올린 뒤에 그대로 내동댕이쳤다. 그녀는 날아가서 하얀 먼지투성이 땅에 처박혔다. 칼을 놓쳤다. 눈앞이 번쩍거리고 머리가 울리며 숨을 쉴 수 없었다.

그녀는 칼을 찾기 위해 두리번거렸다. 하얀 거인에 대항해서 칼로 뭘 할 수 있을지는 알 수 없었으나 그런 복잡한 생각은 머릿속에 떠오르지 않았다. 그녀에게 칼은 세상에서 유일한 무기이자 분신이고 그녀의 일부였다. 칼, 내 칼은 어디….

고개를 들자 하얀 막대가 눈앞에 겨누어져 있었다.

그녀는 거대한 하얀 외계인을 무의미하게 올려다보았다. 하얀 외계인이 무표정하게 막대를 누르려 했다.

총성이 울렸다. 아주 멀리서 들리는 것 같은 약하고 둔탁한 소리였다. 동시에 총알이 하얀 외계인의 목을 베듯이 스치고 지나갔다.

하얀 외계인이 목을 움켜잡고 비틀거렸다. 하얗고 거대한 장갑 낀 손가락 사이로 새하얀 액체가 흘러나왔다.

하얀 거인이 쓰러졌다.

남자가 다가와 그녀를 일으켜 세우며 소리쳤다.

"일어나! 정신 차려!"

"내 칼…."

그녀가 중얼거렸다.

"여기 있으면 죽어요!"

그녀는 듣지 않았다. 쓰러진 하얀 외계인 옆에 빨간 칼집이 보였다. 그녀는 반쯤은 기고 반쯤은 뛰어서 칼집을 낚아챘다.

뒤를 돌아보았을 때 남자는 하얀 외계인의 손에서 하얀 막대를 꺼내려 하고 있었다.

"그거 안…."

그녀는 말을 채 마치기 전에 남자의 뒤에 또 다른 하얀 외계인이 나타난 것을 보았다. 그녀는 쓰러진 하얀 외계인에게 달려

들어 하얀 막대를 쥔 손을 그대로 치켜들고 힘껏 비틀었다. 남자의 뒤에서 나타난 하얀 외계인은 흰 빛줄기에 머리를 맞고 쓰러졌다.

남자가 그녀를 쳐다보며 뭔가 말하려 했다. 그녀는 칼을 뽑아 하얀 외계인의 팔을 내리쳤다.

쇠가 단단한 것에 부딪히는 소리와 함께 칼날에서 이가 빠져 그녀의 얼굴에 튀었다. 외계인의 팔은 잘리지 않았다.

남자가 외계인의 팔에 총을 겨누었다. 쏘았다.

총알은 그대로 외계인의 하얀 방호복에 박혔다.

남자가 다시 총을 들어 겨누었을 때, 그녀는 칼집과 칼을 떨어뜨리고 양손을 들었다. 남자가 총을 쏘려다가 그녀를 보았다. 그녀의 눈짓에 따라 주위를 둘러보았다.

하얀 외계인들에게 포위당한 것을 알고 남자도 천천히 총을 내렸다.

하얀 외계인들은 희고 편편한 판자로 만든 울타리 같은 곳으로 그녀와 남자를 데려갔다. 안에는 이미 먼저 잡혀 온 다른 포로들이 앉아 있었다. 남색 치마를 입은 여자가 연녹색 치마를 입은 여자와 함께 앉아 있는 모습을 보고 그녀는 안도와 걱정과 절망감이 함께 밀려오는 것을 느꼈다. 흐느껴 울고 싶기도 하고 반가워서 웃고 싶기도 했다. 그녀는 눈을 감고 한숨을 쉬었다.

하얀 외계인들은 판자를 하나 뽑아 공간을 만들어서 그녀와 남자를 안에 집어넣은 뒤에 다시 판자를 제자리에 세워두고 떠났다. 포로수용소치고는 너무 허술한 구조였다.

어떻게 하려는 걸까? 저들이 당장 전부 죽이지 않았다는 것은 분명 다행한 일이었다. 그러나 하얀 원반 안으로 끌려가지 않았다는 사실에 그녀는 불안해졌다. 이곳에 모아뒀다가 나중에 모두 죽이려는 걸까? 그녀는 판자를 살펴보았다. 손가락을 대 보려 하자 먼저 들어와 앉아 있던 포로 중 한 명이 말렸다.

"하지 마요."

그녀는 돌아보았다. 나이 든 남자가 고개를 저으며 서투른 제국어로 말했다.

"번쩍하고, 아파."

나이 든 남자가 천천히 손을 들어서 손바닥을 펴 보였다. 중지와 약지에 검고 뚜렷한 화상 자국이 있었다. 타 버린 살 주위는 벌겋게 벗겨져 보기만 해도 고통스러웠다.

그녀는 좌절감에 빠져 사방을 둘러보았다. 하얀 감옥 안에서 할 수 있는 일은 별로 없었다.

그래서 체념하고 그녀도 다른 포로들 사이에 앉았다. 몸을 웅크리고 양팔로 머리를 감싸 안았다.

그렇게 앉아 있다가 그녀는 졸기 시작했다.

웅성거리는 소리에 그녀는 잠이 깼다. 하얀 외계인들이 판자 울타리를 열고 다른 포로들을 안으로 들여보냈다. 판자를 닫으려 할 때 젊은 남자 한 명이 하얀 사람들에게 저항하려 했다. 그러나 하얀 외계인이 판자의 한쪽 면을 갖다 대자 젊은 남자는 거품을 물고 쓰러졌다. 하얀 외계인들은 무심하게 젊은 남자를 판자 울타리 안으로 밀어 넣은 뒤에 울타리를 닫고 가 버렸다.

그녀는 치마 끝에서 천을 조금 뜯어냈다. 젊은 남자에게 다가 가서 입에 흐른 거품을 닦아주었다.

"전쟁터에 오면서 왜 그런 옷을 입습니까?"

정확하고 유창한 제국어였다. 그녀는 뒤를 돌아보았다. 하얀 외계인의 목을 총알로 베어 그녀를 구해주었던 남자, 어제 소년 의 행방을 물었던 그 남자였다. 다분히 짜증 난 표정이었다.

그녀는 대답하지 않았다. 치마를 여미고 자세를 고쳐 다시 앉았다.

남자가 능숙한 제국어로 따지듯이 다시 물었다.

"그 치마 말입니다. 그게 전쟁하러 나가는 옷차림입니까?"

"제국인들이 그렇게 입혔으니까."

그녀가 대답하기 전에 남색 치마를 입은 여자가 퉁명스러운 제국어로 내뱉었다.

"제국인들은 전쟁을 하라고 우릴 보낸 게 아니야."

연녹색 치마의 여자가 말했다.

"전쟁은 당신들이 하고, 우리는 다리나 벌려주다가 죽으라고 보낸 거야. 모르겠어?"

남자는 뭔가 말하려다가 입을 다물었다. 어두운 얼굴이 되어 고개를 숙였다.

"미안합니다."

그녀는 거품을 물고 쓰러진 젊은 남자를 쳐다보았다. 젊은 남자는 여전히 의식이 없었지만 이제는 거품을 물지 않았고 눈도 평범하게 감고 있었으며 숨도 고르게 쉬고 있었다. 그래서 그녀는 일어나서 다시 치마를 여몄다. 남색 치마를 입은 여자가 손짓했다. 그녀는 다가가서 남색 치마를 입은 여자 옆에 웅크리고 앉았다.

무거운 침묵이 흘렀다.

한동안 새로운 포로가 들어오지 않았다. 밖은 고요했고 가끔 진동이 느껴지거나 희미하고 둔한, 정확히 구분할 수 없는 소리가 아주 멀리서 들려올 뿐이었다.

"어떻게 된 거지?"

남색 치마의 여자가 여자들의 언어로 연녹색 치마의 여자에게 말했다.

"다 죽은 걸까?"

연녹색 치마의 여자는 대답 대신 남색 치마의 여자를 끌어당겨 꼭 안았다.

두 사람을 보며 그녀는 소년을 떠올렸다. 하얀 빛줄기를 맞고 반으로 갈라지던 모습과 그녀를 쳐다보던 왼쪽 눈이 떠올라 그녀는 몸을 떨었다. 고개를 흔들고 이를 악물어 애써 그 모습을 머릿속에서 지웠다.

소년이 준 총은 치마에 가려진 채 그녀의 허벅다리에 여전히 묶여 있었다. 그러나 강물을 건넜으니 총이 젖어버렸을 것이다. 젖은 총도 쏠 수 있을까? 총에 총알은 있을까? 그녀는 총에 대해 아무것도 모르는 자신이 새삼 답답해졌다. 칼이 있으면 최소한 어떻게 해야 할지는 알 수 있었을 텐데. 내 칼은 어디 있을까. 여기서 나가면 칼을 찾을 수 있을까. 칼을 찾기도 전에 나가는 순간 곧바로 죽지 않을까. 아니면 저 하얀 사람들의 우주선에 끌려가서….

"깃발이다."

판자 울타리 사이로 열심히 밖을 내다보던 나이 든 남자가 말했다.

"많아. 깃발이 끝이 없어! 우리 쪽으로 온다!"

"무슨 깃발요?"

제국의 언어를 쓰던 남자가 이번에는 남자들의 언어로 물었다.

"누구 편 깃발이죠?"

나이 든 남자가 고개를 흔들자 남자가 일어나서 판자 울타리 사이로 밖을 내다보았다. 곧 울타리 안에 앉아 있던 사람들 모두 일어나서 판자에 닿지 않게 조심하면서 울타리 사이로 밖을 내다보았다.

깃발이 아니었다. 치마였다. 여자들이 긴 치마를 벗어 칼집에 묶어 깃발처럼 들고 있는 것이었다. 희뿌연 안개 위로 하얀 섬광과 붉은색, 주황색의 불길이 쏟아졌다. 그 사이를 헤치고 색색의 치마를 깃발처럼 올린 채 제국군의 제복을 입고 제국군의 무기를 든 여자들과 남자들이 오고 있었다.

"언니들이다."

그녀가 여자들의 언어로 속삭였다.

남색 치마의 여자와 연녹색 치마의 여자가 그녀의 곁으로 다가왔다. 그녀와 함께 판자 울타리 사이의 좁은 틈으로 밖을 내다보았다. 아무도 아무 말도 하지 않았지만 여자들은 서로 손을 꼭 맞잡았다.

포로들은 그저 포로일 뿐이었다. 이제까지 그들은 각자의 짐을 지고 각자의 죽음을 향해 각각 혼자서 걷고 있었다. '우리 편'이라는 감각을 느껴본 적도, '우리'가 될 수 있다는 생각을 해본 적도 없었다.

그런데 지금 우리 편이 오고 있었다.

우리를 구하러.

그녀는 뿌연 안개 속에서 색색의 얼룩처럼 보이는 깃발들을 바라보며 그 두 가지를 계속 생각했다.

판자 울타리가 소리 내며 쓰러졌다. 제국군의 얼룩무늬 회색 제복을 입은 여자가 그녀들에게 손을 내밀며 다급하게 외쳤다.

"다 나와요! 빨리!"

포로들은 서둘러 뛰쳐나왔다. 그녀는 판자 울타리를 열어준 여자의 회색 제복 뒤쪽에 커다랗게 핏자국이 있는 것을 보았다.

"피…."

그녀가 말하자 회색 제복의 여자는 살짝 눈살을 찌푸렸다.

"추락한 비행정에 남은 제복이 별로 없어서, 벗겨서 입었어요."

그리고 여자는 사무적으로 말했다.

"빨리 가요. 하얀 괴물들을 오래 막을 수 없어요."

그녀는 회색 제복을 입었지만 제국군이 아닌 아군이 이끄는 대로 뛰었다. 그러다가 그녀는 남자가 하얀 외계인을 쓰러뜨린 곳에서 멈춰 서서 칼을 찾기 위해 두리번거렸다.

"뭐 해요!"

회색 제복의 여자가 고함쳤다.

"칼!"

그녀도 고함쳤다.

하얀 거인의 시체 옆에 언뜻 붉은 얼룩이 눈에 들어왔다. 그녀는 넘어지듯 달려들어 칼집을 낚아챘다.

그녀가 몸을 숙인 순간 머리 위로 하얀 섬광이 지나갔다. 뒷덜미가 화끈하면서 머리카락이 타는 냄새가 느껴졌다.

뒤에서 흰 외계인들의 무리가 달려오고 있었다. 두껍고 단단한 강화복 안의 하얀 발이 땅을 디딜 때마다 대지가 쿵쿵 진동했다.

그녀는 죽은 외계인의 손에서 하얀 막대를 찾았다. 그러나 막대는 어디론가 사라지고 없었다. 그녀는 다급하게 외계인의 시신을 뒤졌다. 허리춤에서 더 굵고 두꺼운 하얀 막대를 찾아냈다. 그녀는 그 막대를 죽은 외계인의 손아귀에 집어넣고 달려오는 외계인들을 향해 겨눈 뒤에 꽉 눌렀다.

막대가 무섭게 진동하면서 눈이 멀 것 같은 새하얀 빛기둥이 뿜어 나왔다. 그녀는 눈을 가늘게 뜨고 어떻게든 조준하려고 애쓰며 죽은 외계인의 손을 힘껏 쥐고 비틀었다. 엄청난 하얀 빛이 허공을 가로질러 하얀 외계인들의 무리를 향해 발사되었다. 예상하지 못한 반동 때문에 그녀는 반대편으로 밀려나 땅에 처박힐 뻔했다.

하얀빛은 무리 중 가운데에 있던 외계인의 가슴과 헬멧에 맞고 그대로 공중으로 반사되어 사라졌다. 빛을 맞은 가슴에는 아무런 흔적조차 없었다. 다만 투명한 헬멧에는 조그맣게 검은 구멍이 뚫리고 그 구멍 주위로 금이 갔다. 외계인은 조금 비틀거렸으나 다시 중심을 잡았고, 흰 외계인들의 무리는 잠시 멈추었다가 비틀거리던 외계인이 다시 걷기 시작하자 그에 맞추어 움직였다.

총성이 울렸다. 하얀빛을 맞았던 외계인이 고개를 뒤로 젖히고 넘어졌다.

그녀는 뒤를 돌아보았다. 남자가 손에 총을 들고 서 있었다.

"헬멧!"

남자가 외쳤다.

그녀는 서둘러 죽은 외계인의 손을 치켜들고 커다란 하얀 막대를 힘주어 비틀었다. 다시 한 번 거대한 흰 빛기둥이 흰 외계인들을 향해 날아갔다. 이어서 총성이 울렸다. 또다시 하얀 빛기둥, 그리고 총성.

추적해오던 하얀 외계인들의 무리가 모두 쓰러진 뒤에야 그녀는 남자가 하얀 빛기둥에 맞은 외계인들의 헬멧에 뚫린 조그만 구멍이나 금을 겨냥해서 명중시켰다는 것을 이해했다.

그녀는 총을 배워야겠다고 결심했다.

남자는 도망치지 않았다. 쓰러진 외계인들 쪽으로 달려갔다.
그녀도 영문을 모르고 따라서 달려갔다. 남자는 외계인들의 손
에서 하얀 막대를 빼내려 하고 있었다.

"장갑, 손, 없으면 안 된다!"

그녀가 서투른 제국어로 소리쳤다. 남자는 대답하지 않았다.
쓰러진 외계인의 방호복을 뒤져서 다른 무기와 장비들을 서둘
러 열심히 떼어냈다.

그런 남자의 옆에 쓰러져 있던 하얀 외계인이 꿈틀거리며 일
어나려 했다. 그녀가 소리를 지르려는 순간 총성이 울렸다. 한
번, 그리고 다시 한 번. 첫 번째 총알은 외계인이 손에 들고 있
던 하얀 무기의 총구에 박혔다. 두 번째 총알은 외계인의 헬멧
과 목 사이를 뚫고 들어갔다. 외계인은 쓰러져 움직이지 않았다.

옆에 나타난 사람은 판자 울타리 안에 함께 갇혀 있던 나이 든
남자였다. 다친 오른손 대신 왼손에 총을 들고 있었다.

"무기를 망가뜨리면 어떡합니까!"

남자가 화를 냈다.

"그거 뺏어봤자 어차피 생체정보가 없으면 쓸 수도 없어요.
빨리 도망이나 쳐요!"

나이 든 남자도 지지 않고 소리 질렀다.

그녀는 가장 가까이에 있는 하얀 외계인의 손에 커다란 흰 막
대를 넣고 꽉 눌렀다. 흰 빛기둥이 솟아올랐다. 그녀는 하얀 외

계인의 손을 잡고 시신을 끌어당겼다. 그 빛기둥을 칼날처럼 이용해서 옆에 있던 외계인의 손목을 잘랐다. 남자에게 내밀었다.

나이 든 남자가 입을 딱 벌리고 그녀를 쳐다보았다. 그리고 서둘러 돌아서서 사라져 버렸다.

남자는 그녀가 내민 외계인의 손을 조심스럽게 받았다. 진중하게 털어서 안에 든 손을 빼냈다. 그런 뒤에 남자는 장갑과 하얀 막대와 다른 기구들을 서둘러 챙겼다.

"갑시다."

남자가 말했다.

그녀는 칼날이 망가진 칼이 든 붉은 칼집을 소중하게 손에 쥐고 남자와 함께 달렸다.

강둑에 도달했다. 도자기처럼 편편한 경사면을 미끄러져 내려가려고 했을 때 갑자기 땅이 진동했다.

그녀는 뒤를 돌아보았다. 하얀 외계인들의 부대가 그녀와 동료들을 향해 하얀 총구를 겨누고 있었다.

다시 한 번 땅이 위협적으로 진동했다. 진동이 점점 더 커졌다. 뿌연 하늘 한쪽이 어두워졌다.

하얀 외계인들이 일제히 고개를 돌렸다. 그녀도 하얀 외계인들을 따라서 그들이 바라보는 곳을 바라보았다.

새까맣고 거대한 새 같은 동물이 지평선 위로 솟아올랐다.

그녀가 놀라서 멍하니 바라보는 사이 그 새처럼 생긴 동물은 날개를 펼쳐 하늘을 뒤덮었다. 땅이 어지러울 정도로 진동했다.

대기까지 함께 떨렸다. 거대한 동물은 입을 크게 벌리더니 검붉은 액체를 뿜어내기 시작했다. 액체는 분수처럼 뿜어 나와 공중에 퍼졌다. 그 비말이 한 방울이라도 닿은 순간 코와 목이 불에 타는 것처럼 고통스러워졌고 피부는 벌겋게 달아오르고 물집이 잡혔으며 눈에 닿으면 눈물이 그치지 않고 한동안 앞이 보이지 않았다. 갑옷 같은 방호복으로 온몸을 감싼 하얀 외계인들도 경계하며 물러났고 검붉은 액체가 닿으면 기겁을 하며 털어냈다.

"뛰어!"

회색 제복의 모르는 여자가 옆에서 외쳤다.

그녀는 뛰었다. 매끈한 강둑을 구르듯이 달려 내려가서 맑은 강물에 몸을 던졌다.

정체불명의 검은 동물이 뿜어낸 액체는 강물 표면에서 핏빛으로 변하면서 기름처럼 넓게 퍼졌다. 수면에서 퍼져 내려온 핏빛 액체가 등과 어깨에 닿았다. 바로 어제 어깨에 입은 상처가 아직 아물지 않았다는 사실을 그녀는 새삼 고통스럽게 확인했다. 마치 등과 어깨에 불길을 뿌린 것 같았다. 그녀는 이를 악물고 물속으로 더 깊이 헤엄쳐 들어갔다. 손에 쥔 칼집 속의 칼과 다리에 묶은 총이 신경 쓰였으나 지금은 무기를 걱정할 때가 아니었다.

맑은 물줄기를 서둘러 가로지르자 곧 탁한 흰색 물줄기가 나타났다. 마치 눈에 보이지 않는 벽이 중간에 가로막힌 듯한 그 모습은 물속에서 보니 더욱 이상했다. 그녀는 한순간 망설였으나 숨이 막히기 시작해서 황급히 탁한 물 속으로 헤엄쳐 들어갔다.

사방이 모두 하얗고 아무것도 보이지 않았으나 강물 바깥의 진동은 물속에도 전해져 왔다. 검은 동물이 쫓아온 것일까? 물 밖으로 나가면 저 정체 모를 동물이 뿜어낸 검붉은 액체를 뒤집어쓰고 타 죽게 될까? 아니면 하얀 외계인들에게 다시 포로로 잡힐까? 모두 다 죽었으면 어떡하지?

그녀는 하얀 물 밖으로 솟아났다. 안개에 휩싸인 낮은 강변이었다.

그녀는 한껏 숨을 들이마셨다. 텁텁하고 탁하다고 생각했던 공기가 그토록 달콤하고 고마울 수가 없었다. 숨을 들이마시다가 물방울이 목으로 튀어 사레가 들렸다. 그녀는 몸을 숙이고 한참 기침을 했다.

다시 제대로 숨을 쉴 수 있게 된 후에 그녀는 강가로 걸어 나왔다. 안개는 강물이 맑은 쪽만 마치 칼로 중간을 자른 것처럼 걷혀서 반대편이 비교적 뚜렷하게 보였다. 거대한 검은 동물은 일종의 박쥐나 새 같았다. 검붉은 액체를 뿜어내면서 부리와 발톱으로 하얀 외계인들의 원반을 공격하고 있었다. 하얀 외계인들도 지지 않고 빛줄기를 쏘았다.

"새가 우리 대신 싸워주네…."

그녀는 옆을 돌아보았다. 남색 치마의 여자가 서 있었다. 연녹색 치마의 여자에 관해서 물으려다가 그녀는 묻지 않기로 했다.

그녀들이 지켜보는 가운데 강 건너편에서 하얀 외계인들은 검은 새에게 빛기둥을 퍼붓고 있었다. 검은 새는 하얀 섬광을 맞

고 뒤로 넘어지더니 다시 한 번 핏빛 액체를 뿜어내며 비명 같
은 울음소리로 땅과 하늘을 진동시킨 뒤에 거대한 날개를 펼치
고 어디론가 날아올라 사라졌다.

"온다."

남색 치마의 여자가 말했다.

하얀 외계인들의 원반이 천천히 떠올랐다. 원반에 타지 않은
외계인들은 마치 허공을 밟는 듯한 동작으로 크게 뛰어 강둑을
한 번에 내려와서 강물 속으로 사라졌다. 그러나 그들은 물속으
로 가라앉은 듯이 보였다가 다음 순간 무서운 속도로 강물을 가
르며 다가오고 있었다. 하얀 갑옷 같은 외계인들의 제복이 순식
간에 희고 탁한 강물을 가득 채우며 여기저기서 떠올랐다.

그녀는 등에 메고 있던 칼집을 내렸다. 왼손에 칼을 들고 오
른손에 칼집을 쥐었다.

남색 치마의 여자도 어디선가 작은 남색 칼집을 꺼냈다. 남색
칼집에서 나온 칼은 날이 넓적하고 길이가 짧았다. 그녀는 남색
치마의 여자가 오른손에 쥔 칼을 바라보았다.

"너무 짧지."

여자가 웃었다.

하얀 외계인이 저렇게 짧은 칼로 공격할 수 있는 거리까지 왔
을 때는, 여자는 이미 죽었을 것이다⋯.

그녀는 자신의 칼날에 이가 빠진 것을 떠올렸다. 칼자루를 쥔
손에 힘을 주었다.

$$*$$

"숙여!"

뒤에서 여자의 목소리가 날카롭게 외쳤다. 그녀는 뒤를 돌아보려 했다. 남색 치마의 여자가 그녀의 목덜미를 잡아 눌렀다. 그녀는 남색 치마의 여자와 함께 하얀 먼지투성이 땅 위로 엎드렸다.

머리 위로 뭔가 시끄러운 것이 빠르게 날아서 강물 위에서 폭발했다. 그리고 다시 한 번.

하얀 강물이 더더욱 하얗게 탁해졌다. 흰 외계인들의 부서진 신체 부위들이 강을 따라 떠내려가기 시작했다.

"발사!"

그녀는 다시 고개를 숙이고 팔로 머리를 감쌌다. 시끄럽고 빠른 것이 세 번째로 강물 위에서 폭발했다.

그녀는 뒤를 돌아보았다. 연녹색 치마의 여자가 어깨 위에 커다란 통 같은 것을 메고 있었다. 남색 치마의 여자를 보고 연녹색 치마의 여자는 눈을 찡긋해 보였다. 그리고 어깨에 메었던 통을 내려놓고 그녀와 남색 치마의 여자에게 총을 한 자루씩 던졌다.

"어떻게 한 거야?"

남색 치마의 여자가 외쳤다.

"생체정보 없으면 못 쓰잖아?"

"저 외계인들한테 맞서서 추락할 때 칩들이 다 망가졌어."

연녹색 치마의 여자가 옆에 내려놓은 통을 가볍게 건드리며 대담하고 긴 총을 집어 들었다.

"안 망가진 건 우리가 깨버렸지."

그리고 여자는 고개를 젖히고 손가락으로 자신의 목을 가리켰다.

"여기하고 여기 사이를 쏴. 다른 데는 금속판으로 덮여 있어서 쏴 봤자 소용이 없어."

그래서 그녀는 붉은 칼집을 내려놓고 생전 처음 손에 총을 들었다. 총은 손잡이의 방아쇠 바로 옆, 엄지손가락이 닿는 부분이 깨져서 탄창이 일부 들여다보였다.

탁하고 하얀 강물 속에서 살아남은 외계인들이 하얀 유령처럼 하나씩 걸어 나오기 시작했다.

그녀는 총을 눈높이로 들었다. 외계인들의 하얀 헬멧 바로 아래를 겨냥했다.

전투는 길지 않았다. 사실 길었는지도 모른다. 그녀는 짐작조차 할 수 없었다.

총의 반동이 그렇게 강하다는 것을 그녀는 상상도 하지 못했다. 첫 한 발은 외계인의 머리 위로 빗나갔고 그녀는 반동에 밀려 뒤로 넘어지며 총을 놓쳤다. 하얀 외계인이 눈앞에 다가왔고 그녀는 아무렇게나 주위를 더듬다가 손에 잡히는 것을 마구 집어서 던졌다.

외계인은 가볍게 피했다. 하얀 막대기의 총구가 그녀를 향했을 때 그녀는 칼집에서 칼을 뽑아 찔렀다. 그녀의 의도는 칼을 총구에 꽂는 것이었지만, 칼끝이 부러진 칼은 총구에 꽂히는 대신 하얀 구멍 바로 아래에 걸려서 막대를 위로 확 제쳤다. 외계인은 하얀 막대를 놓쳤고, 흰 빛줄기가 엉뚱한 곳으로 날아갔다.

그 틈에 그녀는 옆에 떨어진 총을 찾아서 쥐고 몸을 일으켰다. 그녀가 총구를 하얀 외계인에게 겨누려는 순간 외계인이 그녀에게 덤벼들었다.

그녀는 순식간에 짓눌렸다. 외계인은 두꺼운 금속판으로 만들어진 갑옷 같은 보호구로 온몸을 가리고 있었다. 그녀가 처음 대면했던 하얀 여자가 입고 있던, 단단하지만 얇은 방호복과는 전혀 달랐다. 그녀는 몸부림쳤지만 거대한 기계 아래 깔린 것처럼 전혀 움직일 수 없었다.

한 가지 다행한 일은 외계인이 그녀에 비해 지나치게 크고 강화복이 지나치게 두껍다는 사실이었다. 외계인은 그녀의 목을 조르거나 머리를 공격하려 했지만 그녀가 너무 작고 외계인이 너무 컸기 때문에 하얀 거인은 어마어마하게 크고 두꺼운 한쪽 어깨 아래 그녀를 누른 채 다른 쪽 손으로 번번이 헛손질을 했다.

'여기하고 여기 사이.'

그녀는 연녹색 치마의 여자가 목과 머리 사이를 가리키던 것을 생각했다. 손목을 최대한 꺾었지만 외계인의 겨드랑이 밑에 팔이 끼여 목까지 닿을 수 없었다.

어쨌든 그녀는 방아쇠를 당겼다. 한 번, 두 번, 세 번, 계속, 탄창 안의 총알이 다 떨어질 때까지.

그녀를 짓누르던 하얀 외계인이 갑자기 움직임을 멈추었다.

그녀는 온 힘을 다해 그 거대한 쇳덩이 밑에서 빠져나왔다. 아무래도 움직이지 않는 장벽 같은 팔을 우선 안간힘을 써서 아주 약간 들어 올린 뒤에 있는 힘껏 몸을 옆으로 굴렸다. 치마가 외계인의 시신 아래 껴서 빠지지 않았으므로 찢었다.

간신히 일어나서 그녀는 외계인의 시신을 살펴보았다. 총알은 대부분 외계인의 등을 가린 금속판에 맞고 튕겨 나갔다. 그러나 그중 몇 발이 기적적으로 외계인의 목덜미에 맞은 것 같았다. 갑옷의 목 부분과 헬멧 사이에도 작은 틈이 있었고, 그 사이에서 하얀 액체가 흘러나오고 있었다.

그녀는 서둘러 칼을 찾아서 붉은 칼집에 넣었다. 외계인이 사용하려 했던 하얀 막대도 칼과 칼집과 함께 챙겼다.

그리고 그녀는 도망쳤다. 이 강에서 어떻게든 벗어나야만 했다.

살고 싶었다. 의식적으로 그렇게 생각하지는 않았지만, 그녀는 살고 싶었다.

누군가가 달리는 그녀를 붙잡았다. 그녀는 비명을 지르며 몸부림쳤다. 상대가 그녀를 더욱 힘주어 붙잡았다.

"진정해요. 정신 차려요."

그녀는 고개를 들었다. 남자였다. 그녀는 몸부림치던 것을 멈추었다.

"저길 봐요."

남자가 살짝 고갯짓했다. 그녀는 남자가 가리키는 곳을 보았다.

제국인의 비행정이었다. 낮게 공중을 선회하고 있었다.

"추락했잖아?"

그녀가 아연해서 중얼거렸다. 남자가 대답했다.

"다른 정찰선을 더 보냈어요. 지금 도망치면 제국인들 손에 죽어요."

그녀는 멍하니 비행정을 쳐다보았다. 한참이 지난 뒤에야 그녀가 마침내 고개를 끄덕였다. 남자가 그녀를 풀어주었다.

그녀는 남자에게 외계인에게서 빼앗은 하얀 막대와 연녹색 치마를 입은 여자가 주었던 총을 내밀었다. 남자는 어리둥절한 표정이 되었다.

"이거, 갖고 싶어 했잖아."

그녀는 하얀 막대를 다시 내밀며 서투른 제국어로 말했다. 그리고 총을 내보이며 덧붙였다.

"이건, 나, 몰라서."

남자는 조금 웃었다. 건강한 하얀 치아가 살짝 드러났다.

그녀는 그 미소에 왠지 충격을 받았다. 사람이 웃는 모습을 본 것도, 이 행성의 음산하고 탁하고 숨 막히는 흰색이 아닌 건강하고 다정한 흰색을 본 것도 너무나 오랜만이었다. 평생 처음 같았다.

✳

제국인들의 비행정이 착륙했다. 인정사정없는 회색 얼룩무늬 제복 차림의 사람들이 비행정에서 내려왔다. 회색 제복은 그녀와 남자와 살아남은 다른 포로들을 총으로 위협했다. 남자는 그녀가 준 하얀 막대와 총을 뺏겼다. 그녀는 붉은 칼집과 그 안에 든 칼을 뺏겼다. 그리고 제국인들은 그녀의 찢어진 치마 아래 드러난 허벅다리에 묶어둔 소년의 총을 보고 그녀의 머리와 뺨을 때린 뒤에 소년의 총을 빼앗아 갔다.

여자들과 남자들은 따로따로 나뉘어 각각 다른 방에 갇혔다. 제국인들의 회색 제복을 입었던 사람들은 제복을 빼앗기고 얻어맞았다. 그녀는 그렇게 얻어맞고 피를 흘리며 방 안에 내던져진 여자들을 남색 치마의 여자와 연녹색 치마의 여자와 함께 보살피며 밤을 지새웠다.

"튜미나."

다친 여자들의 피를 닦아주고 손을 잡아주고 괜찮다고, 다 괜찮을 거라고 위로해주다가 남색 치마의 여자가 그녀에게 조그만 목소리로 말했다.

"내 이름은 튜미나야."

그리고 그녀는 다정하게 고개를 까딱여서 연녹색 치마의 여자를 가리켰다.

"저쪽은 아튬."

그래서 그녀도 자신의 이름을 말했다.

튜미나도 아툽도 무표정한 채로 진지하게 고개만 끄덕였다. 그리고 여자들은 다시 말없이 다친 동료들을 돌보았다.

배 속에서 꾸르륵 소리가 났다. 그녀는 문득 자신이 몹시 굶주렸다는 사실을 깨달았다. 마지막으로 뭔가 먹은 게 언제인지 기억도 나지 않았다. 자기도 모르게 배고프다고 중얼거리려다가 그녀는 튜미나와 아툽, 그리고 굶주린 다른 동료들이 들을까 싶어 입을 다물었다.

누군가 뒤에서 어깨를 건드렸다.

"배고프구나?"

그녀는 돌아보았다. 보라색 치마를 입은 여자가 서 있었다.

그녀는 보라색 치마의 여자를 알고 있었다. 배 안의 포로들 모두가 알고 있었다.

이스포베딘. 여자들 모두가 의존하면서 동시에 모두가 경계하는 인물이었다.

"뭘 좀 가져다줄까?"

이스포베딘이 웃으며 물었다. 소름 끼치는 미소였다. 그녀는 고개를 저었다.

이스포베딘이 다시 웃었다.

"기다려."

그리고 이스포베딘은 자연스럽게 문밖으로 사라졌다.

이스포베딘은 그런 사람이었다. 모두 얻어맞고 방 안에 갇혀 있을 때도, 문밖에 총을 든 제국인들이 서 있을 때도 이스포베딘 혼자만 어디든 자유롭게 오갈 수 있었다.

제복을 뺏기고 맞아서 다친 여자 동료가 뭔가 말하려 했다. 그녀는 동료를 달랬다.

"괜찮아요. 말하지 말아요. 옳지, 기운 빼면 안 돼요⋯."

"이걸 좀 먹여 봐."

그녀는 깜짝 놀라서 펄쩍 뛸 뻔했다. 이스포베딘은 고양이 같았다. 소리 없이 다니면서 누구에게나 그 무서운 미소를 지었다.

이스포베딘이 다시 웃었다.

"그냥 주는 거야. 오늘 열심히 싸웠으니까."

그녀는 망설였다. 이스포베딘은 다시 활짝 웃었다. 그리고 말 없이 그녀의 곁에 꾸러미를 놓아두고 나타났을 때처럼 소리 없이 자연스럽게 어디론가 사라져 버렸다.

그녀는 꾸러미에 손을 대지 않았다. 건드렸다가는 이스포베딘이 어디선가 다시 나타날 것만 같았다. 꾸러미의 대가로 무엇을 요구할지, 그것을 그녀가 감당할 수 있을지 알 수 없었다.

그녀가 어쩔 줄 모르며 꾸러미를 바라만 보는 모습을 보고 남색 치마의 여자, 튜미나가 손을 뻗었다. 그녀가 말릴 새도 없이 꾸러미를 열었다.

연녹색 치마의 여자, 아틈이 튜미나가 내미는 물병을 받아서 다친 동료의 입안에 조심스럽게 물을 흘려 넣었다. 말라붙은 비상식량 조각을 잘게 부수어 입에 넣어 주었다.

"너도 좀 마셔."

튜미나가 물병을 내밀었다. 그녀가 망설이는 것을 보고 아틈이 말했다.

66

"이미 받았잖아. 나중에 무슨 일이 있더라도 배고프고 목마른 채로 당하는 것보다는 물도 마시고 음식도 먹은 뒤에 당하는 게 나아."

그녀는 수긍했다. 튜미나가 내민 물병을 받았다.

물은 달았다. 그녀는 혼자 전부 다 들이켜 버리지 않기 위해 조심하면서 천천히 조금씩 차가운 액체를 한껏 음미하며 목으로 넘겼다.

물을 마시고, 아튕이 건네준 비상식량 부스러기를 조금 입에 넣고 씹은 뒤에 그녀는 다시 다친 동료들을 돌보았다. 부상자들의 상태가 안정되고 동료들이 모두 휴식을 취하는 것을 확인하고 그녀도 구석으로 기어가서 웅크리고 앉았다. 그리고 그녀는 꾸벅꾸벅 졸다가 잠이 들었다.

그녀는 품 안에 차갑고 단단한 것이 들어오는 느낌에 깜짝 놀라 눈을 떴다.

눈앞에 소년이 서 있었다.

— 죽지 마.

소년이 말했다.

— 사랑해.

그리고 소년은 사라졌다.

그녀는 소년을 따라가려 했다. 일어나서 소년의 이름을 크게 부르려 했다. 그러나 몸이 움직이지 않았다. 안간힘을 쓰다가 그녀는 소스라치며 잠에서 깼다.

품 안에 소년의 총이 있었다. 맑고 탁한 강을 두 번이나 건넜지만, 총은 젖지 않았고 망가지지도 않았다. 소년이 그녀에게 처음 주었을 때처럼 총은 차갑고 건조하고 단단했고 믿음직스럽게 반짝였다.

그녀는 미소 지었다. 총을 품에 꼭 안고 그녀는 다시 지치고 굶주린 자의 노곤한 잠에 빠졌다.

3
이스포베딘

"그래서, 당신은 뭘 원하는데?"

이스포베딘이 남자를 바라보며 물었다. 남자는 화들짝 놀랐다. 그는 아무것도 원한다고 말한 적이 없었다. 그저 남자들이 갇혀 있는 방에 아무렇지 않게 들어와서 구석에 있는 사람과 뭔가 속삭이는 이스포베딘을 바라보고 있었을 뿐이었다.

"뭘 원하는지 말해 봐."

이스포베딘이 다시 말했다. 그리고 살짝 미소 지었다. 고양이처럼 입술 양쪽 끝이 말려 올라가 송곳니가 드러났다. 육식 동물의 웃음이었다.

"총은 어디 있습니까?"

남자는 마른침을 꿀꺽 삼키고 용기를 내어 물었다.

"우리가 하얀 외계인들에게서 빼앗아 온 무기 말입니다."

"그걸 알려주면 나한테 뭘 줄 건데?"

이스포베딘이 되물었다.

남자는 대답하지 못했다. 이스포베딘에게 줄 수 있는 것은 아무것도 없었다. 애초에 말을 꺼내기 전에 거래나 교환에 대한 생각은 한 번도 해 보지 않았다. 남자는 당황했다.

이스포베딘은 그런 남자를 바라보며 다시 한 번 입술 양 끝을 말아 올려 만족한 고양이 같은 미소를 지었다.

"따라와요."

이스포베딘이 말했다. 그리고 오른손을 들어 가볍게 문 쪽을 손짓했다.

남자는 더욱 당황했다. 문은 잠겨 있었다. 따라오라니? 어디로? 어떻게?

이스포베딘은 문으로 다가가 몇 번 두드렸다. 문은 마치 잠긴 적이 없었다는 듯 가볍게 밖으로 열렸다.

이스포베딘이 다시 한 번 손짓했다. 남자는 일어서서 따라갔다.

복도는 좁고 길고 어두웠다. 바닥에 여러 가지 알 수 없는 물건들이 흩어져 있었고 가끔은 벽이 끈적끈적하거나 심한 냄새가 풍겨왔다. 이스포베딘은 그런 제국인들의 배 밑바닥을 마치 자기 집 방 안을 걷는 것처럼 익숙하게 빠른 걸음으로 지나갔다.

복도가 끝나는 곳에서 이스포베딘은 갑자기 사라졌다. 남자는 당황해서 두리번거렸다. 어둠 속에서 이스포베딘의 얼굴이 나타나 남자에게 예의 그 고양이 같은 미소를 지으며 손짓했다. 남자는 그 손짓을 따라서 왼쪽에 있는 문으로 들어갔다. 남자의 등 뒤에서 쾅, 하고 소리를 내며 육중한 문이 잠겼다.

　이스포베딘은 빨랐다. 익숙한 몸짓으로 남자의 바지를 벗기고 성기를 손으로 감쌌다. 남자가 놀라서 입을 열려고 하자 이스포베딘은 남자의 다리 사이를 전부 양손에 모아서 꽉 쥐었고 그래서 남자는 아무 말도 할 수 없게 되었다. 이스포베딘은 재빨리 남자의 성기를 문지른 뒤에 뭔가 얇고 매끄럽고 탄력 있는 것을 순식간에 씌웠다. 남자가 다시 입을 열어 말하려 하기 전에 먼저 이스포베딘의 손이, 이어서 입술이 남자의 입을 막았다. 따뜻하고 축축한 것이 남자를 덮쳤다.

　남자는 결정을 해야 한다는 것을 깨달았다. 뿌리치고 나가거나, 이스포베딘이 원하는 것을 주거나. 그러나 뿌리치고 나간다면 그가 원하는 정보는 얻을 수 없게 될 것이다. 그리고 지금 그를 밀어붙이는 이 여자의 기분을 거스른다면 후환이 있을지도 모른다는 사실을 남자는 본능적으로 감지했다. 이스포베딘이 어떤 인물인지 그는 전혀 알지 못했다. 그러나 제국군의 감시에도 불구하고 포로들이 감금된 방을 자유롭게 드나들고 아무도 저지하는 사람 없이 함선 안의 복도와 방을 이렇게 마음대로 다닐 수 있다면 남자 자신과 같은 평범한 포로는 아닐 것이라고 그는 생각했다.

　그러므로 남자는 몸의 힘을 풀었다. 긴장한 양손으로 이스포베딘을 붙잡아 뿌리치는 대신 등 뒤의 벽을 더듬어 양손으로 몸을 지탱했다.

아무것도 보이지 않는 텅 빈 어둠 속에 두 사람의 거친 숨소리만 낮게 울렸다.

쾌감이라기보다 충격에 가까운 절정이 지나간 뒤에 이스포베딘은 시작할 때와 마찬가지로 재빨리 남자에게서 얇고 탄력 있는 것을 벗겨내고 남자의 바지를 도로 입혔다. 그리고 남자의 손에 뭔가 차갑고 단단한 것을 쥐여준 뒤에 이스포베딘은 남자의 볼에 살짝 입 맞추고 귓가에 속삭였다.

"잘했어."

그리고 이스포베딘은 문밖으로 사라졌다.

남자는 이스포베딘이 손에 쥐여준 단단한 것을 만져 보았다. 어둠 속에서 아무것도 보이지 않았지만 남자는 그 물건이 하얀 외계인들에게서 빼앗아 온 하얀 막대라는 것을 짐작할 수 있었다. 그래서 남자는 서둘러 문을 열고 나가서 어스름하게 보이는 이스포베딘의 뒷모습에 대고 외쳤다.

"이것만 주면 어떡합니까? 생체정보가 있어야 해요!"

"그런 건 알아서 해."

이스포베딘은 돌아보지도 않고 복도 벽에 대고 말했다. 그리고 길고 좁은 복도의 어둠 속으로 사라져 버렸다.

문밖으로 나오자마자 남자는 회색 제복을 입은 제국군들에게 붙잡혔다. 제국의 군인들은 남자를 감금되었던 방으로 도로 데려가서 문을 열고 안으로 집어 던졌다. 방 안으로 던져져 바닥에 넘어져 구르면서도 남자는 옷 아래 숨긴 하얀 막대가 떨어지거나 소리를 내지 않도록 손으로 붙잡고 있었다. 바닥에 머리와 어깨를 부딪쳐 남자는 잠시 정신이 멍해졌다. 제정신이 돌아오자 부딪친 곳에 견딜 수 없는 통증이 덮쳐왔다. 남자는 한 손으로 머리와 어깨를 문지르면서도 다른 손으로는 옷 아래 숨긴 하얀 막대를 놓지 않았다.

그리고 남자는 밤새 하얀 막대를 들여다보고 있었다. 이스포베딘과 함께 나갔다가 돌아온 남자를 보며 다른 남자들은 킥킥거리거나 의미심장한 눈길을 보내기도 했고 또 어떤 남자들은 노골적으로 불쾌감을 표시하며 눈살을 찌푸리기도 했다. 남자는 개의치 않았다. 하얀 막대를 들여다보며 남자는 어떻게 해야 그 무기를 사용할 수 있을지 궁리했다. 그러다 남자는 하얀 막대를 소중하게 가슴에 안은 채로 잠이 들었다. 아침에 남자는 목덜미를 세게 잡혔기 때문에 잠에서 깨어났다. 남자는 우주선 밖으로 끌려나가면서 하얀 막대를 서둘러 다시 옷 속에 숨겼다.

"이걸 얻었어요."

남자는 기계적으로 터덜터덜 행군하는 사람들 속에서 그녀를 발견하고 다가가서 하얀 막대를 끝만 살짝 보여주었다. 그녀는 피로를 가득 담은 무심하고 창백한 얼굴로 남자를 쳐다보았다.

"이스포베딘?"

그녀가 대답 대신 물었다.

남자는 어둠 속에서 자신의 입을 막던 이스포베딘의 입술과 자신의 다리 사이를 무관심하고 효율적으로 만지던 손을 생각했다. 문득 부끄러워져서 남자는 대답을 하지 못했다.

"그 사람, 조심해…."

그녀가 한숨을 쉬듯이 중얼거렸다. 그리고 더는 남자에게 관심을 두지 않고 다시 기계적으로 터벅터벅 걸었다.

남자는 당황했다. 부끄러운 기분은 사라지지 않았다. 그러나 여자가 자신을 두고 터덜터덜 걸어서 가 버릴 것 같았기 때문에 남자는 따라가서 물었다.

"왜요?"

여자는 듣지 못한 것 같았다. 남자는 다시 물었다.

"그 사람은 무슨 사연이죠?"

여자가 고개를 돌렸다. 눈에 핏발이 서고 멍했다. 그래서 남자는 설명했다.

"그, 이스…덴…포…."

이름을 정확히 기억할 수 없었다. 여자가 지친 입을 열어 할 수 없다는 듯이 말했다.

"뺏겼어. 아이."

남자는 한순간 이해하지 못했다.

"아이를… 뺏겨요? 제국군에게?"

여자는 고개를 끄덕였다.

"둘. 아이-남자, 아이-여자."

"아들하고 딸?"

남자가 정정했다. 여자는 다시 피로한 표정으로 고개를 끄덕였다.

"죽었어요?"

남자가 다시 물었다. 여자는 고개를 저었다.

"몰라."

여자들끼리는 모두 아는 이야기였다. 아이를 빼앗긴 어미는 건드리지 말라고, 아이를 되찾기 위해서라면 어미는 뭐든지 할 수 있는 법이라고 여자들은 말했다. 그래서 여자들은 이스포베딘을 대체로 두려워하고 때로 증오하고 싫어하면서도 한편으로는 동정했다.

차라리 아이들이 죽었으면 또 달랐을 거라고, 누군가 다른 여자가 조심스럽게 말한 적이 있었다. 그러나 이스포베딘이 마지막으로 보았을 때 아이들은 살아 있었다고 했다. 제국의 군인들은 이스포베딘의 어린 아들과 딸을 강제로 데려가면서도 발버둥 치고 물어뜯고 소리 지르는 아이들을 죽이지 않았다. 오히려 다치지 않게 데려가려고 조금은 조심하는 것처럼 보였다. 최소한 이스포베딘의 기억에 따르면 그랬다. 그러므로 아이들은 살아 있을 것이라고 이스포베딘은 믿었다. 그 믿음 때문에 이스포베딘은 그 누구보다도 깊고 단단한 감옥에 갇힌 포로였고 생사가 불분명한 아이들은 영구히 인질이었다. 아이들의 생사와 행방을 알기 위해 이스포베딘은 정보를 거래했고 그 덕에 포로들은 원하는 것, 필요한 것을 때로 얻을 수도 있었지만 원하지 않는 결과를 당할 때가 더 많았다. 정찰선이 격추당한 뒤에 제국의 무기를 탈취한 포로들이 처벌을 받은 것도, 전투에 이겼는데도 다 함께 감금당한 것도 이스포베딘 때문이었을 것이라고 모두 짐작하고 있었다.

그녀는 이런 일들을 모두 남자에게 설명하기에는 너무 지쳐 있었다. 그래서 그녀는 남자가 뭔가 더 물어보려고 했을 때 그저 눈을 꼭 감고 힘없이 고개를 저었다.

지치고 피곤하고 배가 고픈 채로 어깨와 다리와 손목의 상처가 화끈거리고 따끔거리는 고통을 견디면서 그녀는 숫돌에 대해 생각하고 있었다. 발목까지 덮었던 긴 치마가 어제의 전투로 찢어졌기 때문에 그녀는 소년이 준 총을 가릴 만한 길이만 남기고 걸을 때마다 다리에 감기는 나머지 천을 뜯어냈다. 그래서 이제는 허리에 찬 칼집이 걸을 때마다 드러난 맨다리를 때렸다. 그녀는 그 칼집 속에 있는 칼을 생각했다. 이가 빠지고 부러진 칼날을 수리하려면 칼날을 새로 만들어 끼우거나 아니면 임시방편으로 부러지고 이 빠진 부분만 다른 쇳조각을 대서 때워야 했다. 그러려면 대장간이 필요하다. 이곳에서, 이런 상황에서는 칼날을 새로 만드는 것도, 때우는 것도 불가능했다. 그녀가 할 수 있는 최선은 칼날을 갈아내어 부러지고 이 빠진 부분을 아직 성한 부분과 가능한 한 맞추는 것 정도였다.

칼날을 갈려면 숫돌이 있어야 했다. 숫돌은 어떻게 하면 구할 수 있을까.

이스포베딘?

76

그녀는 자기도 모르게 고개를 저었다.

"그런 이야기들은 어떻게 알죠?"

남자가 물었다. 그녀는 깜짝 놀라서 퍼뜩 고개를 들었다.

"여자들끼리는 그런 이야기를 하나요?"

머릿속이 숫돌과 칼날에 대한 궁리로 가득했기 때문에 그녀는 남자가 이스포베딘에 대해 말하고 있다는 것을 이해하기까지 약간 시간이 걸렸다.

"왜 모르지?"

그녀가 되물었다.

"오래, 같이, 여섯 해, 지냈잖아?"

"여섯 해?"

남자가 의아한 표정으로 되물었다.

여자는 여기에 대답할 수 없었다. 하늘을 뒤덮은 뿌연 구름 사이로 그 구름과 똑같은 색의 하얀 우주선이 소리 없이 나타났다. 우주선은 어제의 하얀 강을 향해 행군하던 포로들을 향해 똑바로 새하얀 광선을 쏘았다.

포로들은 비명을 지르며 흩어졌다.

그녀도 뛰기 시작했다. 어디로 가야 하는지 알지 못한 채 그녀는 하얀 우주선의 반대 방향으로 무작정 뛰었다.

뛰다가 그녀는 넘어졌다. 사방이 안개에 가린 데다 두려움에 짓눌려서 그녀는 자신이 어제의 하얀 강을 향해 곧바로 뛰어가고 있다는 사실을 알지 못했다.

그녀는 발에 뭐가 걸렸는지 손으로 더듬어 보았다. 끈적끈적하고 가늘지만 질긴 풀 줄기가 손에 닿았다. 강변에서는 유독 안개가 심해서 자기 발조차 제대로 보이지 않았다. 그녀는 발에 감긴 풀을 손으로 대충 더듬어서 황급히 떼어내기 시작했다.

억센 손이 그녀의 손목을 잡았다. 반투명한 둥근 헬멧 속 새하얀 얼굴의 노란 눈과 시선이 마주쳤다.

다음 순간 그녀는 노란 눈의 외계인에게 붙잡혀 희고 탁한 강물 속으로 끌려 들어갔다.

물은 뿌옇고 사방이 희었으며 그녀는 숨을 쉴 수 없었다. 그러므로 무슨 일이 일어났는지 그녀는 정확히 기억할 수 없었다.

노란 눈의 하얀 외계인은 그녀에게 하얀 막대를 겨누려 했다. 그녀는 서둘러 칼집을 풀고 칼집 끝으로 외계인의 손목을 쳐올렸다. 외계인은 하얀 막대를 놓쳤다. 하얀 막대는 희고 뿌연 물속으로 가라앉아 사라졌다.

그러자 외계인은 하얀 양손을 뻗어 그녀를 붙잡으려 했다. 그리고 외계인의 머리 뒤에서 세 번째 팔, 기계로 된 팔이 솟아올랐다.

기계 팔이 그녀의 칼집을 낚아챘다. 그녀가 칼을 뺏기지 않기 위해 몸부림치며 덤벼들자 외계인이 손을 뻗어 그녀를 세게 후려쳤다. 그녀는 관자놀이를 맞았다. 눈앞이 깜깜해진 채로 그녀는 천천히 물속에서 반 바퀴쯤 빙글 돌았다. 그리고 그녀는 머리를 아래로, 다리를 위로 한 채 비스듬히 물속으로 가라앉기 시작했다.

그녀는 머리 아래의 뿌옇고 탁한 하얀 심연을 바라보았다. 가라앉지 않으려고 허우적거렸다. 손에 뭔가 걸렸다. 그녀는 온 힘을 다해 붙잡았다.

그녀가 잡은 것은 하얀 외계인의 방호복 신발이었다. 외계인은 그녀를 떼어내려고 발을 털었지만 그녀는 그럴수록 더 안간힘을 쓰며 외계인의 발을 꽉 붙들었다. 숨이 찼고 눈앞은 희고 뿌옇게 탁해서 전혀 보이지 않았으며 생각을 할 수 없었다. 그녀는 그저 본능에 따라 움직였다.

손에 꽉 붙잡은 외계인의 신발에서 뭔가 볼록한 부분이 만져졌다. 그녀는 온 힘을 다해 그 부분을 손가락으로 움켜쥐었다. 외계인이 다시 한 번 그녀를 차 내려고 발을 털었다.

외계인의 신발이 벗겨졌다. 모든 것이 희고 뿌옇게 흐려진 탁한 물속에서 뭔가 까만 것이 선명하게 보였다.

그녀는 손을 뻗어 그 까만 것을 붙잡았다. 오톨도톨한 부분이 있었다. 그녀는 온 힘을 다해 손가락으로 움켜쥐었다.

외계인의 머리 위에 솟아올랐던 기계 팔이 붙잡고 있던 그녀의 칼집을 놓았다.

한순간 반투명한 헬멧 속 새하얀 얼굴의 샛노란 눈과 다시 한 번 시선이 마주쳤다.

하얀 외계인은 양팔로는 등 뒤의 기계 팔을 붙잡으려고 허우적거리며 다른 한쪽 발로 그녀를 차 내려 했다. 그러나 물속이라 움직임이 생각처럼 빠르지 않았다. 그녀는 외계인의 발길질을 피하면서 손가락 사이에 움켜잡은 검은 장치를 이리저리 비틀어

보았다. 기계 팔은 그녀가 비트는 방향대로 이리저리 움직였다.

그녀는 손가락 사이의 검은 장치를 앞으로 꺾어 보았다.

기계 팔이 하얀 외계인의 반투명한 헬멧을 붙잡았다.

그녀는 검은 장치를 앞으로 꺾은 채 손가락으로 힘주어 비틀었다.

기계 팔이 하얀 외계인의 헬멧을 뚫고 들어갔다. 하얀 외계인은 발에 그녀를 매단 채로 경련했다.

희고 탁한 물이 하얀 외계인의 헬멧 안에서 솟아 나오는 하얀 액체로 더더욱 탁해졌다. 반투명한 헬멧 안으로 보이던 샛노란 눈이 순식간에 생기를 잃었다.

그녀는 하얀 외계인이 움직임을 멈춘 뒤에도 외계인의 발에 달린 기계장치를 꽉 붙잡고 숨을 더 이상 참을 수 없을 때까지 버텼다.

기계 팔이 놓친 칼집이 희고 무거운 물 속을 떠다니다가 둥실둥실 그녀 옆으로 흘러왔다. 그녀는 외계인의 발을 놓고 칼집을 잡았다. 그리고 그녀는 죽은 외계인을 물속에 버리고 수면으로 헤엄쳐 올라가기 시작했다.

외계인에게 얻어맞아 한 번 위아래가 뒤집혔고 이후로 몸싸움하면서 외계인도 그녀도 몇 번이나 물속에서 공중제비를 돌았다. 그러므로 그녀는 정확히 어느 쪽이 위인지, 어디로 가야 물밖으로 나갈 수 있는지 알지 못했다. 아무리 헤엄쳐도 눈앞은 희고 뿌옇고 물은 탁했으며 팔다리를 계속 움직여 보아도 수면이 가까워진다는 느낌은 들지 않았다.

숨이 찼다. 당장 공기가 필요했다. 그녀는 공포에 질렸다.

겁에 질려 팔다리를 마구 휘두를수록 더욱 숨이 찼다. 숨이 찰수록 더 큰 공포가 밀려왔고, 공포에 질릴수록 눈앞이 더 보이지 않고 차분하게 생각을 할 수 없어 더더욱 방향을 잡을 수 없었다.

그녀는 무작정 아무 방향으로나 움직였다. 칼집을 머리 위로 한껏 쳐들었다. 밖에서 혹시 동료들이 본다면 하얀 안개 속에서도 빨간 칼집은 선명하게 보일 것이라고 생각했다. 그러나 실제로 자신이 칼집을 수면을 향해 쳐들고 있는지 아니면 물속 더 깊은 곳을 향해 휘두르고 있는지는 그녀 자신도 알지 못했다.

숨 쉬고 싶었다. 당장, 지금 당장 공기가 필요했다. 그녀가 숨을 쉬려고 입을 벌리자 희고 탁한 물이 코와 입으로 쏟아져 들어왔다.

그녀는 정신을 잃었다.

남자는 그녀를 쫓아서 뛰어가다가 그녀를 놓쳤다. 그녀가 넘어졌기 때문에 남자는 그녀를 한순간 잃어버렸고, 물속으로 끌려 들어가는 그녀의 비명을 듣고 달려가려 했을 때는 하얀 외계인들에게 둘러싸여 있었다.

남자는 옷 속에 숨겨두었던 하얀 막대를 꺼내 겨누었다. 물론 사용할 수 없다는 것을 남자는 알고 있었다. 그러나 하얀 외계인들은 그 사실을 알지 못했다. 하얀 막대를 보고 외계인들은 일단 긴장했고 남자가 너무나 자신만만하게 막대를 겨누자 외계인들은 저마다 한 걸음씩 물러섰다. 남자도 도망칠 방법을 궁리하면서 하얀 막대를 겨눈 채로 천천히 한 걸음씩 물러서기 시작했다.

그러다 눈치 빠른 외계인 한 명이 자기 허리춤에 차고 있던 하얀 막대를 꺼내어 흰 빛줄기를 남자에게 쏘았다. 남자는 빛줄기를 피해 펄쩍 뛰다가 넘어졌다.

하얀 외계인들이 일제히 달려들었다. 단 한 명이라도 쓰러진 남자에게 정확하게 하얀 빛줄기를 발사했다면 남자는 살아남지 못했을 것이다. 그러나 긴장이 풀린 외계인들이 한꺼번에 덤벼들어 남자를 향해 하얀 광선을 마구 발사해 댔기 때문에 남자는 쓰러진 채로 이리저리 몸을 비틀며 피하려고 애썼다. 여기저기 하얀 광선을 맞아 화상을 입었으나 남자는 고통스러워할 겨를이 없었다.

그중 한 외계인이 발로 남자의 얼굴을 내리찍으려 했다. 남자는 간발의 차이로 피했다. 그리고 남자는 쥐고 있던 하얀 막대로 하얀 외계인의 발을 내리쳤다.

하얀 외계인에게는 아무 일도 일어나지 않았다. 대신에 남자가 쥐고 있던 하얀 막대가 외계인의 신발에 닿자 흰 광선이 수직으로 뿜어져 나왔다. 남자를 발로 차려고 했던 외계인은 목 아래부터 수직으로 하얀 광선을 맞고 무너지듯이 뒤로 쓰러졌다.

남자는 한순간 어리둥절했으나 곧 상황을 이해했다. 남자는 죽은 외계인의 발을 한 손으로 꽉 붙잡고 다른 한 손으로 하얀 막대를 외계인의 신발에 댄 채로 자신을 향해 다가오는 외계인들에게 흰 빛줄기를 쏘기 시작했다.

외계인들이 모두 쓰러진 뒤에 남자는 천천히 일어섰다. 팔다리에는 흰 빛줄기에 덴 상처가 수없이 나 있었고 오른쪽 허리가 심하게 쓰라렸다. 남자는 찢어지고 불타버린 웃옷을 걷어 올렸다. 허리부터 옆구리를 지나 겨드랑이 뒷부분까지 일직선으로 광선이 지나간 자리가 거멓게 타 있었다. 남자는 얼굴을 찡그리고 이를 악물었다.

남자는 하얀 막대를 바지춤에 끼운 뒤에 쓰러진 외계인의 양손에서 장갑을 벗겨냈다. 자신의 양손에 그 장갑을 낀 뒤에 가장 가까이 있는 외계인이 허리에 차고 있던 더 크고 굵은 하얀 막대도 허리띠째로 풀어서 자기 허리에 찼다. 그리고 남자는 일어나서 다른 적들이 다가오지 않는지 살피기 위해 사방을 둘러보았다. 그 순간 남자는 하얗고 탁한 안개 속에서 아주 멀리 보이는 빨간 점 같은 것을 보았다.

여자다. 여자의 칼이다.

남자는 하얀 강물 속으로 뛰어들었다.

여자가 하얀 외계인에게 끌려 들어간 곳은 희고 탁한 물과 맑은 물이 흐르는 강의 한중간이었다. 남자는 전투가 한창인 희고 탁한 쪽의 강변을 피해 건너편 강변으로 여자를 끌고 갔다.

여자는 숨을 쉬지 않았다. 남자는 어찌할 바를 몰랐다. 여자를 흔들어 보기도 하고, 등을 쳐 보기도 하고 문질러 보기도 하고,

여자의 팔을 머리 위로 쳐들고 가슴과 배를 눌러 보기도 했다.

여자가 하얗고 탁한 물을 토하기 시작했다. 남자는 여자가 물을 더 잘 토할 수 있도록 옆으로 눕히고 등을 쓸어 주었다. 여자는 한참이나 물을 토하고 기침을 하다가 축 늘어졌다.

남자는 겁에 질렸다. 다시 여자를 흔들었다.

"하지 마…."

여자가 불평했다. 기운 없는 작은 목소리였지만 남자는 안심했다.

"내 칼…."

여자가 말했다. 남자는 붉은 칼집을 여자의 손에 쥐여주었다.

여자는 안심한 듯 약하게 미소를 띠고 눈을 감았다. 남자는 다시 겁에 질렸다.

"일어나요!"

남자가 소리쳤다. 여자가 다시 눈을 떴다.

"발…."

여자가 중얼거렸다. 남자는 여자의 말을 알아듣기 위해 입가에 귀를 가져갔다.

여자는 하얀 외계인들의 신발 속에 달린 검은 장치와 그 장치를 움직이거나 비틀거나 누르거나 꺾으면 조종할 수 있는 등 뒤의 세 번째 기계 팔에 관해 이야기했다.

남자는 고개를 끄덕였다. 그리고 하얀 막대를 하얀 외계인들의 장갑뿐 아니라 신발에 갖다 대도 작동한다는 정보를 여자에게 알려주었다.

여자는 잠시 눈을 감았다가 다시 떴다. 힘겹게 몸을 일으켰다. 남자가 부축해 주었다.

여자는 칼집을 손에 단단히 쥐고 하얗고 매끈한 강둑의 모래를 부수어 손잡고 발 디딜 곳을 만들어가며 천천히 조심스럽게 강둑을 오르기 시작했다. 남자도 뒤에서 받쳐주며 따라갔다.

강둑의 오르막 꼭대기에 이르러 여자는 눈만 내밀고 조심스럽게 정황을 살펴보았다. 이전에 보았던 것과 같은 반투명하고 하얀 원반이 있었다. 그러나 주위에 하얀 외계인들은 보이지 않았다.

강둑 위로 올라서기 전에 남자가 한 손에 끼고 있던 장갑을 빼여자에게 하얀 막대와 함께 내밀었다. 여자는 받아서 장갑을 손에 낀 뒤에 하얀 막대를 장갑 낀 손으로 힘주어 잡았다. 장갑이 커서 헐렁했기 때문에 막대를 놓치지 않으려면 꽉 쥐어야 했다.

그리고 여자는 조심스럽게 강둑 꼭대기로 올라갔다. 남자가 뒤를 따랐다.

세 걸음도 걷기 전에 두 사람은 하얀 외계인들에게 둘러싸였다.

하얀 외계인들은 두 사람이 손에 끼고 있던 장갑과 들고 있던 하얀 막대부터 빼앗았다. 그러나 두 사람의 예상과는 달리 하얀 외계인들은 두 사람을 죽이지도 상처를 입히지도 않았다. 두 사람은 하얀 외계인들이 시키는 대로 돌아섰다. 반투명한 하얀 원반 쪽으로 걸어가면서 여자는 강둑의 오르막 아래 몸을 숨긴 낯익은 여자들 몇의 얼굴을 발견했다. 그중 하나는 이스포베딘의 얼굴이었다.

그리고 여자는 남자와 함께 하얗고 반투명한 원반을 향해 걸어갔다. 원반은 완벽하게 둥글고 매끈했으며 어느 쪽이 앞이고 어느 쪽이 뒤인지 알 수 없었다. 두 사람은 하얀 외계인들이 시키는 대로 정해진 곳에서 멈추어 섰다. 희고 반투명한 원반 일부가 갈라져 열리더니 통로가 땅을 향해 천천히 내려왔다. 하얀 외계인들과 함께 두 사람이 올라타자 통로는 다시 천천히 공중으로 올라가서 닫혔다.

여자와 남자는 새하얀 복도를 걸었다. 벽과 바닥과 천장을 가득 덮은 장치와 계기판들은 여자와 남자가 아는 제국인들의 것과 무척 비슷해 보이는 종류도 있었으나 어디에 쓰는 용도인지 전혀 알 수 없는 것도 있었다. 두 사람이 두리번거리자 하얀 외계인이 위협적으로 하얀 막대를 휘두르며 옆을 막아섰다.

여자는 하얀 외계인들이 시키는 대로 걸으면서 하얀 우주선 안이 이상하게 조용하다고 생각했다. 여러 가지 기계장치와 계기들이 내는 웅웅 하는 진동 소리, 부품들이 움직일 때 나는 끼익 혹은 찰칵거리는 소리는 분명히 우주선 안을 가득 채우고 있었다. 그 점에서는 여자가 아는 제국인들의 함선과 비슷했다.

그러나 사람의 목소리가 전혀 들리지 않았다. 제국인들의 함선 안에 수시로 울려 퍼지는 명령이나 지시, 경고 방송도 없었다. 하얀 외계인들은 서로 지나칠 때면 손을 들어 경례했으나 아무도 말을 하지 않았다. 우주선 안에서 헬멧을 벗은 외계인들은 희고 창백한 얼굴이 푸르스름하기도 하고 아주 옅지만 불그스름하기도 했으며 눈 색깔과 머리카락 색깔도 옅은 회색부터 노란색, 녹색, 푸른색, 옅은 갈색까지 가지각색이었으나 그들 중에 입을 열어 목소리를 내는 사람은 아무도 없었다.

문득 바닥이 심하게 진동했다. 하얀 외계인들 모두 일시에 걸음을 멈추었다. 갑작스러운 진동 때문에 그녀는 깜짝 놀라 넘어질 뻔했다. 남자가 그녀를 부축하기 전에 하얀 외계인 중 한 명이 그녀를 거칠게 붙잡아서 똑바로 세웠다.

그리고 옆의 하얀 벽이 열리고 그 안에서 가느다랗고 나이 든 하얀 사람이 나타났다. 하얀 사람은 여성으로 보였으나 흰 외계인들의 성별도 남성이나 여성 혹은 그와 관련된 성별들로 구분되는지는 확신할 수 없었다. 가느다랗고 나이 든 하얀 사람은 하얀 외계인들 사이에서 높은 지위에 있는 것 같았다. 하얀 외계인들 모두 손을 들어 경례했고, 가느다랗고 나이 든 하얀 여성도 손을 들어 답례했다. 그리고 가늘고 하얀 사람은 자리에 앉아서 여러 가지 장치를 켰다.

— 우르르리-의-행성-에-어째서-침공-했-는가?

기계 목소리가 제국의 언어로 갑자기 물었다. 그 말소리는 마치 언어가 무엇인지 모르는 사람이 기계를 사용해서 자음과 모음을 따로따로 만들어낸 뒤에 소리를 합성하는 장치를 써서 무작위로 조합한 것 같았다. 이질적이고, 알아듣기 어렵고, 기괴했다.

남자도 여자도 대답하지 않았다. 뭐라고 대답해야 할지 알 수 없었기 때문이다. 기계 목소리가 다시 물었다.

― 목적-이-무엇-인가? … 르르르랴타-인가?

그녀는 어리둥절해서 남자를 쳐다보았다. 남자도 당황한 표정으로 그녀를 쳐다보았다. 마지막 단어를 알아듣지 못한 것이 분명했다. 하얀 외계인들의 기계는 유음(流音)을 잘 처리하지 못하는 것 같았다.

"우리는 포로다."

여자가 먼저 외쳤다.

"목적은 자유다. 제국인들이 싸우라 했다. 이기면 자유롭게 된다."

― 포르르르르로?

가느다랗고 나이 든 하얀 외계인의 기계 목소리가 되물었다. 그리고 가늘고 하얀 외계인은 목소리를 내던 장치에 연결된 다른 장치를 꺼내어 손으로 여기저기 누르며 뭔가를 한동안 살펴보았다.

― 포르르르르로-라면 전쟁-의-포르르르로-인가?

가느다랗고 나이 든 하얀 외계인이 물었다.

― 최근-삼-세기-동안-바-르르르르리-아그-제국-에-이민족-과-의-전쟁-은-없-었-다.

"아냐! 당신들의 정보는 틀렸어!"

남자가 외쳤다.

"우리는 조국과 고향을 빼앗겼다! 우리가 원해서 이 행성을 침략한 게 아니야!"

주변이 가볍게 진동했다. 다음 순간 하얀 외계인 한 명이 다가와 남자의 뒤통수를 후려갈겼다. 남자가 쓰러지려 하자 다른 외계인이 마치 물건을 들어 올리듯 남자의 목덜미를 붙잡고 넘어지지 못하게 했다.

— 바-르르르르-리아-그-제국-병사-드르를-은-안개-가-흩어지-는-시각-에-처형-한-다.

기계 목소리가 선언했다.

남자가 다시 입을 열었으나 이번에는 주변이 진동하기 전에 하얀 외계인이 남자의 명치를 하얀 막대로 가격했다. 남자는 입을 벌린 그대로 다른 하얀 외계인에게 목덜미를 잡힌 채 축 늘어졌다. 그녀는 아무 말도 하지 못했다.

가느다랗고 하얀 외계인이 무표정하게 기계를 끄고 장치들을 종료했다. 다시 한 번 바닥이 진동했다. 진동이 멈춘 뒤에 하얀 외계인들이 일제히 손을 들어 경례했다. 가느다랗고 하얀 외계인이 손을 들어 답례하자 벽이 천천히 미끄러지듯 닫혔다.

안개가 걷히는가 싶더니 빗방울이 떨어지기 시작했다. 빗방울은 크고 하얗고 차갑고 무거웠고 옷과 피부 위에 떨어져 희끄무레한 얼룩을 남겼다. 입안으로 흘러들어온 하얀 빗방울의 맛은 텁텁하고 역겨웠다. 하얀 외계인들은 반투명한 헬멧 위에 하얀 빗방울 얼룩이 가득 덮인 채로 주위에 둘러서서 그녀와 남자를 지켜보았다.

그녀와 남자는 등 뒤로 양손이 묶인 채 서서 하얀 비를 맞고 있었다. 그녀는 숨을 헐떡거렸다. 드러난 피부를 적시는 하얀 빗방울 때문에 점점 한기가 들었고 숨 막히는 하얀 공기와 희고 텁텁한 빗방울 때문에 제대로 호흡을 하기 힘들었다.

"천천히, 크게 숨 쉬어요. 들이쉬고, 내쉬고. 옳지."

옆에서 남자가 달랬다. 그녀가 헐떡이며 물었다.

"왜 안 죽이지?"

"비가 걷힐 때까지 기다리는 거예요."

남자가 속삭였다.

"그래야 강 건너 사람들한테 보일 테니까."

강 건너 사람들. 대체 몇 명이나 남았을까. 그녀는 하얀 우주선이 불길을 뿜어내던 광경을 떠올렸다. 남색 치마의 여자는, 연녹색 치마의 여자는 어떻게 됐을까. 밤새 함께 갇혀 있던 여자들은 무사할까.

비가 점점 더 무섭게 쏟아지기 시작했다. 묵직한 빗방울이 몸을 때릴 때마다 아플 지경이었고 짙은 습기가 코와 입을 뒤덮으며 호흡이 더더욱 힘들어져서 그녀는 물 위로 나온 물고기처럼 힘겹게 입을 벌리고 숨을 몰아쉬었다. 빗방울이 마치 막대기처럼 땅을 두드렸고 무거운 물방울에 얻어맞은 하얀 지표면이 진동했다.

그 진동 속에 총소리가 울렸다. 하얀 외계인들이 일제히 소리가 난 쪽을 돌아보았다. 쏟아지는 하얀 빗줄기 속에 회색 형체들이 나타났다.

"엎드려!"

남자가 소리치며 그녀의 발목을 찼다. 그녀는 양손을 등 뒤로 묶인 채 얼굴부터 젖은 땅바닥에 박으며 넘어졌다. 눈앞이 한순간 깜깜해졌으나 그녀는 불평할 수 없었다. 코와 입술에서 흘러나온 찝찔한 것이 입안에 퍼지는 동안 그녀의 머리 위로는 총알이 날아다녔고 얼굴 옆의 젖은 땅바닥에 빗방울과 함께 총알이 박혀 진흙이 튀어 올랐다.

그녀는 기었다. 어디로 가야 할지 알 수 없지만 하여간 총알을 피할 수 있는 곳으로 가서 묶인 손부터 풀어야 했다. 얼굴이 피로 범벅이 된 채 하얀 진흙탕 속을 기어가다가 그녀는 갑자기 양손이 자유로워지는 것을 느꼈다.

남색 치마의 여자가 그녀를 일으켜 주었다. 그리고 남색 치마의 여자는 그녀에게 외계인에게서 벗긴 장갑과 하얀 막대를 건네주었다. 그녀가 말없이 무기를 받아들자 남색 치마의 여자는 그녀가 고맙다는 말을 할 새도 없이 몸을 돌려 다른 포로들과 함께 하얀 우주선을 향해 달려갔다.

"총 쏘지 마!"

포로들이 하얀 우주선 안으로 진입해서 몰려나온 외계인들과 맞닥뜨렸을 때 이스포베딘이 외쳤다.

"우주선은 전리품이다! 파손되면 안 돼!"

"헛소리하고 있네. 총을 안 쏘면 어떻게 싸우라는 거야?"

앞에 서 있던 남자 중 한 명이 소리쳤다. 하얀 외계인들이 흰 막대를 겨누며 다가오자 소리친 남자는 총을 들어 쏘려고 했다.

포로들 뒤에 서 있던 회색 제복의 제국 군인이 남자를 향해 발사했다. 총을 쏘려던 남자는 짧은 비명을 지르며 쓰러졌다.

하얀 외계인들도, 포로들도 모두 한순간 상황을 이해하지 못하고 어리둥절한 채 서 있었다. 그러다 먼저 정신 차린 다른 포로 한 명이 비명을 지르며 우주선 밖으로 도망치려 했다. 회색 제복의 제국군이 더 빨랐다. 도망치려던 포로도 등에 총을 맞고 쓰러졌다.

"총을 쏘지 마라. 다시 말한다. 발포는 금지다."

회색 제복의 군인 중 한 명이 명령했다.

"전진!"

포로들은 서로 얼굴을 마주 보았다. 그들은 하얀 외계인과 회색 제국군인들 사이에 끼어 있었다. 포로들이 망설이자 회색 제국 군인들이 한 걸음, 두 걸음 앞으로 다가왔다.

"할 수 없지."

그녀의 옆에 서 있던 남자가 총을 버렸다. 다른 남자들도 모두 총을 바닥에 내던졌다.

하얀 외계인들도 안심한 듯 총구를 내렸다.

그 틈을 놓치지 않고 여자들이 칼을 들고 앞으로 나섰다.

남자들은 맨손으로 하얀 외계인에게 덤벼들었다.

그것은 일방적으로 불리한 싸움이었다. 여자들의 칼은 부러지고 휘어졌다. 포로들은 외계인들의 하얀 빛줄기를 맞고 쓰러졌다. 도망치려 하면 뒤에 버티고 있던 회색 제국 군인들이 총을 쏘았다.

그녀는 눈앞에 선 하얀 외계인이 막대를 겨누자 손목을 잡고 매달렸고, 다른 외계인에게 등을 맞고 쓰러졌다. 그녀가 다시 일어나려 허우적거렸다. 뒤통수에 딱딱한 것이 닿았다. 그녀는 이 빠지고 부러진 칼을 휘둘렀다. 손목에 뭔가 세게 맞아서 그녀는 칼을 놓쳤다. 넘어졌다.

허벅다리 안쪽에 그녀는 아직도 소년의 총을 차고 있었다. 그녀는 총을 꺼내기 위해 엎드린 채 손을 다리 쪽으로 가져갔다.

그 순간 그녀의 곁에 누군가 쓰러졌다.

남자였다. 하얀 행성에 도착한 뒤로 어째서인지 언제나 그녀와 함께 다녔던 남자, 강에 빠진 그녀를 구해주었던 남자는 그녀에게 발사한 제국 군인의 총알에 목을 관통당했다. 남자의 피가 그녀의 얼굴에 튀었다. 남자는 소리 없이 입을 크게 벌린 채 눈을 부릅뜨고 쓰러졌다.

그녀는 비명을 질렀다. 분노 때문인지 공포 때문인지는 알 수 없었다. 하얀 외계인에게 덤벼들어 하얀 막대를 빼앗았다. 막대를 닥치는 대로 휘두르고 눈에 보이는 대로 내리쳤다.

하얀 외계인들은 패배했다. 외계인들은 조그마한 비행정에 나누어 타고 서둘러 도망쳤다.

탈취한 우주선에서 포로들이 같은 포로들의 시신을 끌어냈다. 제국 군인들은 전사자들의 시신을 치우고 피를 닦아낸 뒤에 포로들을 하얀 우주선에서 몰아내고 이전처럼 제국의 정찰선에 가두었다. 포로들은 전사한 동료들의 시신을 아직 매장하지도 못했다. 시신을 우주선 뒤에 쓰레기처럼 쌓아두고 제국 군인들의 총과 위협에 쫓겨 정찰선 바닥으로 내려갔다. 다시 한 번 남자와 여자가 나뉘어 큰 방에 각각 갇혔다.

갇힌 포로들에게는 보기 드물게 맛있는 음식이 풍성하게 지급되었다. 그러나 주어진 음식을 즐겁게 먹는 사람은 극소수였다. 모두 죽은 동료들을 생각하고 있었다. 총을 사용하지 못하게 하고 적 앞에서 자신들을 향해 총을 발사한 제국군에 대해 생각하고 있었다.

— 내일은 외계인들의 본거지로 진군한다.

선내에 방송이 울려 퍼졌다.

"내일은 기지를 공격할 거야."

이스포베딘이 방에 들어와서 방송 내용을 되풀이했다.

여자들은 대답하지 않았다. 사나운 눈초리로 쏘아보는 사람도 있었다. 이스포베딘이 여분의 음식을 내밀자 누군가 그 손을 때렸다. 식판이 바닥에 떨어지며 큰 소리가 났다. 방 안이 조용해졌다.

"나가."

여자 중 누군가가 조용하지만 분명하게 말했다.

이스포베딘은 언제나 그렇듯이 입꼬리를 말아 올리는 고양이 같은 미소를 지었다. 그리고 방을 나갔다.

＊

새벽에 누군가 세차게 흔들어서 그녀는 눈을 떴다. 어둠 속에 이스포베딘의 얼굴이 희미하게 보였다.

"뭐예요? 왜⋯."

이스포베딘이 그녀의 입을 막았다.

"쉿. 큰 소리 내지 마. 내가 하는 말만 들어."

이스포베딘이 긴장한 목소리로 속삭였다. 어둠에 잠긴 이스포베딘의 얼굴은 이제껏 한 번도 보지 못한 굳은 표정이었다.

"도망쳐. 전쟁 따위 필요 없어."

"네?"

그녀는 점점 더 어리둥절해져서 되물었다. 이스포베딘은 아랑곳하지 않고 빠르게 속삭였다.

"우린 다 죽었어. 너도, 나도, 여기 있는 사람들 다, 이미 죽었다고."

"그게 무슨 말이에요?"

"돌아갈 곳은 없어. 그러니까 도망쳐. 저들은 자유를 주지 않아."

그리고 이스포베딘은 순식간에 몸을 돌려 방을 나갔다.

다음 날 포로들은 진군하지 않았다.

이스포베딘이 사라졌다. 선내에 이스포베딘을 찾아내라는 공개 방송이 울려 퍼졌다. 포로들은 외계인의 기지를 공격하는 대신 이스포베딘을 찾아 정찰선과 하얀 우주선 주변을 수색하는 작업에 동원되었다. 수색이 진행되는 동안 포로들은 한 명씩 불려가서 이스포베딘에 대해 취조를 당했다.

그녀도 좁은 방에 갇혀 회색 제복의 군인들에게 둘러싸였다. 물론 마지막 밤에 이스포베딘이 찾아왔던 일에 대해서는 말하지 않았다. 그녀는 제국어가 서툴렀고 일부러 더 형편없이 서투르게 말했기 때문에 군인들은 곧 짜증을 내며 그녀를 쫓아내어 수색 작업으로 돌려보냈다.

이스포베딘은 사흘 뒤에 붙잡혔다. 제국군은 포로들을 모두 불러모았다. 이스포베딘은 얼굴이 부어올랐고 몸에도 여기저기 피가 묻었으며 머리는 산발에다 왼쪽 귀 뒤에서 목으로 피가 멈추지 않고 가느다랗게 계속 흘러내리고 있었다.

"거짓말이야! 전부 다! 우린 속았어!"

이스포베딘은 처형대에 묶인 채로 소리쳤다.

회색 제복의 군인들이 총을 겨누었다.

"말렌카! 레비녹!"

이스포베딘이 외쳤다.

"내 아이들! 내 아가들!"

회색 제복의 군인들이 총을 발사했다.

이스포베딘은 죽었다.

다음 날 제국 군인들은 포로들을 모두 하얀 우주선 앞으로 끌어냈다. 하얀 우주선에는 회색 제복의 군인 몇 명이 남고 나머지 군인들은 모두 정찰선으로 옮겨 탔다. 정찰선이 먼저 출발했다. 포로들은 걸어서 그 뒤를 따랐다.

그녀는 터덜터덜 걸었다. 하얀 우주선에서 싸울 때 다친 오른쪽 손목이 몹시 아팠다. 왼손으로 오른쪽 손목을 주무르면서 그녀는 이스포베딘의 마지막 모습, 마지막 목소리, 이스포베딘이 외쳤던 아이들의 이름, 그리고 '전부 다 거짓'이라고, '도망치라'고 했던 말의 의미를 생각하고 있었다.

"저기요."

누군가 그녀의 어깨를 가볍게 건드렸다. 그녀는 돌아보았다.

그녀의 뒤에 남자가 서 있었다. 하얀 외계인들과 우주선 안에서 싸울 때, 제국군인들의 총알에 목을 관통당해 그녀의 얼굴에 피를 내뿜으며 쓰러졌던 남자였다.

"여기가 어딥니까? 대체 언제 착륙했죠?"

남자가 몹시 곤란하다는 얼굴로 물었다.

그녀는 대답할 수 없었다.

이중나선 2

    불멸의 삶에 대한 꿈은 그들의 역사 속에 신화로 남아 있었다.
    오래전, 인간이 과학도 기술도 알지 못하고 자연에 의존하여
간신히 목숨을 이어가는 것이 일반적이었던 시대에 그 무기력한
인간 존재의 조건을 넘어서는 삶을 꿈꾸었던 한 왕이 있었다. 왕
은 신하들을 행성의 여러 땅과 바다로 보내어 불로불사의 약을
구해 오게 하였다. 신하들이 여러 곳에서 유명하다는 불멸의 약
을 가지고 돌아오면 왕은 나라 안의 나이 많은 노인들을 불러서
그 약을 먹게 했다. 그리고 약을 먹은 노인이 병들면 왕은 그 약
을 가져온 신하와 약을 먹은 노인을 모두 처형했고 불멸의 약을
먹은 노인이 죽으면 왕은 그 약을 구해온 신하와 그 가족과 친척
들까지 모두 반역죄로 목을 베었다.
    왕에게 불려간 노인들은 계속해서 죽어갔고 왕은 신하들을 계

속해서 처형했으며 남은 신하들은 모두 불멸의 약을 구하러 다니거나 불멸의 약을 구하러 가겠다고 나선 뒤에 도망쳤다. 아무도 나라 안의 들판을 강과 산을 바다를 돌보지 않았다. 백성들은 굶주렸고 불사약으로 인해 왕의 손에 죽임을 당한 자들을 애도하는 곡소리가 끊이지 않았다.

그리하여 백성들은 제를 지내고 기도를 올려 마침내 마녀를 불러냈다고 신화는 전한다. 마녀는 왕이 관자놀이에서 처음으로 흰머리를 발견하고 시름에 잠긴 날을 기하여 왕궁에 찾아갔다. 왕의 앞에 나아가서 마녀는 왕에게 주변의 시종과 신하들을 모두 물러나게 한 뒤에 자신이 불로불사의 약을 가져왔노라고 비밀스럽게 고했다. 왕이 의심하여 이전처럼 나이 많은 노인을 부르려 하자 마녀는 왕을 제지하며 이렇게 말했다.

— 당신은 불멸의 왕이므로 이 약은 당신에게만 들을 것이다. 만약 왕의 혈통을 타고나지 않은 자가 이 약을 먹는다면 즉시 목숨이 끊어지고 그 몸은 먼지로 화(化)할 것이다.

왕은 반신반의하며 마녀를 쳐다보았다. 마녀는 죽음처럼 깊고 밤의 어둠처럼 타오르는 새까만 눈으로 왕을 쳐다보며 불로불사의 약이 든 주머니를 내밀었다. 왕이 마치 마녀의 불타는 시선에 사로잡힌 듯 그 눈을 들여다보며 자기도 모르게 주머니를 향해 손을 뻗었을 때 마녀가 다시 말했다.

— 조건이 있다. 불멸은 인간에게 허용되지 않은 것이므로 당신이 인간을 넘어서기를 원한다면 그 대가를 치러야 한다.

— 그 대가가 무엇인가?

왕이 조급하게 물었다.

— 나는 왕이다. 세상의 모든 금은보화와 부귀영화를 원한다면 당장에라도 너에게 가져다줄 수 있다.

마녀는 고개를 저었다.

— 당신의 기억을 내가 갖겠다.

왕이 깜짝 놀라 마녀가 내민 약주머니를 향해 뻗었던 손을 움츠렸다. 마녀는 뾰족한 치아를 드러내며 싱긋 웃었다.

— 당신은 지금까지 해왔던 대로 변함없이 말을 하고 걷고 앉고 움직이고 사물을 분별할 수 있을 것이다. 다만 당신은 인간을 넘어서게 되므로 인간이었던 삶의 기억은 내가 가질 것이다.

왕은 잠시 생각한 뒤에 고개를 끄덕였다. 마녀는 왕에게 약이 든 주머니를 내밀었다. 왕은 주머니를 받아 열고 안을 들여다보았다. 그 안에는 은빛으로 반짝이는 커다란 알약이 들어 있었다.

— 불멸의 삶을 영원히 즐기기를.

마녀가 말했다. 그리고 마녀는 왕의 눈앞에서 순식간에 흔적 없이 사라졌다.

시종과 신하들은 다음 날 왕을 궁전의 마당에서 발견했다. 왕은 조그만 주머니를 손에 든 채 멍하니 하늘을 바라보고 있었다. 왕은 건강히 서 있었고 신하들이 말을 걸면 대답했으나 자신이 누구인지, 자신의 나라가 어디인지 알지 못했다. 시종과 신하들에게 이끌려 고분고분 궁 안으로 들어가면서도 왕은 조그만 주머니만은 절대로 손에서 놓지 않았다.

그 뒤에 왕은 마치 다른 사람처럼 변했다. 더 이상 불멸의 약을 찾지 않았고 신하들과 노인들을 죽이지도 않았으며 왕으로서 나라의 일을 돌보아야 한다고 신하들이 간언하면 묵묵히 따랐다. 백성들은 안심했으며 신하들은 기뻐했다.

그러나 왕은 아무것도 기억하지 못했다. 하루가 지나면 어제의 일은 다음 날 잊어버렸고 어제의 사람을 기억하지 못했다. 왕비에게 왕은 전에 없이 상냥해졌으나 그러면서 왕비를 낯설어했고 목숨처럼 소중히 여기던 어린 왕자를 남의 아이처럼 대했다.

세월은 흐르고 왕자는 성장하여 어른이 되었고 왕비도 신하들도 시종들도 늙어갔다. 왕은 변하지 않았다. 마녀에게 받은 조그만 약주머니를 들고 검은 밤에 궁전의 마당에 서서 하늘의 별빛을 바라보던 그 순간 이후 왕의 육신도 영혼도 시간 속에서 단 한 치도 움직이지 못했다. 왕비가 나이 들어 마침내 세상을 떠나고 왕자가 자신의 빈을 맞아들이고 공주와 왕자를 낳을 때까지도 왕은 관자놀이에 처음으로 한 오라기 흰머리가 돋아난 그 날에서 단 하루도 늙지 않았다. 그리고 왕은 손자와 손녀가 성년을 맞이했을 때 마침내 왕자에게 말했다.

— 나는 어리석어 큰 실수를 저질렀다. 이제 왕국을 너에게 줄 테니 너는 나와 같은 실수를 저지르지 말고 현명하게 다스리기 바란다.

— 무슨 실수를 저지르셨단 말입니까, 아버지?

왕자가 물었다. 왕이 대답했다.

— 죽음을 피하는 데 급급해서 삶이 무엇인지 알지 못했다.

그리고 왕은 어디론가 떠났다. 이후에 왕의 모습을 본 사람도 소식을 들은 사람도 아무도 없었다고 한다.

왕이 떠난 뒤에 왕자는 왕이 남긴 유일한 물건인 조그만 까만 주머니를 열어보았다. 주머니 안에는 축축하고 끈적끈적하고 기묘한 냄새가 나는 은빛 실오라기 같은 것이 몇 개 바닥에 붙어 있을 뿐이었다. 은빛 실은 주머니에서 꺼내자 부서져서 먼지가 되어 바람에 흩날려 갔고 주머니 안에는 아무것도 없었다.

그것이 신화였다. 왕은 마녀가 준 약을 먹고 불멸의 몸이 되었으므로 아직도 어딘가에 살아 있을 것이라고 이야기를 전하는 사람들은 말했다. 죽음이 무엇인지 알지 못하므로 삶이 무엇인지도 알지 못하며, 기억을 가질 수 없어 자신이 누구인지도 알지 못하는 채로, 왕은 그렇게 영원히 살아 있을 것이라고.

4
새

　자신이 죽었다는 사실을 기억하지 못하는 사람에게 본인의 죽음을 설명하는 방법을 그녀는 알지 못했다.

　남자는 아무것도 기억하지 못했다. 포로로 잡혔던 일도, 강에 빠져 죽어가는 그녀를 살려주었던 것도, 하얀 외계인들의 헬멧에 난 가느다란 구멍에 총을 쏘아 명중시켰던 것도, 하얀 원반 우주선 안에서 외계인들의 우두머리를 만났던 것도, 그녀가 아무리 이야기해도 남자는 어느 하나 떠올리지 못했다. 남자의 뒤통수에도 목덜미에도 총을 맞았던 자국은 없었다. 뒤통수와 목덜미뿐만 아니라 남자의 손에도 팔에도 아무런 자국이 없었다. 제국인들이 그들을 이 하얀 행성에 내려준 뒤로 모든 순간순간마다 생존을 위해 싸워왔던 흔적들이 남자의 몸에는 어느 하나 남아 있지 않았다.

"내가 죽었다고요?"

남자가 중얼거렸다.

"총을 맞고…?"

그리고 남자는 자신의 뒷목을 어루만지며 생각에 잠겼다.

남자가 더 이상 아무것도 묻지 않았기 때문에 그녀는 조금 안심했다. 다른 포로들과 함께 그녀는 말없이 걸었다. 남자도 계속 뒷목을 어루만지며 그녀의 옆에서 걸었다. 어디로 가는지는 그녀도 남자도 알지 못했다. 제국인들의 정찰선이 앞장서서 가고 포로들은 정찰선의 그림자 아래에서 따라갈 뿐이었다. 정찰선의 그림자 아래에서 자신의 죽음을 알지 못하는 남자와 함께 걸어가면서 그녀는 역시 죽은 뒤에도 몇 번이고 다시 나타났던 소년을 생각했다. 하얀 외계인들이 남자들의 총에 맞고 쓰러졌다가 하얀 안개 속에서 천천히 다시 일어나던 광경을 생각했다. 이 행성에는 죽음이 없는 것일까. 그렇다면 죽음은 어디에 있는 것일까, 죽었다가 다시 돌아온 사람들은 어디에 있었던 것일까. 의문이 계속 이어졌다. 아무도 대답해주지 않는 그런 질문들을 머릿속으로만 들여다보면서 그녀는 말없이 계속 걸었다.

정찰선의 진동과 함께 걸어가는 포로들이 말하는 소리와 포로들을 감시하기 위해 정찰선을 타지 않고 걸어가는 제국 군인들이 외치는 고함 속에서 어딘가 멀고 날카로운 비명 같은 소리가 들려왔다. 한 번, 다시 한 번. 그녀는 좀 더 귀를 기울여 들어보려 했으나 주위를 둘러싼 여러 가지 소음 속에서 그것이 그저 귀울음인지 실제로 나는 소리인지 구분하기도 쉽지 않았다.

"저 소리 들립니까?"

갑자기 남자가 물었다.

"무슨 소리죠?"

그녀는 남자를 바라보았다. 또다시 비명 같은 높고 날카로운 소리가 들려왔다. 이번에는 좀 더 가까웠다. 그녀는 이전에 그와 똑같은 울음소리를 들었던 것을 퍼뜩 떠올렸다.

"새다. 새가 온다."

그녀가 말했다.

"도망! 도망친다!"

말하면서 그녀는 주위를 둘러보았다. 머리 위에는 제국인들의 정찰선이 떠 있었고 주위는 총을 든 제국의 군인들이 둘러쌌으며 그 너머는 하얀 허허벌판이었다. 이 행성에는 인간의 은신처가 되어 줄 키 큰 나무도 없었고 하얗고 부드러운 모래벌판과 언덕 외에는 바위나 동굴도 없었다. 절박하게 그런 생각을 하다가 그녀는 박쥐를 닮은 무시무시한 새 외에는 이 행성에서 동물도 본 적이 없다는 사실을 깨달았다. 무엇보다, 이 행성에 도착한 뒤로 하얀 외계인들의 원반형 우주선 외에 평범한 도시도, 마을도, 심지어 집 한 채도 본 적이 없었다. 그저 모든 것이 생명 없이 하얗고 매끄러울 뿐이었다.

그 하얗고 매끄러운 지평선 위로 거대한 검은 새가 솟아올랐다. 한 마리가 아니었다. 새까맣고 커다란 검은 새들의 무리가 날개로 하늘을 가리고 지평선을 뒤덮었다. 새들의 날갯짓에 땅이 진동하고 그 울음소리가 공기를 갈랐다.

포로들이 비명을 지르며 흩어졌다. 군인들이 경고를 외치며 총을 들어 쏘려 했으나 미처 방아쇠를 당기기도 전에 검은 새들의 발톱에 찍히고 부리에서 뿜어 나오는 핏빛 액체를 뒤집어쓰고 몸부림치며 녹아내렸다.

그녀는 뛰었다. 어디로 가는지 모르지만 하여간 뛰었다. 거대한 새가 검붉은 액체를 뿜어내는 순간 공기는 녹은 불꽃이 흐르는 듯 고통스러워졌다. 코가 막히고 기침이 나왔고 눈을 제대로 뜰 수 없었다. 그녀는 새가 뿜어낸 핏빛 액체가 튀어 등과 어깨가 타오르던 감각을 기억하고 있었다. 그래서 그녀는 결사적으로 도망쳤다.

돌연히 거대한 창이 갈비뼈를 꿰뚫는 듯한 통증에 그녀는 중심을 잃었다. 다음 순간 그녀는 공중에 떠 있었다.

어딘가 푹신한 것 위에 내던져져서 그녀는 정신을 차렸다. 사방에서 비린내가 심하게 났다. 몸을 일으키려 하자 양쪽 갈비뼈가 욱신거렸다.

"여기가 어…, 으앗!"

그녀는 남자의 목소리를 듣고 힘겹게 몸을 움직여 돌아보았다.

그녀와 남자는 거대한 검은 새의 날개 위에 있었다. 푹신하다고 느껴진 것은 검은 새의 깃털이었다. 그녀가 익숙하게 아는 새의 깃털이라기보다 얇은 막으로 이루어진 날개를 뒤덮은 검은 털이었다.

남자는 그 날개의 가장자리에 난 털 사이로 손을 뻗었다가 손바닥이 허공으로 미끄러져 비명을 지른 것이었다. 새들은 그녀와 남자를 날개에 태운 채로 여전히 날고 있었다.

그 검은 털 사이에서 뭔가 연약하고 달콤하고 가느다란 소리가 들려왔다. 작고 하얗고 동그란 털북숭이 생명체들이 검은 털 사이에서 고개를 들었다. 그녀를 쳐다보고 하얀 털 생명체들은 고개를 갸웃했다. 복슬복슬한 하얀 털의 조그만 생명체가 귀여워서 그녀는 자신을 향해 다가오는 새끼 동물을 향해 손을 뻗었다.

"안 돼요. 손가락을 뜯어 먹어요."

하얀 새끼 동물에게 손이 닿기 전에 누군가 속삭이며 그녀의 손을 잡아서 내렸다. 그녀는 돌아보았다.

그녀 자신의 창백한 얼굴이 그녀를 쳐다보고 있었다.

그녀는 자신과 똑같은 얼굴을 한동안 말없이 마주 보고 있었다.

"넌 누구야?"

마침내 그녀와 똑같이 생긴 사람이 입을 열었다.

"어떻게 된 거야?"

그녀도 같은 질문을 하고 싶었다. 그러나 어떤 식으로든 대답하기 전에 그녀는 자신과 똑같이 생긴 사람 옆에 뒹굴고 있는 두 구의 시신을 보았다. 시신들의 얼굴이 몹시 부어올라 알아보기 힘들었으나 한 구는 위에 짙은 남색 치마가 덮여 있었고 다른 한 구는 옷이 거의 다 찢어져 누더기가 된 옅은 녹색 천 조각만 남아 있었다.

"튜미나…. 아툽….."

그녀가 중얼거렸다.

"저 두 사람을 알아?"

그녀와 똑같이 생긴 사람이 속삭이는 목소리로 다급하게 물었다.

"나랑 같이 잡혀 왔어. 제국인들이 우리를 강가에 내려줘서 강을 건너 물을 마셨는데 이 검은 새들이 와서 우리를 낚아채서…."

말하다 말고 그녀와 똑같이 생긴 사람은 기침하기 시작했다. 코와 입에서 피가 흘러나왔다. 그녀와 똑같이 생긴 사람은 손을 들어 입을 눌렀다. 그녀는 자신과 똑같이 생긴 사람의 오른손에 손가락이 세 개밖에 없는 것을 보았다. 그 손은 피부가 누렇고 거무스름한 색으로 변해 있었고 움직일 때마다 진물이 흘러나왔다.

그녀와 똑같이 생긴 사람은 오랫동안 고통스럽게 기침했다. 기침이 끝나고 진정되는가 싶었을 때 그녀와 똑같이 생긴 사람은 경련하기 시작했다.

그녀는 반사적으로 자신과 똑같이 생긴 사람을 끌어당겨 품에 꼭 안았다. 혀가 목구멍으로 넘어가지 않도록 얼굴을 옆으로 돌려주고 경련이 그칠 때까지 할 수 있는 한 온 힘을 다해 꽉 끌어안고 있었다.

"도대체 왜… 어떻게…."

그녀와 똑같이 생긴 사람은 경련하며 입에서 피거품을 쏟으면서도 뭔가 말하려고 애썼다. 그녀는 자신과 똑같이 생긴 여자를 품에 꽉 껴안고 달랬다.

"괜찮아. 나중에 얘기해. 지금은 살아서 여기서 나가야 돼."

자신과 똑같이 생긴 사람이 기침과 각혈을 멈추고 경련을 그친 뒤에도 그녀는 자신과 똑같은 사람을 한참이나 품에 안고 등을 쓸어 주고 다독여 주며 몇 번이고 반복해서 말했다.

"살아서, 같이 여기서 나가자."

남자는 그런 그녀들을 옆에서 말없이 지켜보았다.

검은 새들은 무리를 지어 새끼들을 등에 태우고 원을 그리며 빙빙 돌았다. 날개가 매우 크고 넓었기 때문에 가장자리에서 도는 새들의 힘으로 무리의 가운데에 있는 새들은 새끼들을 등에 태운 채 거의 정지한 상태로 공중에 떠 있었다. 그녀들과 남자는 그 새끼들을 태운 새의 날개에 함께 실려 있었다. 하얗고 복슬복슬해 보이는 조그만 새끼 새들은 끊임없이 그녀들과 남자에게 다가왔다. 그러면 그녀와 똑같이 생긴 사람이 망가진 그녀의 칼을 넣었던 것과 똑같이 생긴 붉은 칼집을 휘둘러 하얀 새끼들을 쫓아냈다. 새끼들이 물러나면 그녀와 똑같이 생긴 사람은 다시 기침을 하고 피와 진물을 흘렸다. 그녀는 자신과 똑같이 생긴 사람이 움직일 때마다 너무 괴로워하는 것 같았고 하얀 새끼 새들이 조금은 귀여워 보이기도 했기 때문에 자신과 똑같이 생긴 여자가 새끼 새들을 쫓아버리는 것이 아쉬웠다. 그러나 그녀들에게서 쫓겨난 하얀 새끼 새들이 남색 치마의 여자와 옅은 녹색 치마 여자의 시신에 다가가 엄청난 기세로 쪼아대는 것을 보고 그녀도 생각이 바뀌었다.

"내 칼… 들어 줘."

그녀와 똑같이 생긴 사람이 그녀에게 붉은 칼집을 힘없이 내밀었다.

"새… 쫓아…."

또 하나의 그녀가 기침 사이로 속삭였다.

"너무 심하게 쫓으면 부모 새들이 화내… 살살… 거리만 벌려…."

그녀와 똑같이 생긴 사람은 여기까지 말하고 또다시 심한 기침을 쏟아내기 시작했다. 그녀는 자신과 똑같이 생긴 사람을 품에 꼭 안고 칼집을 쥔 손에 힘을 주었다.

검은 새의 날개 위는 어지러웠다. 계속 바람이 몰아쳐 숨이 찼고 비린내 때문에 속이 울렁거렸다. 검은 털에 닿을 때마다 피부가 가려웠고 빨갛고 작은 물집이 돋아나기도 했다. 하얀 새끼 새들은 끊임없이 그녀들과 남자에게 다가와 쪼아먹을 틈을 노렸고 그녀는 자신과 똑같은 사람을 품에 안은 채 그때마다 몰아치는 비린 바람 속에서 부모 새들의 눈치를 보며 칼집을 휘둘러야 했다. 얼마 지나지 않아 그녀는 기진맥진했다. 지치고 숨이 차고 비린내 때문에 구토가 몰려왔고 목이 몹시 말랐다.

"칼, 나한테 줘요."

남자가 손을 내밀며 말했다.

그녀는 고개를 저었다. 칼은 줄 수 없었다. 남자를 신뢰하거나 신뢰하지 않는 것의 문제가 아니었다. 자신의 팔을 타인에게 줄 수 없듯이 자신의 칼도 타인에게 줄 수 없었다.

대신 그녀는 허벅다리를 더듬어 다리 안쪽에 묶어 두었던 소년의 총을 풀었다. 남자에게 건네주었다. 남자가 깜짝 놀랐다.

"이건 어디서 났어요?"

하얀 새끼 새들이 덤벼들었기 때문에 그녀는 대답할 수 없었다. 남자는 그녀가 건네준 총의 탄창을 점검했다.

"총알이 딱 두 발이네."

남자가 실망스럽다는 듯이 중얼거렸다.

"잘 써."

그녀가 게걸스럽게 덤비는 하얀 새끼 새들을 향해 붉은 칼집을 휘두르며, 몰아치는 비린 바람 속에 숨이 차서 헐떡거리며 말했다.

하얀 새끼 새들이 물러간 뒤에 남자가 불만스러운 듯이 물었다.

"그런데 왜 자꾸 반말합니까?"

"제국어, 모른다."

그녀가 잘라 말했다.

"당신, 나의 언어, 배우다."

남자는 고개를 절레절레 젓고 더 이상 따지지 않았다.

그녀는 어느샌가 잠깐 졸았던 것 같다. 편안한 잠이라기보다 숨이 차고 피로에 지쳐 한순간 까무룩 정신을 잃은 것에 가까웠다.

"새!"

남자가 외치는 소리에 그녀는 퍼뜩 깨어났다. 하얀 새끼 새들이 바로 눈앞에 다가와 부리를 크게 벌리고 있었다. 그녀는 깜짝 놀라 진저리를 치며 붉은 칼집을 휘둘렀다.

칼집이 새끼 새의 머리를 정면으로 때렸다. 하얀 새끼 새가 가늘고 날카로운 비명을 질렀다.

거의 동시에 곁에서 원을 그리며 날고 있던 거대한 검은 새들 중 하나가 고개를 돌렸다. 피처럼 새빨간 눈이 그녀를 노려보았다. 비린내가 심하게 풍기는 커다란 검은 날개가 그녀를 덮쳤다. 거대한 핏빛 발톱이 그녀를 노리고 다가왔다. 그녀는 피했다. 발톱이 허공을 움켜쥐었다. 쇳소리 같은 굉음이 귀를 찢었다.

날개가 기울어지기 시작했다. 하얀 새끼 새들과 함께 그녀들과 남자를 태운 새가 화를 내며 덤비는 부모 새에게 맞섰다. 강철 같은 부리끼리 부딪치고 날개가 바람을 일으켰다. 그녀들과 남자는 검은 털을 힘껏 붙잡고 날개에 매달리며 이리저리 밀려다녔다.

짙은 남색 치마로 덮인 시신과 옅은 녹색의 갈기갈기 찢어진 천 조각으로 싸인 시신이 날개에서 밀려 떨어졌다. 두 구의 시신은 떨어지다가 다른 검은 새들의 날갯짓에 말려들어 뼈가 일부 분리된 채 까마득하게 먼, 잘 보이지 않는 하얀 땅 위로 떨어져 사라졌다.

짙은 남색 치마의 여자 시신이 있던 곳을 검은 새가 부리로 찍었다. 날개를 찍힌 검은 새는 찢어지는 비명을 지르며 덤벼들었다. 그녀들과 남자는 아래쪽으로 쭉 밀렸다. 그녀와 똑같이 생긴 사람이 검은 새의 날개 뼈가 있는 곳을 다치지 않은 손으로 붙잡았다. 그녀는 자신과 똑같이 생긴 사람의 허리를 잡고 매달렸다. 그녀의 발목에 남자가 아슬아슬하게 매달려 있었다.

하얀 새끼 중 하나가 가느다란 소리를 지르며 날개에서 밀려 떨어졌다. 부리로 날개를 찍던 검은 새가 서둘러 새끼를 구하기 위해 날아갔다. 그녀들과 남자, 그리고 하얀 새끼 새들을 태운 검은 새가 날개를 추스르고 평형을 되찾았다.

싸움이 멈추었다. 새들은 더 이상 공격하지 않았다. 그러나 주위를 도는 검은 새들의 원형 비행은 속도가 빨라지고 더 격렬해졌다.

검은 새의 날개 위에서 그녀는 간신히 균형을 잡고 앉았다. 그녀와 똑같이 생긴 사람은 그녀의 어깨에 기댄 채 기침을 하며 다친 손의 손목으로 다치지 않은 손을 문지르고 있었다. 그 모습을 보고 그녀가 손목을 주물러 주었다.

자신과 똑같이 생긴 사람의 손목을 주무르며 그녀는 까마득히 먼 아래쪽으로 떨어져 내린 남색 치마 여자와 연녹색 치마 여자의 시신을 생각했다. 새들에게 잡혀 오기 전, 진군하기 시작했을 때 그녀는 남색 치마의 여자를 보았다. 그녀는 그 시신들이 진짜 남색 치마의 여자와 진짜 연녹색 치마의 여자는 아닐 거라고 생각했다. 그녀가 아는 진짜 남색 치마의 여자와 진짜 연녹색 치마의 여자는 살아 있을 거라고 그녀는 생각했다.

그러나 진짜는 누구일까.

그녀가 아는 존재들이 그녀에게는 진짜였다.

그녀는 날개 아래 하얀 안개로 덮인 까마득한 하얀 땅을 생각했다. 새의 날개 위, 이 아슬아슬한 안전지대에서 밀려나 그 땅으로 추락하는 것을 상상했다.

전쟁에서는, 살아 있는 쪽이 진짜다. 살아남는 쪽이 진짜다.

그녀는 마음을 다잡았다.

공중에 떠 있던 새들이 땅으로 내려가기 시작했다. 그녀들과 남자는 날개에서 미끄러져 땅으로 곤두박질치지 않기 위해 온 힘을 다해 날개에 매달렸다.

"잠자러 가는 거야."

그녀와 똑같이 생긴 사람이 있는 힘껏 목청을 높여서 설명했다.

"강가에 내리면, 물⋯."

그 뒤의 단어는 들리지 않았다. 그녀는 고개를 끄덕였다.

검은 새들은 그녀들과 남자를 강가에 내팽개쳤다. 그녀는 남자와 힘을 합쳐 자신과 똑같이 생긴 사람을 부축해서 질질 끌다시피 강으로 데려갔다. 자신과 똑같이 생긴 사람에게 물을 먹여주고 자신도 물을 실컷 마신 뒤에 그녀는 주위를 둘러보았다.

하얀 외계인들에게서 빼앗은 원반 우주선이 있는 강둑은 분명히 아니었다. 주위는 뾰족뾰족하게 높이 솟은 하얀 언덕과 절벽들로 둘러싸여 있었고 그 외에는 이 하얀 행성이 모두 그렇듯이 나무 한 그루, 풀 한 포기도 보이지 않았다.

검은 새들은 주변에 솟아오른 그 절벽 중에서 한 군데를 골라 기슭에 구멍을 파기 시작했다. 부리와 발톱으로 부드러운 하얀 모래를 파헤쳐 순식간에 동굴처럼 깊고 넓은 구덩이를 만들고 그 안에 한 마리씩 자기 새끼를 데리고 들어가서 자리를 잡았다.

"밤을 지내는 거야."

그녀와 똑같은 사람이 속삭였다.

"새들이 잠들면, 도망치자."

그녀가 자신과 똑같은 사람에게 속삭였다.

새들은 잠들지 않았다. 그녀들이나 남자가 조금이라도 움직이면 하얀 새끼 새가 부스럭거리며 고개를 들었고 그러면 어미 새가 핏빛처럼 새빨간 눈을 들어 그녀들을 노려보았다. 그래서 그녀와 똑같이 생긴 사람이 기침을 하거나 몸을 떨며 고통스러워할 때마다 그녀는 새들에게 소리가 들리지 않도록 자신과 똑같이 생긴 사람을 품에 꼭 안고 쓰다듬어 주었다. 그녀와 똑같이 생긴 사람은 숨죽여 기침했고 고통스럽게 피를 토했으며 이를 악물고 경련하며 울었다. 그래서 그녀는 자신과 똑같이 생긴 사람을 어떻게든 달래고 진정시켜줄 만한 이야기를 열심히 생각해보았다.

"피리 얘기 기억해?"

그녀가 자신의 분신의 귀에 대고 속삭였다.

"어렸을 때 제일 좋아했던 얘기잖아."

그녀와 똑같이 생긴 사람이 그녀의 품속에서 고개를 아주 가볍게 살짝 끄덕였다.

"옛날 옛적에….."

그녀와 똑같이 생긴 사람이 힘겹게 속삭였다. 그러다 기침을 하기 시작했으므로 그녀는 자신과 똑같은 사람을 품에 꼭 껴안고 앞뒤로 살살 몸을 흔들며 소곤소곤 분신의 귓가에 대고 이야기하기 시작했다.

옛날 옛적에 바다와 산으로 둘러싸인 어느 마을에 한 처녀가 살았다. 처녀는 부지런해서 아침에 새벽같이 일어나 바다에 나가서 조개를 줍고 물고기를 잡거나 산에 가서 나물을 캐고 땔감을 주워오곤 했다. 어느 날 처녀는 새벽에 그렇게 또 바닷가에 나갔다가 물 위에 신묘한 것이 떠 있는 모습을 보았다. 물고기처럼 생긴 그것은 등에 커다란 소라고둥처럼 보이는 것을 지고 있었는데 파도가 밀려오면 둘로 갈라졌다가 파도가 지나가면 도로 하나로 합쳐지곤 했다. 물고기의 등에 붙은 소라고둥 같은 그것은 하나로 합쳐질 때마다 새벽 햇살에 빛나며 영롱한 광채를 사방에 내뿜었다. 그 광채가 너무나 아름다웠기 때문에 처녀는 그 소라고둥이 합쳐졌을 때 물고기를 잡아서 소라고둥을 떼어 집으로 가져와서 피리로 만들었다….

"그리고 처녀가 피리를 불면 신기한 일들이 일어났지…."

그녀와 똑같이 생긴 사람이 창백한 얼굴에 지친 미소를 띠고 속삭였다.

"폭풍우가 불 때 피리를 불면 비바람이 가라앉고…."

그녀가 뒤를 이었다.

"날이 가물 때 피리를 불면 비가 내리고…."

"봄에 피리를 불면 나비들이 날아오고 여름에 피리를 불면 새들이 곡조에 맞추어 노래하고…."

그녀와 똑같이 생긴 사람이 거의 들리지 않는 힘없는 목소리로 말했다.

"늦은 저녁이나 이른 아침에 피리를 불면 숲의 동물들도 나와서 피리 소리에 귀를 기울였어…."

그녀는 자신과 똑같이 생긴 사람을 쓰다듬고 다독이며 말했다.

"처녀가 피리 소리로 덫에 걸린 곰을 도와준 이야기도 기억해?"

"그럼…."

그녀와 똑같이 생긴 사람이 고개를 끄덕였다.

"나중에 곰과 친구가 되어 함께 보물을 찾으러 떠나잖아…."

"그 보물이 제일 마음에 들었지?"

그녀가 속삭였다. 그녀와 똑같이 생긴 사람이 그녀를 마주 보았고, 그녀들은 동시에 소리 없이 함박웃음을 웃었다.

"보물이 뭘지 엄청나게 기대했는데, 그치?"

"알고 보니 말하는 고양이였지. 쥐를 잘 잡고 물고기도 잘 잡는 똑똑하고 현명한 고양이였어."

그녀와 똑같이 생긴 사람의 창백한 얼굴에 엷게 화색이 돌았다.

"그리고 새도 잘 잡았어."

그녀는 자신과 똑같이 생긴 사람의 다치지 않은 왼손을 꼭 쥐었다.

"우리, 집에 갈 수 있을까?"

그녀와 똑같이 생긴 사람이 물었다.

"그럼."

그녀가 고개를 기운차게 끄덕였다.

"너하고 나하고, 우리 둘이 꼭 살아서 돌아갈 수 있을 거야."

그녀와 똑같이 생긴 사람이 창백한 얼굴에 부드러운 미소를 띠었다. 그리고 양손으로 얼굴을 꽉 누르고 기침을 하기 시작했다. 억눌린 기침과 고통 때문에 그녀의 품속에서 그녀와 똑같이 생긴 사람의 어깨가 심하게 흔들렸다.

기침이 잦아들었을 때 남자가 그녀의 어깨를 가볍게 건드렸다. 그녀가 쳐다보자 남자가 말없이 고갯짓했다.

그녀는 남자가 가리킨 쪽을 보았다.

새들이 움직이지 않았다.

그녀는 다시 남자를 보았다. 남자가 잠깐 눈을 감고 손으로 얼굴을 받치는 시늉을 했다. 그녀는 고개를 끄덕였다.

"가자."

그녀가 속삭이며 자신과 똑같이 생긴 사람의 손을 잡았다. 그녀와 똑같이 생긴 창백한 얼굴이 결연하게 고개를 끄덕였다.

남자가 앞장섰다. 그녀는 자신과 똑같이 생긴 사람을 등에 업었다. 그리고 하얀 모래를 깊이 파서 만든 구덩이를 기어오르기 시작했다.

하얀 모래는 곱고 부드러웠고 조금만 무게가 실려도 쉽게 부서졌다. 남자는 온 신경을 곤두세우고 지극히 조심스럽게 손으로 몇 번이나 더듬어 보고 두들겨본 뒤에야 매달렸고 발로 한 곳을 여러 번 차서 무너지지 않는 것을 확인한 다음에야 발을 디뎠다.

그러므로 등반은 매우 느렸다. 그녀의 등에 업힌 사람이 다시 기침하며 경련하기 시작했을 때 그녀는 양손으로 모래 벽에 매달려 있었으므로 붙잡고 안아줄 수가 없었다. 등에 업힌 사람의 무게와 몸이 경련할 때의 흔들림 때문에 그녀는 몇 번이나 손발을 헛짚을 뻔했다.

"미안해."

그녀와 똑같이 생긴 사람이 피거품과 기침 사이로 속삭였다. 그때마다 그녀는 대답했다.

"우린 여기서 같이 살아나갈 거야."

그녀와 똑같이 생긴 사람은 다시 소리 죽인 기침을 뱉어내며 그녀의 등에 얼굴을 파묻었고, 그러면 그녀는 위에서 손 짚을 곳과 발 디딜 곳을 찾는 남자를 천천히 따라 올라가며 몇 번이고 되풀이해서 속삭였다.

"너랑 나랑, 살아서 집에 갈 거야."

그것은 그녀 자신이 듣고 싶은 말이기도 했다.

남자가 구덩이 밖으로 기어나갔다. 그녀는 한참 뒤처져 있었다.

"빨리 와요!"

남자가 소곤거리는 목소리로 다급하게 재촉하며 손을 뻗었다.

날카로운 비명 같은 굉음에 남자는 흠칫 놀라며 뻗었던 손을 움츠렸다.

구덩이를 오르는 그녀와, 붉은 칼집을 다치지 않은 손에 꽉 쥐고 등에 업힌 그녀와 똑같은 사람의 뒤에서, 검은 새의 피처럼 붉은 눈과 거대한 부리가 솟아올랐다.

남자가 총을 쏘았다. 한 발은 검은 새의 단단한 부리에 맞았으나 아무런 타격도 입히지 못하고 튕겨 나갔다. 다른 한 발은 검은 새의 피처럼 새빨간 눈에 맞았다.

검은 새는 찢어질 듯한 비명을 질렀다. 검은 새가 몸부림치자 상처 입은 눈과 부리에서 흘러나오는 피처럼 붉은 액체가 여기저기 튀었다. 그녀는 등에 업힌 자신의 분신이 살을 태우는 그 붉은 액체 방울에 맞아 비명 지르는 소리를 들었다.

그녀는 정신없이 기어올랐다. 검은 새는 광란하며 부리로 구덩이 벽을 마구 찍어댔다. 새가 부리로 찍을 때마다 하얀 모래가 우수수 무너졌다. 그녀는 등에 업힌 무게를 지탱하며 검은 새의 무시무시한 부리를 피하면서 동시에 구덩이의 하얀 모래 벽이 완전히 무너져버리기 전에 뛰다시피 기어 올라가야 했다.

갑자기 붉은 칼집이 그녀의 목에 걸렸다. 등에 업힌 사람이 다시 한 번 비명을 질렀다. 새에게 붙잡혔거나, 부리나 발톱에 걸린 것이리라고 그녀는 생각했다.

그래서 그녀는 더욱 서둘러서 결사적으로 기어올랐다. 안에 칼을 담은 단단한 붉은 칼집이 목을 짓눌러 숨을 쉴 수 없었다. 그러나 등에 업힌 그녀의 분신에게 손을 놓으라고 할 수는 물론 없었다. 함께 살아서 돌아가고 싶었다. 함께 살아남아야 했다….

돌연히 남자의 손이 그녀의 팔을 잡고 당겼다. 그녀는 다른 한 손으로 칼집을 움켜쥔 자신의 분신의 손을 꼭 쥐었다. 그리고 그녀는 자신의 분신을 등에 업은 채 남자에게 끌려서 구덩이 밖으로 기어 나왔다.

"뛸 수 있어?"

그녀는 거의 고함치다시피 물으며 자신과 똑같이 생긴 사람을 등에서 내려놓고 하얀 모래 위에 쓰러져서 숨을 헐떡였다.

그녀의 분신은 대답하지 않았다. 창백한 얼굴에 커다랗게 뜬 눈에는 초점이 없었다. 뒷머리와 목덜미에서 등 전체에 걸쳐 허리까지 새의 부리에 찍혀 길고 깊은 상처로 뒤덮여 있었다. 너덜너덜해진 피투성이 살갗 사이로 두개골과 등뼈, 갈비뼈 일부가 들여다보였다.

*

"뛰어요."

남자가 그녀의 팔을 잡아 일으켜 세웠다.

"뛰어요!"

그와 동시에 들려온 검은 새의 비명 같은 울음소리에 그녀는 퍼뜩 정신이 들었다. 그녀는 자신의 분신이 마지막 순간까지 놓지 않았던 붉은 칼집을 집어 들었다. 그리고 남자와 함께 달리기 시작했다.

달리다가 그녀는 남자를 따라 강에 뛰어들었다. 강의 맑은 쪽은 어둡고 위협적이었고 탁한 쪽은 흐리고 무겁게 짓눌러 숨이 막혔다. 강을 건너 반대편 강가로 헤엄쳐 나와서 그녀는 다시 남자를 따라 정신없이 하류 쪽을 향해 달렸다.

한참 달리다가 그녀가 숨을 몰아쉬며 멈추어 섰다.

"잠깐, 잠깐."

그녀가 헐떡거리며 남자를 불렀다.

"소리, 없어."

남자가 조급하게 뒤돌아보았다.

"무슨…."

"새."

남자도 멈추었다. 그녀 쪽으로 다가왔다.

사방이 고요했다. 새는 강 건너까지 쫓아오지 않았다. 새끼들이 있는 하얀 모래 구덩이로 도로 가 버린 것 같았다.

남자는 그녀가 숨을 돌릴 때까지 기다려 주었다. 그리고 두 사람은 아군을 찾아 강의 하류를 향해 천천히 걷기 시작했다. 걸으면서 그녀는 울었다.

소년이 죽었을 때도, 남자가 죽었을 때도 그녀는 울지 않았다. 하얀 외계인들에게 포로가 되어 잡혔을 때도, 하얀 외계인들의 우두머리에게 사형을 선고받았을 때도, 하얀 원반 앞 강둑 위에 남자와 함께 묶여 자신을 살해하려는 외계의 군인들에게 둘러싸여 있을 때도 그녀는 울지 않았다. 이제 그녀는 자신과 똑같이 생긴 사람이 남긴 칼이 들어 있는, 자신의 것과 똑같은 붉은 칼집을 꼭 껴안고 걸어가면서 하염없이 울었다.

남자는 아무 말도 하지 않았다. 자신의 분신을 잃고, 그 시신 대신 붉은 칼집을 품에 안고 걷잡을 수 없이 통곡하며 낯선 행성을 걸어가는 그녀 곁에서 남자는 그저 묵묵히 함께 걸었다.

이중나선 3

    최초의 검은 새들은 충실하게 그들에게 돌아왔다. 그들은 더 많은 검은 새를 부화시켜 더 다양한 기억들을 이식했다. 더 많은 새들을 하얀 행성의 더 많은 곳으로 날려 보냈다. 어떤 새들은 금세 돌아왔고 어떤 새들은 늦게 돌아왔으며 어떤 새들은 돌아오지 않았다.

    그들은 검은 새들을 날려 보내고 맞아들이면서 이제 인공 알이 아닌 인공 자궁 속에서 인간을 만들어 내기 시작했다. 만들어 낸 인간에게 검은 새의 기억과 정보를 이식하고 그들은 인공의 기억과 인조의 신체를 가진 인간에게 오래전 신화 속 왕의 이름을 붙여 주었다. 실험의 목적에 따라 분류하여 일부에게는 과거의 지식을 전해 주었고 일부에게는 과거의 언어를 가르쳤다. 그리고 그들은 자신들이 만들어낸 존재들이 과거를 어떻게 발전

시키는지, 인공존재들이 과연 스스로 성장하여 그들과 같은 현재를 향해 오는지, 그것이 가능하다면 스스로 발전한 인공존재들이 그들의 과거와 현재에 과연 얼마나 근접할 수 있는지를 천천히 관찰했다.

궁극적으로 그들은 자신들이 만들어낸 인간을 하얀 행성으로 내보내서 스스로 살아갈 수 있는지 시험해볼 예정이었다. 하얀 행성은 척박했고 탁한 물이 흐르는 하얀 강과 그들이 만들어 날려 보낸 검은 새 외에 생명체는 찾을 수 없었다. 그들이 만들어낸 인간이 그곳에서 스스로 살아갈 수 있다면 그들은 식민지를 소유하게 될 것이었다. 그리고 식민지에는 하얀 땅과 탁한 하늘과 그들이 만들어낸 인간과 동물이 제공하는 무한한 가능성이 있었다. 그들은 그 가능성에 도취되어 의식을 가진 존재를 쉽게 지배할 수 없다는 사실을 간과했다.

인공자궁에서 한날한시에 태어난 여자들은 모두 같은 날 월경을 시작했다. 인공자궁에서 태어난 첫 번째 여자들이 모두 함께 월경을 시작한 날 검은 새들이 한꺼번에 돌아왔다.

그들은 새를 맞이하기 위해 우주선 바깥에 나와 있었다. 새들은 불시에 그들을 공격했다. 부리로 쪼고 발톱으로 찢었다. 그들은 서둘러 우주선 안으로 도망쳐 들어갔다.

새들을 퇴치하기 위한 무기를 꺼내어 장전하려 할 때 선장이자 연구책임자가 그들을 저지했다. 검은 새들은 실험의 결과물이었고 그러므로 제국의 귀중한 소유물이었다. 제국의 허가 없이 함부로 실험의 결과물을 파손할 수는 없다고 선장이자 연구 책임자는 선언했다.

검은 새는 그들이 만들어낸 생물이었다. 그러므로 검은 새를 안전하게 제압할 방법도 그들이 알고 있을 것이었다. 연구 책임자는 최초의 검은 새를 양육할 때 사용했던 덫과 충격기를 들고 우주선 밖으로 나갔다.

우주선 안에 남은 그들은 연구책임자가 검은 새의 부리에 물려 하얀 하늘 높이 솟아올랐다가 두 조각으로 잘려 떨어져서 새하얀 땅을 뼛조각과 내장의 파편으로 뒤덮고 피로 물들이는 모습을 지켜보았다. 공격할 대상이 더 이상 남아 있지 않게 된 뒤에도 검은 새들은 떠나지 않았다. 우주선 외벽과 해치를 부리로 쪼고 발톱으로 긁기 시작했다.

선장은 사망했으나 검은 새들이 실험의 결과물이며 제국의 소유물이라는 사실은 변하지 않았다. 그래서 그들은 제국에 연락했다. 상황을 보고한 뒤에 지원을, 도움을, 해결책을, 조언을, 아니면 탈출 명령이라도 보내 달라고 그들은 요청했다. 물론 제국에 이 구조요청이 도착하여 답신이 오기까지, 그들의 행성 시간을 기준으로 최소한 20년 이상 걸린다는 사실은 그들도 알고 있었다. 제국에서 파견한 탐사대 중에는 진짜 우주탐사대도 있었으며 탐사대를 가장한 연구실험단도 더 있었다. 그러나 그들의 존재는 기밀이었으므로 다른 탐사대가 알지 못했고 그들도 다른 탐사대가 정확히 어디쯤에 있는지 어떤 상태인지 알지 못했다. 도움을 받을 가능성은 희박했으나 그들은 상황을 보고하고 조언을 요청했다.

　새들은 밤낮으로 우주선의 외벽을 긁고 쪼고 할퀴다가 왔을 때처럼 갑자기 무리를 지어 사라졌다. 그들은 숨죽이며 기다렸다. 새들은 돌아오지 않았다.

　그래서 그들은 검은 새의 배양과 양육을 급히 중단했다. 남아 있던 인공 알들은 이미 부화한 새들과 함께 냉동 처리했다. 그들에게는 인간이 더 필요했다. 많으면 많을수록 좋았다. 그들을 지키고 연구결과와 실험의 업적들을 지키고 하얀 행성을 개척하여 그들에게 새로운 세계와 새로운 가능성을 열어줄 인간.

　검은 새를 찾아 나선 것은 최초의 여자들이었다. 월경하는 여자들이 가장 먼저 싸움터로 나갔다. 새는 피를 좋아했고 월경하는 여자들은 하루 종일 며칠이고 피를 흘렸다. 새들은 그 냄새를 맡고 떼를 지어 찾아왔다. 그들은 연구 결과와 이전에 새들에게서 추출한 정보를 근거로 여기까지 추정해냈다.

　검은 새가 실험과 연구의 성과라면 인공자궁에서 태어난 인간들도 연구의 결과물이었다. 그들이 직접 실험 결과를 파기하는 것은 제국의 허가가 없이는 불가능했다. 연구 결과물들이 서로 투쟁한다면 그것은 그 자체로 하나의 실험이었다. 그래서 그들은 책임지지 않고 위험부담을 감수하지 않고 손쉽게 해결하는 쪽을 택했다.

　인공 자궁에서 태어난 여자들은 새의 기억을 이식받은 뒤에 그들에게 덤벼들어 공격하려 했다. 그들은 여자들을 위협하고 처벌했다. 여자들은 복종하지 않았다.

그들은 아직 인공 자궁 안에서 발달 중인 다른 여자들을 보여주었다. 검은 새가 사는 곳을 찾아내어 새들을 처치하고 정보를 수합하여 돌아온다면 다른 여자들을 풀어주겠다고 그들은 회유했다.

여자들은 동의했다. 그리고 여자들은 피 흘리는 몸으로 무기 없이 떠났다.

여자들은 돌아오지 않았다.

5
허공의 별들

공기를 먹는 허공의 별들이 있었다.

이 전쟁은 무엇이고 우리는 누구인가에 대한 그녀의 대답 없는 의문은 그러므로 생각하는 도중에 돌연히 끊어졌다. 허공의 별들은 둥글고 반투명하고 색색으로 빛나며 덩어리져서 공중에 뜬 채 안개를 먹고 있었다. 그녀도 남자도 그것이 무엇인지 알지 못했으나 처음 보는 광경을 잠시 넋 놓고 구경했다. 허공에 떠 있는 반쯤 희끄무레하고 반쯤 여러 가지 색으로 빛나는 반구들이 사방에 깔린 하얀 안개를 먹어 치우며 반짝반짝 빛나고 그 반구형 물체들이 한데 모인 덩어리가 지나간 자리에는 공중에 맑고 투명한 공간이 생겨났다. 그것은 그녀가 이전에 한 번도 본 적 없고 알지도 못했던 방식으로 아름다웠다.

그녀가 자기도 모르게 다가가려 했다. 남자가 붙잡았다.

"뭔지 모르잖아요."

남자가 속삭였다.

"보기에 아무리 예뻐도 그 검은 새 같은 괴물일 수도 있어요."

허공의 반짝이는 반구형 물체들이 괴물치고는 너무 예쁘다고 생각하면서도 그녀는 남자의 말대로 물러섰다. 두 사람이 지켜보는 앞에서 공기를 먹는 허공의 반짝이는 색색가지 반구형 물체들은 강가에서 빙글빙글 돌며 안개를 가르다가 천천히 강 위로 옮겨갔다. 수면 위는 안개가 더 짙었고, 반짝이는 허공의 별들은 수면 위의 공기를 떠다니며 안개를 잘라내어 먹어 치웠다.

그렇게 안개가 먹혀서 잘려나간 곳을 통해 그녀와 남자는 강 건너편의 하얀 외계인들을 목격했다. 외계인은 두 명이었고, 강가에 서서 강물 안쪽을 뚫어지게 바라보며 어떤 알 수 없는 작업에 열중하고 있었다.

그녀와 남자는 주위를 둘러보았다. 그녀가 보았던 하얀 행성의 다른 모든 곳과 마찬가지로 강둑에는 나무도 바위도 집도, 아무것도 없었다. 몸을 숨길 곳은 없었다.

그리고 외계인들이 두 사람을 보았다. 두 사람은 한순간 그대로 얼어붙었다.

그녀는 외계인들이 강 건너로 총이나 다른 무기를 쏘거나 자신과 남자를 붙잡으러 강을 건너올 것이라고 생각했다. 그러나 외계인들은 움직이지 않았다. 그녀와 남자를 가만히 쳐다보더니 외계인들은 번갈아 자신의 방호복 허벅다리 부분을 눌렀다. 그렇게 해서 발을 디딘 표면에 진동을 발생시키는 것이 외계인들의 의사소통 방식이라는 것을 그녀는 알고 있었다. 외계인들은 뭔가 의논하고 있는 것이다.

"뭘 의논하는 거지."

그녀가 자신의 언어로 중얼거렸다.

"큰 배나 엿보는 배를 부르는 거 아냐?"

남자도 옆에서 말했다.

제국어가 아니었다. 남자의 언어였다. 그런데 어쩐지 알아들을 수 있었다. 단어나 발음이 좀 웃기게 들리기는 했지만 '모선이나 정찰선을 호출한다'는 기본적인 의미는 이해할 수 있었다.

"강물, 헤엄, 도망쳐?"

그녀가 서투르게 끊어지는 제국어로 물었다. 남자가 고개를 저었다.

"숨을 못 쉬는데 오래 버틸 수 있겠어요?"

"어디로, 그럼?"

남자가 그 질문에 대답하기 전에 강에서 거대한 외계인이 튀어나왔다.

남자가 총을 겨누며 그녀의 앞을 막아섰다. 그녀는 남자가 마지막 남은 총알 두 발을 검은 새에게 쏘아버렸던 것을 기억했다. 그러나 그녀가 경고하기 전에, 입을 열기 전에, 움직이기 전에 거대한 외계인이 남자를 집어 던졌다. 남자는 마치 돌멩이나 나뭇조각처럼 가볍게 잡혀서 내던져져 강물 한가운데 빠졌다.

그리고 거대한 외계인이 그녀에게 향했다. 그녀는 칼집에서 칼을 빼 들었다. 거대한 외계인이 그녀에게 다가왔다. 그녀는 긴

장하며 외계인의 얼굴을 덮은 반구형 덮개와 목 사이를 눈여겨
보았다.

그러나 외계인의 얼굴과 목 사이에는 빈틈이 없었다.

그것은 강화복을 입은 외계인이 아니었다. 기계였다.

기계가 그녀를 향해 강력한 팔을 들었다.

그녀는 도망쳤다. 칼을 도로 칼집에 꽂고 그녀는 도망쳤다.

칼로 기계와 맞설 방법은 없었다. 그녀와 똑같이 생긴 또 하
나의 그녀가 남긴 마지막 물건인 칼은 그녀의 칼과 달리 끝이
부러지지도 않았고 날이 상하지도 않았으나 지금 그녀의 앞에
선 기계 덩어리에 대적하기에는 역부족이었다. 기계 팔이 한 번
후려치면 가느다란 칼 따위는 반토막 날 것이었다. 외계인들이
하듯이 하얀 광선을 쏘았다면 칼집의 거울로 막을 수 있겠지만
기계는 그런 것도 하지 않았다. 그저 굵고 거대한 팔을 휘두르
며 달려들 뿐이었다. 그래서 그녀는 그 팔을 피해서 정신없이
도망쳤다.

도망치다가 그녀는 넘어졌다. 강가의 모래는 하얗고 부드러
웠고 발을 디딜 때마다 푹푹 파여서 뛰기 힘들었다. 그렇게 푹
파인 모래에 발이 걸려 그녀는 넘어졌고, 넘어진 그녀의 얼굴 바
로 옆을 외계인들의 기계가 내리쳤다. 그녀는 간발의 차이로 간
신히 피했다.

모래가 부드럽고 기계가 내리치는 힘이 강했기 때문에 기계
는 팔이 하얀 모래 속에 파묻혀 쉽게 빼지 못했다. 그녀는 칼을

칼집에 넣어 등에 메고 그 팔에 매달려 기어오르기 시작했다.

팔에는 이음매와 홈이 여기저기 있어서 붙잡고 기어오르기 편했다. 그러나 그녀가 그 이음매 중 한 곳에 매달리자 갑자기 이음매가 열리며 검은 물질이 쏟아져 나왔다. 그녀는 당황해서 위로 손을 뻗어 다른 이음매를 옮겨 잡았다. 그곳도 마찬가지로 열렸으나 안은 비어 있었다. 그녀는 거꾸로 매달려 비어 있는 곳에 발을 딛고 더 위쪽으로 올라갔다.

팔을 기어오르는 그녀를 보고 기계는 잠시 움직임을 멈추었다. 그러나 팔의 이음매가 열리며 검은 물질이 쏟아진 순간 기계는 다른 한 팔로 마치 팔에 앉은 벌레를 잡으려는 듯 그녀를 내리쳤다. 그녀는 기계 팔의 안쪽으로 피하며 계속 기어올랐고, 기계는 자기 팔을 자기가 때려서 맞은 곳이 휘어졌다. 그녀는 기계의 겨드랑이에 해당하는 곳에 매달려 어깨로 올라갔다. 기계 팔이 따라와서 그녀를 내리치려 했다. 그녀는 재빨리 기계의 목덜미로 피했다.

기계는 휘어진 한쪽 팔과 상하지 않은 다른 쪽 팔을 휘둘러 목덜미 뒤에 매달린 그녀를 잡으려 했다. 기계의 등 부분은 불룩 튀어나온 매끈하고 단단한 판으로 덮여 있었다. 그녀는 그 불룩 튀어나온 곳 위에 앉은 자세로 기계의 머리와 목덜미를 껴안은 채 위에서 덮쳐오는 기계 손을 피할 수밖에 없었다. 불룩 튀어나온 판 아래로 내려가면 잡을 곳이 없었고 기계 손을 피하려다 그렇게 미끄러져 떨어진다면 당장 그 기계 팔다리에 맞아 죽거나 밟혀 죽을 것이었다.

그녀는 필사적으로 매달린 채 약점이 될 만한 곳을 찾았다. 목과 머리 사이, 어깨와 팔 사이… 어디를 찾아봐도 매끈한 이음 매뿐, 눈에 띄게 틈이 벌어지거나 튀어나온 곳은 없었다.

기계가 팔을 어색한 각도로 움직여 목덜미에 앉은 그녀를 내려치려고 했다. 그녀는 옆으로 방향을 틀어 아슬아슬하게 피했다.

그녀가 앉아 있던 자리에 이음매가 있었다. 누르면 열릴 것 같이 생긴 홈이 파여 있었다. 그래서 그녀는 눌러 보았다.

기계의 등 전체가 열렸다. 심한 비린내를 풍기는 검은 물질이 대량으로 쏟아져 나왔다. 그녀는 앉아 있던 이음매가 벌어지면서 열렸기 때문에 미끄러져 떨어졌다. 검은 물질은 비린내가 아주 심했지만 그녀가 땅으로 떨어질 때의 충격을 흡수해 주었다. 그녀는 기침을 하고 구역질을 하며 일어서서 몸에 묻은 검은 물질을 서둘러 털어냈다. 온몸이 가려워지기 시작했다. 비린내와 가려움증, 두드러기를 보면서 그녀는 검은 새의 날개에 앉아 있었던 때를 생각했다. 그녀와 똑같이 생긴 사람을 생각했다. 그녀와 똑같이 생긴 사람의 너덜너덜해진 피부와 드러난 등뼈와 초점 잃은 눈동자가 차례로 그녀의 눈앞을 스쳐 지나갔다.

기계가 등 뚜껑이 열린 채로 돌아서서 그녀를 쳐다보았다. 쏟아진 검은 물질을 도로 쓸어 담는 것과 그녀를 죽이는 것 중에서 어느 쪽을 먼저 해야 할지 고민하는 것 같았다.

기계가 움직이기 전에 그녀가 먼저 달려갔다. 기계의 발 사이로 뛰어들었다. 기계는 방향을 전환해서 돌아서면서 동시에 발

사이로 달려든 그녀를 잡으려다가 균형을 잃고 쓰러졌다.

그녀는 뛰었다. 기계가 일어서기 전에 기계 발 사이에서 달려
나와서 강으로 뛰어들었다.

남자는 강 건너에서 하얀 외계인 둘과 싸우고 있었다.

강에 떨어졌을 때 남자는 물에 부딪히는 충격으로 잠깐 정
신을 잃었다. 하얗고 탁한 강물 속에서 남자는 점점 가라앉다
가 숨이 막혀 정신을 차렸다. 수면이 어느 쪽인지 알지 못했고
숨이 막혔으므로 남자는 무조건 아무렇게나 헤엄쳤다. 강바닥
으로 내려갔다가 익사하지 않고 강물의 맑은 쪽을 거쳐 반대편
강가로 나온 것은 천운이었다. 강가에 쓰러져 숨을 헐떡이던 남
자가 고개를 들고 처음 본 것은 하얀 외계인이 겨눈 하얀 막대
의 총구였다.

남자는 반사적으로 양손을 쳐들고 일어서려 했다. 몸을 일으
킬 때 앞에 서 있는 하얀 외계인의 발이 남자의 눈에 띄었다. 남
자는 외계인의 발목을 붙잡고 당겼다. 하얀 외계인은 뒤로 넘어
졌다. 손에 들고 있던 하얀 막대의 빛줄기가 남자의 머리 위로
날아갔다.

옆에 서 있던 다른 외계인이 하얀 빛줄기를 쏘았다. 빛줄기는
남자의 등을 가로지르며 살을 태웠다. 남자는 고통스러운 비명
을 지르며 쓰러졌다.

남자에게 발목을 붙잡혀 넘어졌던 외계인이 몸을 일으키면서
넘어질 때 떨어뜨렸던 하얀 막대를 집어 들었다. 남자는 그 손목

에 매달렸다. 하얀 외계인의 손목을 움켜쥐고 다른 하얀 외계인을 향해 빛줄기를 결사적으로 발사했다. 손목을 붙잡힌 하얀 외계인이 자유로운 다른 손으로 남자를 떨쳐내려 했으나 남자는 붙잡고 매달려서 놓지 않았다.

또 한 명의 하얀 외계인이 흰 빛줄기를 맞고 쓰러졌다. 남자는 자신이 붙잡은 하얀 외계인의 손목을 비틀어 흰 막대를 빼앗았다. 그리고 하얀 외계인의 헬멧을 난타하기 시작했다.

그녀는 힘겹게 강에서 기어 나왔다. 물가로 나오자마자 강 건너를 관찰했다.

거대한 기계는 건너편 강가에서 그대로 움직이지 않는 것 같았다. 하얀 안개와 탁한 공기 때문에 분명하게 보이지 않아서 그녀는 한참 동안 지켜보았다. 강 건너편의 거무스름한 덩어리가 움직이지 않는 것을 확인하고 그녀는 남자 쪽으로 시선을 돌렸다.

남자는 손에 하얀 막대를 꽉 쥔 채 하얀 외계인을 여전히 계속해서 내리치고 있었다. 하얀 외계인은 움직이지 않았고 남자가 내리치는 외계인의 헬멧은 가운데 부분이 부서져 붉은색과 옅은 분홍색 액체로 뒤범벅이 되어 있었다.

그녀는 온 힘을 다해 몸을 일으켰다. 남자에게 힘없이 다가갔다. 말을 할 기운이 없었으므로 남자의 어깨에 손을 얹었다.

남자가 흠칫 놀라며 그녀를 돌아보았다.

"죽었어."

그녀가 남자가 내리치던 하얀 외계인을 가리키며 말했다.

남자가 비틀거리며 말없이 일어섰다. 남자의 얼굴은 창백했고 눈에는 초점이 없었다. 그녀는 남자를 부축해서 축축한 하얀 모래 위에 조심스럽게 앉혔다. 남자의 오른손은 반투명한 헬멧의 부서진 조각이 박히고 계속되는 난타로 피부가 찢어진 데다 외계인의 하얀 피가 흠뻑 묻어서 엉망진창이 되어 있었다.

그녀는 남자의 손을 조심스럽게 폈다. 남자가 고통스럽게 얼굴을 찡그렸으므로 손가락만 조금 벌려서 쥐고 있던 하얀 막대를 빼냈다. 그리고 남자의 손에 박힌 헬멧 조각들을 하나씩 뽑아냈다. 남자는 다시 얼굴을 찡그렸지만 아무 말도 하지 않았다.

눈에 보이는 큰 조각들을 모두 뽑아낸 뒤에 그녀는 강가로 가서 손바닥에 물을 떠다가 남자의 손에 뿌렸다. 몇 번 더 손바닥에 물을 떠 와서 남자의 손을 뒤덮은 남자의 피와 외계인의 피를 씻어내고 짙은 붉은색과 불투명한 흰색 액체가 뒤섞여 덮여서 보이지 않았던 파편들이 혹시 더 박혀 있는지 주의 깊게 살펴보았다. 손바닥에 박혀 있던 작은 조각들을 몇 개 더 빼낸 뒤에 그녀는 등에 메고 있던 칼집을 벗어 칼을 꺼냈다.

"옷, 자른다. 돼?"

그녀가 물었다. 남자는 여전히 초점 없는 눈으로 알아들었는지 말았는지 어쨌든 고개를 끄덕였다.

그녀는 칼끝으로 남자의 한쪽 소매를 살살 잘라서 뜯어냈다. 잘라낸 옷소매를 맑은 강물에 적셔 남자의 다친 손을 닦았다. 그리고 최종적으로 여전히 살에 박힌 파편이 없는지 살핀 뒤에 남자의 옷소매로 다친 손을 붕대처럼 감싸서 묶었다.

"일어선다, 돼?"

그녀가 물었다. 남자는 아무 대답 없이 그녀를 쳐다보았다. 그녀가 다시 물었다.

"일어선다, 돼?"

남자는 계속 대답 없이 그녀를 쳐다보았다. 그러나 남자의 눈에 조금씩 초점이 돌아왔다. 그녀는 남자를 부축해서 일어섰다.

"걷는다."

그녀가 조심스럽게 속삭였다.

"돼?"

남자가 고개를 끄덕였다. 이번에는 분명히 상황을 이해하고 대답한 것이었다. 그래서 그녀는 안심했다.

그녀와 남자가 다시 하류 쪽으로 정처 없이 발걸음을 옮기려 했을 때 헬멧이 부서지지 않은 하얀 외계인이 몸을 꿈틀거렸다.

그녀와 남자는 깜짝 놀라 걸음을 멈추었다. 헬멧이 부서지지 않은 하얀 외계인이 천천히 상체를 일으켰다. 방호복 가슴에 조그만 구멍이 뚫리고 그곳에서 하얀 액체가 가느다랗게 새어 나와 있었다.

하얀 외계인이 오른손으로 상체를 받친 채 왼손으로 방호복 다리를 눌렀다. 하얀 모래가 진동했다.

"몰라."

그녀는 고개를 저었다.

"당신의 언어, 몰라."

하얀 외계인이 다시 모래를 진동시켰다. 그녀는 더욱 당황해서 다시 한 번 고개를 저었다. 하얀 외계인은 한 손으로 구멍 뚫린 가슴을 움켜쥐고 일어서려 했다.

강물의 탁한 쪽 수면 위에 떠 있던 반투명한 별들의 덩어리가 하얀 외계인을 향해서 하늘하늘 날아왔다. 뿌옇고 짙은 안개를 잘라 먹어 치우며 날아온 색색의 반짝이는 반구형 생물체들은 커다란 덩어리로 한데 모인 채 하얀 외계인의 가슴에 내려앉았다.

본래는 반쯤 투명해서 커다란 덩어리인데도 반대쪽이 들여다보이던 색색의 반구형 별들이 점차 하얗게 변하기 시작했다. 흰색이 짙어지면서 반구형 덩어리들은 점점 커다랗게 부풀었다. 색색으로 반짝이는 하얀 별들에 둘러싸인 하얀 외계인이 경련했다. 발 밑의 흰 모래가 절박하게 진동했다.

진동이 점점 심해졌고, 외계인의 경련도 점차 심해졌으며, 색색의 반구형 별들이 짙고 불투명한 하얀색으로 물들었다. 그리고 외계인의 경련이 멈추었다. 모래의 진동도 함께 멈췄다.

그녀와 남자는 반구형의 색색가지 별들이 외계인의 하얀 피를 빨아먹는 동안 조금씩 뒤로 물러섰다. 일정하게 거리를 유지하면서 언제든지 도망칠 태세로 그녀와 남자는 반구형 별들의 덩어리가 하얗게 물들고 외계인이 마지막 진동을 전하며 경련하는 모습을 반쯤은 겁에 질리고 반쯤은 매혹당한 채로 보고 있었다. 그녀와 남자가 지켜보는 가운데 하얀 외계인이 완전히 경련을 멈추자 색색으로 빛나는 반구형 덩어리들의 결집체는 불투명하고 하얗고 커다랗게 부풀어 오른 채 천천히 무겁게 강물 위로 날아서 색색으로 신비롭게 반짝이며 하얀 안개 속으로 소리 없이 사라져 버렸다.

별처럼 반짝이는 반구형 흡혈생물들이 사라진 뒤에도 그녀와 남자는 한동안 제자리에 서서 안개 속을 바라보고 있었다. 반짝이는 반구형 생물들이 다시 나타나지 않는 것을 확인한 뒤에 그녀가 하얀 외계인에게 다가가서 살펴보았다.

외계인의 하얀 방호복은 왠지 쭈글쭈글하게 늘어져 있었다. 그녀는 반투명한 헬멧 안을 들여다보았다. 헬멧이 바깥에서 보았을 때 완전히 투명하지 않아서 자세히 볼 수 없었으나 하얀 외계인의 얼굴은 기괴하게 말라붙어 한쪽으로 비틀어진 것 같았다. 그녀는 고개를 돌렸다.

"총."

남자가 말했다.

"저 외계인들 총을 가져가야 돼요. 우리 건 총알이 없으니까."

그녀는 고개를 끄덕였다. 그리고 말라붙은 하얀 외계인의 방호복 장갑을 조심스럽게 벗겨냈다. 장갑은 그녀가 살짝 당기자 한 번에 벗겨졌다. 그 안에 들어 있는 외계인의 하얀 손은 손가락 끝까지 쥐어짠 것처럼 말라붙어 있었다.

그녀는 몸을 떨며 외계인의 장갑을 감싸 쥐고 그 말라붙은 손가락 옆에 떨어진 하얀 막대와 외계인이 허리에 차고 있던 좀 더 굵은 막대를 집어 남자에게 내밀었다. 남자가 어리둥절한 얼굴로 다치지 않은 왼손을 내밀었으므로 그녀는 외계인들의 하얀 무기를 발사하기 위해서는 장갑을 끼거나 방호복에 하얀 막대 끝을 대고 있어야 한다는 사실을 할 수 있는 한 자세히 설명했다.

"당신이 알아냈다."

그녀가 덧붙였다.

"죽기 전의 당신."

남자는 그녀의 말에 대답하지 않고 불편한 표정으로 시선을 피했다.

그녀는 헬멧이 깨진 외계인에게 다가가서 장갑을 벗기려 했다. 아름답게 반짝이는 흡혈생물들이 빨아먹지 않은 외계인은 장갑이 방호복에서 쉽게 분리되지 않았다. 몇 번 애써 보다가 그녀는 남자에게 다가갔다. 남자가 손에 든 장갑과 하얀 막대를 빼서 장갑을 자기 손에 끼고 하얀 막대를 켰다. 빛줄기가 칼날처럼 솟아오르자 그녀는 하얀 막대를 들고 외계인에게 다가가 손목을 잘랐다. 잘라낸 장갑의 손가락 끝을 잡고 흔들어서 그녀는 안에 든 시신의 손을 빼냈다. 그리고 죽은 외계인이 가지고 있던 무기들을 챙겼다. 그 광경을 바라보며 남자가 어처구니 없다는 듯 물었다.

"그것도 내가 알아낸 겁니까? 손목 자르는 거?"

"장갑이 안 벗겨지는데 어쩔 수 없잖아. 저 사람은 이미 죽었어."

그녀가 서투른 침략자의 언어 대신 익숙한 자신의 언어로 반박했다.

남자는 고개를 흔들었다. 강가로 가서 다치지 않은 왼손으로 맑은 물을 떠서 얼굴을 씻고 좀 마셨다. 그녀도 강가로 가서 물을 마셨다. 그리고 그녀와 남자는 걷기 시작했다.

걸으면서 남자가 물었다.

"죽기 전의 나는 어떤 사람이었습니까?"

"총, 쏜다. 잘."

그녀는 생각하지 않고 곧바로 대답했다.

"그것뿐입니까?"

남자가 물었다. 그녀는 고개를 끄덕였다. 남자는 어이 없다는 듯 웃었다.

그녀가 대답할 수 있는 것은 사실 그것뿐이었다. 그녀는 남자의 이름을 알지 못했다. 그 외에 남자의 개인적인 삶에 대해 아는 것이라곤 무기를 얻기 위해 이스포베딘과 관계를 가졌다는 사실뿐이었다. 이스포베딘은 죽었고, 그런 이야기는 남자에게 할 수 없었다.

그래서 그녀는 남자와 함께 싸웠던 전투의 이야기, 남자와 함께 붙잡혔다가 다른 포로들의 도움으로 함께 탈출했던 이야기들을 다시 한 번 찬찬히 들려주었다. 남자가 총을 다루는 모습을 보면서 그녀 자신도 총을 배워야겠다고 결심했던 것도.

"그래서 이걸 가지고 다닙니까?"

남자가 생각났다는 듯이 그녀가 주었던 소년의 총을 돌려주면서 말했다.

"칼은 총알이 필요 없으니 어찌 보면 더 낫군요."

그녀는 고개를 끄덕이며 남자가 내미는 총을 받았다. 소년이 준 총을 남자에게 설명할 생각은 없었다. 대신 그녀는 외계인들의 방호복을 찌르면 소용이 없지만 베면 손상시킬 수 있다는 것, 방호복의 얼굴과 목 사이 공간을 노리면 승산이 크다는 것을 이야기했다.

"그런데 우리는 왜 싸우는 겁니까?"

남자가 물었다.

"전쟁에서 이기면 풀려날 거라고 생각했는데, 내가 또 한 명 있었다는 얘기나 당신… 그… 사람을 보니까…"

남자가 불분명한 손짓으로 얼버무렸다. 그녀는 자신과 똑같이 생긴 사람의 손가락이 세 개밖에 남지 않은 거무스름한 오른손과 고통스러운 기침 소리를 떠올렸다. 그녀는 이를 악물고 눈을 꼭 감고 고개를 흔들었다.

"뭐가 뭔지 알 수 없게 돼 버렸어요. 내가 누군지, 여기서 뭘하고 있는 건지…"

그녀는 말없이 고개를 끄덕였다. 이스포베딘이 했던 말을 떠올렸다. '도망쳐. 전쟁 따위 필요 없어. 우린 이미 다 죽었어. 우린 모두 속았어.'

그래서 그녀는 이스포베딘에 대해 이야기했다.

계속 하류를 향해 걷다가 그녀는 더 이상 걸을 수 없게 되었다. 그녀는 하얀 모래 위에 주저앉았다.

"지쳤어요?"

남자가 물었다. 그녀는 고개를 끄덕였다.

남자가 그녀 옆에 앉았다. 하늘을 쳐다보았다. 하늘은 변함없이 희고 뿌옇고 탁했다.

"항상 저 모양이니 밤인지 낮인지도 알 수 없고."

그녀가 다시 고개를 끄덕였다. 남자는 더 이상 아무 말도 하지 않았다.

웅크리고 앉은 채로 그녀는 졸기 시작했다. 졸다가 그녀는 잠들었다.

누군가 비명을 질렀다. 그녀는 퍼뜩 놀라 몸서리를 치며 깨어났다. 아주 잠깐 그녀는 자신이 어디에 있는지 이해하지 못하고 주위를 두리번거렸다.

남자의 멍한 눈과 시선이 마주쳤다. 남자는 그녀를 보고 다친 오른손을 숨기며 벌떡 일어나려 했다. 그녀는 양손의 손바닥을 펴서 들고 진정시키려는 자세를 보이며 뒤로 물러났다. 남자는 한참이나 더 그녀를 멍하니 쳐다보다가 정신을 차렸다.

"미안해요."

남자가 사과했다.

"물."

그녀가 대답했다.

남자는 그녀의 말에 따라 고분고분 강가로 가서 물을 마셨다. 그녀도 강가로 가서 남자와 함께 물을 마시고 얼굴을 씻었다. 그리고 두 사람은 누가 먼저라고 할 것 없이 일어나서 걷기 시작했다.

"꿈?"

걸으면서 그녀가 물었다. 남자가 고개를 끄덕였다.

"무슨?"

그녀가 다시 물었다. 남자는 고개를 젓고 대답하지 않았다. 그녀도 더 이상 묻지 않았다.

"검은 새가 피를 빨아먹으려고 했어요."

걷다가 남자가 갑자기 말했다.

"당신이, 죽고… 아니 그러니까, 당신은 아니고, 똑같은 사람이…"

그녀는 뭐라고 대답해야 할지 몰랐으므로 고개만 끄덕였다.

"나도… 죽고…."

남자가 중얼거렸다.

그녀는 남자의 왼쪽으로 자리를 옮겼다. 걸으면서 남자의 다치지 않은 왼손을 살짝 잡았다. 남자의 단단한 손이 화답하여 그녀의 손을 꼭 쥐었다.

그렇게 그녀는 남자의 손을 잡고 계속 걸었다. 걸으면서 그녀는 남자가 이미 죽은 외계인의 헬멧을 마구잡이로 내려치던 모습을 생각했다. 죽은 외계인의 부서진 헬멧을 뒤덮은 하얀 피와 붉은 피를 생각했다.

그리고 그녀는 외계인들의 하얀 우주선을 생각했다. 전리품이니 총을 쏘아서는 안 된다고 외치던 이스포베딘과 제국 군인들을 생각했다. 뒷머리에서 피를 흘리며 그녀의 옆에 쓰러지던 남자의 모습을 생각했다.

하얀 외계인들은 제국인들의 영토에 침범한 괴물이라고 했다. 그러나 제국인들이야말로 하얀 외계인들의 영토에 침범한 도둑이 아닐까, 그녀는 생각했다. 제국인들이 우리를 도둑질의 공범으로 만들고 있는 건 아닐까. 남자의 손을 잡고 걸으면서 그녀는 그런 이야기들을 서투른 제국 언어로 두서없이 늘어놓았다. 남자는 말없이 그녀의 손을 꼭 잡고 귀 기울여 들었다.

그녀는 붉고 푸른 여자들의 치마 깃발을 보았다. 남자는 기억하지 못했으므로 칼집에 묶은 그 여러 색의 천이 무엇을 의미하는지 알지 못해서 그녀가 먼저 알아보았다. 그녀는 남자의 손을 놓고 반가움에 소리를 지르며 여자들을 향해 달려갔다.

여자들은 이제 다리에 휘감기는 불편한 긴 치마를 입지 않고 남자들과 같은, 혹은 제국군과 같은 바지를 입고 있었다. 치마는 벗어서 칼집에 묶었다. 그녀는 그런 여자들 중 남색 치마의 여자와 옅은 녹색 치마의 여자, 이제는 치마를 입지 않고 칼집에 각각 묶어서 들고 있는 여자들을 발견하고 가장 먼저 그쪽으로 달려갔다. 영문을 모르는 남색 치마의 여자와 옅은 녹색 치마의 여자를 번갈아 껴안으며 기뻐했다.

"찾고 있었어."

남색 치마의 여자가 말했다.

"다들 네가 죽었을 거라고 했지만 난 믿고 싶지 않아서 찾고 있었어."

그렇게 말하며 남색 치마의 여자는 울었다.

그녀는 검은 새들의 날개 위에서 보았던 죽은 남색 치마의 여자와 죽은 연녹색 치마의 여자에 대해 서둘러 이야기했다. 자기 자신과 똑같이 생긴 사람이 그곳에 이전부터 잡혀 있었던 것, 그리고 검은 새들의 밤의 둥지에서 탈출하려다 자신과 똑같이 생긴 사람이 죽은 것에 대해 이야기했다.

하얀 외계인들의 기계와 기계의 등과 팔에서 쏟아진 비린내 나는 검은 물질에 대해서 이야기하려 했을 때 제국의 군인들이 다가왔다. 군인들은 아무 말 없이 그녀를 붙잡아서 끌고 가기 시작했다. 그녀가 항의하자 제국의 군인들이 말했다.

"너는 혼란을 틈타 탈주했다. 다른 포로들에게 본보기로 처형하겠다."

"탈주! 아냐! 안 해!"

그녀가 소리쳤다.

"하얀 괴물! 싸웠어! 이거 봐!"

그리고 그녀는 손에 쥐고 있던 하얀 외계인들의 장갑과 가늘고 굵은 두 종류의 하얀 막대를 내밀었다.

그녀를 끌고 가려던 제국의 군인들이 그녀의 팔을 놓았다. 그녀가 내민 장갑과 무기를 점검했다. 그중 한 군인이 그녀의 전리품을 가지고 어디론가 달려갔다. 다른 군인들이 여전히 둘러서서 그녀를 감시했다.

어디론가 달려갔던 군인이 잠시 후에 돌아왔다. 그녀가 알아듣지 못하는 빠른 말로 주위의 제국 군인들에게 지시를 내렸다. 군인들이 다시 그녀를 끌고 갔다. 그녀는 처음에는 공포에 질려 몸부림쳤으나 군인들이 그녀를 열린 공간이 아니라 정찰선 안으로 데려가는 것을 알고 저항을 멈추었다. 이스포베딘은 정찰선 바깥에서 처형당하고 버려졌다. 하얀 우주선을 탈취하려다 전사한 포로들도 우주선 밖에 아무렇게나 버려졌다. 제국인들이 그녀를 죽일 생각이라면 일부러 정찰선 안으로 데려가서 죽이고 시신을 다시 밖으로 가져다 버리는 번거로운 방식을 택할 이유는 없었다.

그녀의 짐작은 틀리지 않았다. 제국인들은 그녀를 정찰선 밑바닥의 어두운 방으로 데려가서 밀어 넣었다. 그녀는 좁은 공간에 함부로 던져진 뒤에 제국 군인들이 달려들어 때리거나 강간하지 않을까 겁먹고 긴장했다. 그러나 군인들은 그녀를 좁은 방의 어둠 속에 던져 넣은 뒤에 문을 잠그고 사라져 버렸다.

어둠 속에서 그녀는 어쩐지 안도했다. 사방이 탁 트인 하얗고 뿌연 공간에서 언제 외계의 하얀 적군이나 외계의 정체 모를 생물들에게 공격받을지 모르는 채로 계속 싸우며 도망치다가, 사방이 든든한 벽으로 막힌 좁고 안락한 어둠 속에 자리를 잡으니 오히려 마음이 편했다. 낯선 행성의 탁하고 목이 아픈 대기가 아니라 정찰선 안의 환기장치를 거친 익숙한 냄새와 익숙하게 호흡하기 편한 공기도 새삼스럽게 달콤했다. 그녀는 간신히 다리를 뻗을 수 있는 공간에서 가능한 한 편한 자세를 취하고 칼집을 꼭 안았다. 제국 군인들이 어째서인지 칼만은 절대로 뺏지 않는다는 사실에도 새삼스럽게 감사하며 그녀는 친숙한 칼집을 껴안고 아늑한 어둠 속에 눈을 감고 앉아 있다가 마음 놓고 곯아떨어졌다.

그녀는 저절로 눈을 떴다. 좁은 방 안은 여전히 어두웠다. 밖에서 사람의 발소리가 들렸다. 그녀는 다시 긴장했다.

좁은 방의 문이 일부만 열렸다. 안으로 물과 음식을 담은 식판이 들어왔다. 누군지 모를 간수는 말없이 물과 음식을 넣어준 뒤에 문의 일부를 도로 닫고 그녀를 다시 좁은 어둠 속에 남겨두고 사라져 버렸다.

그녀는 식판에 달려들었다. 강물을 마셨을 뿐 제대로 된 음식은 아무것도 먹지 못한 지가 벌써 며칠이나 됐는지 알 수 없었다. 쟁반에 놓인 조악하고 거친 음식은 그녀에게는 진수성찬이었다. 그녀는 즐겁게 먹었다.

음식을 먹다가 그녀는 마른 음식 아래에 깔려 있는 둥글고 단단한 것을 손으로 건드렸다. 일단 음식을 다 먹은 뒤에 그녀는 식판 바닥에 깔린 것을 손가락으로 집어 들어 살살 만져 보았다. 그것은 둥글고 길쭉한 원통형으로, 한쪽 끝은 편편하고 다른 한쪽 끝은 비교적 뾰족했다.

총알이었다.

그녀는 세어 보았다. 열두 개.

그녀는 허벅다리 안쪽에 묶어둔 소년의 총을 만져보았다. 소년의 총에 총알이 몇 발이나 들어가는지, 아니 애초에 총에 총알을 어떻게 넣는지 그녀는 알지 못했다. 그러나 이제 그녀에게는 총이 있었고, 그 총으로 쏠 수 있는 총알이 열두 발 있었다.

그녀는 식판을 끌어서 가까이 가져다 놓고 어둠 속에서 손가락으로 총알을 만지작거렸다. 배가 불렀고, 잠도 충분히 잤고, 정신이 점점 더 맑아져 왔다.

비명 소리가 들렸다. 좁은 방의 벽 너머에서 뭔가가 벽에 세게 부딪혔다. 그리고 다시 의미가 불분명한 외치는 소리가 들렸다.

남자의 목소리였다.

그녀는 벽을 똑똑 두드렸다. 남자의 이름을 알지 못하고 물어보지도 않은 자신에게 짜증이 났다.

남자가 다시 비명을 지르며 벽을 세게 쳤다.

"꿈이야. 나쁜 꿈."

그녀가 말했다. 그리고 벽을 한 번 더 똑똑 두드렸다.

"깨."

비명 소리가 그쳤다. 그녀는 벽을 다시 한 번 똑똑 두드렸다.

"진정해. 물, 음식, 먹어."

"누구야!"

남자가 고함쳤다. 그녀는 자신의 이름을 말하려다 생각을 바꿨다.

"칼. 붉은 칼."

벽 너머의 목소리가 갑자기 사라졌다. 그녀는 당황해서 벽을 또 두드렸다.

"당신도 갇혔어요?"

남자가 말했다.

"응."

그녀가 대답했다.

한참 뒤에 남자가 물었다.

"거기 계속 있을 거예요?"

그녀는 조금 웃었다.

"나갈 수 없다."

남자의 목소리가 다시 사라졌다.

그녀는 조금 기다리다가 부드럽게 벽을 두드렸다.

"뭐예요?"

남자가 물었다.

"총알, 총, 넣는다. 가르쳐 줘."

그녀가 말했다.

남자가 벽 너머에서 졸린 목소리로 천천히 설명해 주었다. 그녀는 남자의 설명에 따라 총에서 탄창을 빼내어 총알을 하나씩 장전했다.

설명하는 도중에 남자의 목소리가 사라졌다. 그녀는 남자가 잠들었을 것이라고 짐작했다. 총알을 하나 장전하는 법을 배우고 나면 그 뒤로는 같은 동작을 반복하면 되기 때문에 그녀는 배운 대로 천천히 조심스럽게 총알을 열두 발 모두 장전했다. 장전한 뒤에 그녀는 탄창을 뺄 때와는 반대의 방식으로 도로 끼웠다.

장전된 총을 허벅다리 안쪽에 조심스럽게 묶었다.

그리고 그녀는 다시 칼집을 껴안고 벽에 머리를 기댔다. 좁고 안전한 어둠 속에서 그녀는 벽을 사이에 두고 남자와 머리를 맞대고 졸다가 잠들었다. 그녀에게나 남자에게나 꿈 없는 깊고 만족스러운 잠이었다.

6
행성의 밤

행성에 밤이 찾아왔다. 군인들이 좁은 방의 문을 열고 그녀를 작고 아늑한 어둠 속에서 끌어내서 포로들의 지친 행렬 속으로 집어 던졌다. 밖은 전처럼 공기가 탁하고 답답하고 안개가 깔려 있었으나 그 안개는 노을의 색이 비쳐 붉었다. 땅도 하늘도 모두 붉었다. 이 행성은 낮도 밤도 똑같이 그저 희끄무레한 줄 알았는데, 저무는 줄 몰랐던 낯선 행성의 해가 저물고 있었다.

"다치지 않았어?"

남색 치마의 여자가 그녀를 일으켜 주며 걱정스럽게 물었다. 남색 치마의 여자는 지금은 제국 군인들의 회색 바지를 입고 치마는 반으로 찢어서 칼집 두 개에 각각 묶어 바지 허리춤에 차고 있었다. 손바닥과 무릎에서 하얀 흙먼지를 털어내는 그녀 옆에서 연녹색 치마의 여자가 화난 얼굴로 물었다.

"저 자식들 너한테 무슨 짓 했어?"

"아무 짓도 안 했어."

그녀가 안심시켰다. 음식을 먹고 잠을 잤을 뿐이라고 말했다. 음식 밑바닥에 깔려 들어온 총알에 대해서는 말하지 않았다.

"바지는 어떻게 된 거야?"

이번에는 그녀가 여자들에게 물었다. 여자들은 모두 제국 군인의 회색 바지 혹은 남자들이 입은 어두운색 바지를 입고 있었다. 그녀는 여전히 찢어진 붉은 치마를 입고 있었다.

남색 치마의 여자와 마찬가지로 이제는 제국 군인들의 회색 바지를 입은 연녹색 치마의 여자는 무표정한 얼굴로 귀찮다는 듯이 고개만 불분명하게 갸웃해 보일 뿐이었다. 남색 치마의 여자가 대신 대답했다.

"검은 새가 왔다 가고 나서 제국인들이 갑자기 줬어. 군인들이 많이 죽었나 봐. 치마 입혀놓고 감상하기엔 사람이 너무 모자라니까 이젠 우리더러 앞에 나서서 막으라는 거겠지."

"무기는 안 줬어?"

그녀가 중얼거렸다. 연녹색 치마의 여자가 화난 어조로 말했다.

"총알받이한테 무기를 왜 주겠어."

그러나 포로들을 위협하는 것은 총알뿐이 아니었다. 그녀는 별처럼 빛나는 아름다운 반구형 생물이 하얀 외계인을 바짝 말라버릴 때까지 빨아먹은 것에 대해 이야기했다.

"예뻐도 가까이 가면 안 돼. 강가에 위험한 게 많이 살고 있어."

그리고 내친김에 그녀는 검은 새의 날개가 연상되는 까맣고 비린내 나는 물질을 하얀 외계인들의 기계가 모아서 담아 가지고 있던 것과 그녀가 본 장소들에는 외계인들의 집이 단 한 채도 없더라는 사실도 이야기했다.

"군부대도 없고 집도 없어. 애초에 이 행성에는 나무도 없고 풀도 없고 식물이 하나도 없어. 강물 속에서도 물고기를 본 적이 없어. 여기에 정착해서 살려면 그 검은 새와 반투명한 흡혈생물을 잡아먹고 사는 수밖에 없다고. 대체 그게 가능해?"

남색 치마의 여자와 연녹색 치마의 여자는 말없이 생각에 잠긴 표정이 되었다.

"검은 새의 날개 위에 우리하고 똑같이 생긴 사람들이 죽어 있었다고 했지?"

연녹색 치마의 여자가 갑자기 물었다. 그녀는 고개를 끄덕였다.

"정말 우리였어? 비슷하게 생긴 다른 사람이 아니고?"

"우리였어. 얼굴도 옷차림도, 칼집까지 똑같았어."

그리고 기억도. 그녀는 자신과 똑같이 생긴 사람을 품에 안고 똑같은 기억 속 어린 시절의 동화를 들려주었던 것을 생각했다. 자신과 똑같이 생긴 사람의 창백한 얼굴과 검게 부은 오른손을 생각했다. 혼란스럽고 이해할 수 없는 이 위협적인 세계에서 단 한 명 자신을 완전히 알고 완벽하게 이해하는 자매를 잃었던 순간, 인간의 언어로는 표현할 방법이 없는 그 거대하고 고통스러운 상실감을 생각했다. 눈물이 솟았다.

"너의 남자도 죽었다가 다시 돌아왔지."

짙은 남색 치마의 여자가 생각에 잠겨 작은 목소리로 말했다.

"내 남자가 아니야."

그녀가 황급히 눈을 깜빡여 눈물을 억누르며 반박했다.

그리고 그녀는 다시 돌아온 남자가 아무것도 기억하지 못했다는 것을 이야기했다. 제국인들의 우주선이 이 행성에 착륙했다는 것까지만 알고 있을 뿐 그 이후의 일들은 전혀 기억하지 못하던 것, 자신이 어떻게 죽었는지, 어떤 사람이었는지 물어봤던 것.

"똑같지만 다른 사람인 걸까?"

남색 치마의 여자가 말했다.

"우리하고 똑같이 생긴 사람이 여럿 있는 걸까?"

"그게 어떻게 가능해?"

연녹색 치마의 여자가 물었다.

"그럼 우린 누구야?"

세 여자는 불안한 표정으로 서로 마주 보았다. 그 질문에는 아무도 대답할 수 없었다.

남자도 풀려났다. 남자는 한창 깊이 잠들어 있다가 끌려 나왔다. 하얀 흙먼지 속으로 내던져진 뒤에도 남자는 잠이 덜 깨어 멍한 채로 붉은 하늘을 쳐다보았다. 눈을 깜빡이고 고개를 흔들어 보아도 머릿속에 희뿌연 안개처럼 고인 잠이 좀처럼 사라지지 않았다. 남자는 천천히 힘겹게 일어섰다. 대열을 따라 터덜터덜 걸어가며 하품을 했다.

"잘 놀다 왔나 보네."

옆에서 누군가 남자를 툭 치며 말했다. 남자는 여전히 멍한 채로 반사적으로 자신을 건드린 사람을 돌아보았다.

"여자랑 놀다가 전쟁터로 끌려오니까 적응이 안 돼?"

마르고 키 큰 중년 남성이 느물거리며 웃었다. 남자가 잘 모르는 사람이었다.

"어땠어? 잘 줘?"

마르고 키 큰 남성이 계속 흉하게 웃으며 물었다. 남자는 대답하지 않고 다른 곳으로 가려고 했다. 마르고 키 큰 남자가 그의 팔을 잡았다.

"저 혼자만 살겠다고 도망친 주제에…!"

마르고 키 큰 남자가 말을 다 마치기 전에 남자는 팔을 뿌리쳤다. 마르고 키 큰 남성이 욕을 하며 남자를 노려보았다.

남자는 싸울 태세를 갖추었다. 잠이 완전히 깼다. 남자는 버티고 서서 마르고 키 큰 남성을 마주 노려보았다.

다른 남자들이 모여들었다. 누군가 마르고 키 큰 남성을 말렸다. 누군가는 마르고 키 큰 남성의 편을 들었다. 여러 가지 목소리와 여러 가지 욕설이 점점 큰 소리로 울려 퍼졌다. 회색 제복의 군인들이 총을 겨누며 달려왔다. 남자는 재빨리 다른 남자들 사이로 섞여 들어갔다. 회색 제복의 군인들이 총의 개머리판으로 여전히 고함을 내지르는 마르고 키 큰 남자를 때렸고 마르고 키 큰 남자는 큰 소리로 비명을 지르며 쓰러졌다. 남자는 빠르게 걸어서 대열의 앞쪽으로 갔다. 그곳에서 남자는 낯선 행성의 붉은 밤을 헤치고 터덜터덜 걸어갔다.

하늘이 진한 핏빛으로 물들었다가 약간 붉은 기가 도는 완전한 검은 색으로 변했다. 하얀 외계인들은 전열을 갖추고 그들을 기다리고 있었다. 검붉은 밤하늘을 배경으로 줄지어 늘어선 하얀 우주선들이 지평선을 가득 채웠다.

— 항-복-하-ㄹㄹㄹ라.

하얀 우주선들이 인공적인 소리로 외쳤다. 포로들은 멈추어 서서 검붉은 하늘에 늘어선 하얀 우주선들을 바라보았다.

— 항-복-하-ㄹㄹㄹ라.

제국의 정찰선이 공중에서 정지했다. 군인들이 총을 들어 하얀 우주선을 겨누었다.

지평선을 가득 채운 하얀 우주선들이 일제히 소리 없이 하얀 섬광을 발사했다. 흰 빛줄기가 검붉은 행성의 밤을 가르고 땅을 찢었다. 폭음이 진동하는 공격이 위협과 경고의 의미라면 고요한 침묵의 공격은 살의였다. 그 효율적이고 무감정한 살의가 포로들을 덮쳤다.

제국 군인들도 포로들도, 정찰선 밖에 나와서 하얀 땅 위에 서 있던 사람들은 모두 달리기 시작했다. 달려서 어디로 가려는 것인지 달리는 사람들 자신도 알지 못했다. 하얀 행성에는 나무 한 그루, 바위 한 개 없었다. 몸을 숨길 곳은 정찰선뿐이었다.

군인들이 해치 안으로 뛰어들었고 포로들이 따라 들어가려 하자 해치를 서둘러 닫았다. 정찰선 엔진이 발진했고 배기구가 뿜어내는 열기와 연기 때문에 정찰선에 어떻게든 타기 위해 달려들던 포로들이 화상을 입고 비명을 지르며 쓰러졌다. 그리고 하얀 우주선이 발사한 소리 없는 섬광이 떠오르는 정찰선을 정면으로 꿰뚫었다. 정찰선은 공중으로 떠오르다 말고 하얀 빛줄기에 맞아 추락했고 떨어지면서 땅에 남아 있던 포로들을 덮쳤다. 그리고 그 위로 다시 하얀 우주선들의 소리 없는 빛줄기가 검붉은 대기를 찢고 날아왔다. 도망치던 사람들은 죽었고 도망칠 수 없게 된 사람들도 죽었다. 하얀 빛줄기를 맞고 몸이 잘려 죽었고, 추락하는 정찰선에 깔려 죽었고, 추락한 기계 파편이 몸에 꽂혀 피를 흘리며 죽었고, 자신이 어째서 어떻게 죽는지 모르는 채로 죽었다.

남자는 달렸다. 목숨을 건지기 위해서 달렸고 그녀를 찾기 위해서 달렸다.

그러나 남자는 여자들의 대열 쪽으로 갈 수 없었다. 하얀 광선이 방향을 종잡을 수 없이 여기저기서 한꺼번에 날아왔다. 죽음의 흰 빛줄기를 피해 남자도 다른 포로들과 함께 정찰선 쪽으로 뛰었다. 그러나 정찰선 해치가 닫혔고, 그런 뒤에 제국인들의 회색 우주선은 이륙하지 못하고 추락했다. 땅을 울리는 굉음과 충격, 그리고 뒤를 이은 하얀 빛줄기의 혼란 속에서 남자는 이번에는 정찰선을 피해서 뛰다가 정신을 잃었다.

*

　그녀는 추락한 정찰선의 흩어진 잔해 사이에 몸을 숨겼다. 하
얀 우주선들이 검붉은 하늘 가득 지평선 위로 떠오른 모습을 본
순간 머릿속에서 생존본능의 조그만 목소리가 그녀에게 도망치
라고 속삭였다. 그래서 그녀는 다른 사람들보다 약간, 아주 약간
더 빨리, 다른 사람들과는 반대 방향으로 뛰기 시작했다. 그러므
로 정찰선이 추락했을 때 그녀는 파편에 맞아서 죽거나 다치지
않을 만한 거리에 있었다. 커다랗게 휘어진 금속판이 땅에 꽂혀
있는 것을 보고 그녀는 그 뒤로 돌아가서 웅크리고 앉았다. 소리
없는 하얀 빛줄기가 금속판의 앞과 뒤에서 몇 번이나 명멸했다.
웅크리고 앉아 있는 그녀의 팔꿈치 바로 옆에서 금속판의 일부
가 하얀 빛줄기에 조용히 잘려나갔다. 그녀는 뛰쳐나갈 준비를
하고 금속판 옆으로 눈만 내밀고 내다보았다.

　다시 고개를 돌렸을 때 누군가 옆에 다가와 있어서 그녀는 깜
짝 놀랐다. 창백한 얼굴에 통통한 몸집의 소심해 보이는 모르
는 남자였다.

　"여기 숨어도 돼요?"

　남자가 제국의 언어로 속삭였다.

　"몰라."

　그녀도 속삭이는 소리로 대답했다.

　"공격. 여기, 잘라져. 도망쳐야 한다."

　창백한 얼굴의 모르는 남자는 그녀의 대답을 듣지 않고 옆에

와서 웅크리고 앉았다. 하얀 섬광에 금속판이 잘려나간 곳으로 남자의 등이 반 이상 노출되었기 때문에 그녀는 몸을 더 움츠리고 자리를 옮겨 남자에게 공간을 내주었다. 얼굴이 창백한 모르는 남자는 좁은 금속판에 기대어 그녀 옆에 바짝 붙어 앉았다. 그녀는 다시 고개를 길게 빼고 금속판 너머의 상황을 엿보았다.

축축한 것이 그녀의 노출된 팔에 닿았다. 그녀는 깜짝 놀라서 돌아보았다.

창백한 얼굴의 모르는 남자가 땀에 젖은 손으로 그녀의 팔을 쓰다듬고 있었다.

"뭐야?"

그녀가 팔을 움츠려 창백한 남자의 손을 피하며 물었다.

"그 사람하고 잤죠?"

창백한 남자가 속삭였다. 그녀는 이해하지 못했다. 어리둥절하여 창백한 남자를 쳐다보았다.

"검은 새를 핑계로 도망쳐서 그 남자하고 며칠이나 같이 있었잖아요?"

창백한 남자가 속삭이며 그녀에게 더욱 바짝 붙어 앉았다.

"나도 줘요. 이제 우린 다 죽을 거예요. 그러니까 나도 줘요."

창백한 남자가 축축한 손으로 그녀의 손목을 잡았다.

"우린 다 죽을 거예요. 마지막 소원이에요. 나도 줘요."

창백한 남자는 빠르게 속삭이며 그녀의 어깨를 붙잡고 끌어당겨 그녀에게 입 맞추려 했다.

그녀는 창백한 남자의 말은 이해하지 못했으나 행동은 이해했다. 그녀는 몹시 기분이 나빠져서 끌어당기는 남자를 세게 밀었다. 남자는 그녀에게 밀려서 금속판에 상체를 부딪쳤다. 그녀와 창백한 남자의 머리 위로 다시 소리 없는 하얀 섬광이 지나갔다. 그녀는 몸을 움츠렸다가 살금살금 다시 고개를 내밀어 금속판 너머의 상황을 엿보았다.

단단한 것이 어깨를 건드렸다. 그녀는 돌아보았다.

창백한 남자가 그녀에게 총을 겨누고 있었다.

"나도 줘요. 정말 간절한 마지막 소원이에요. 우린 다 죽을 거라고요. 그러니까 나도 줘요."

창백한 남자는 식은땀을 흘리며 덜덜 떨면서 말했다. 그리고 그녀의 얼굴에 총을 겨눈 채로 그녀에게 달려들어 입 맞추기 시작했다. 창백한 남자의 땀에 젖은 축축한 손이 그녀의 가슴을 움켜쥐었다. 그녀는 창백한 남자에게 밀려 쓰러졌다.

그녀가 어깨에 메었던 붉은 칼집은 지금 그녀의 등 아래 깔려 있었다. 창백한 남자의 몸은 무겁고 땀에 젖어 축축하고 불쾌한 냄새가 났다. 그 몸 아래 짓눌린 그녀의 오른손에 칼집의 뭉툭한 끝부분이 만져졌다. 그녀는 칼집을 잡아당겨 그 뭉툭하고 단단한 끝부분으로 남자의 옆구리를 찔렀다. 창백한 남자가 헉, 하고 숨이 멎는 듯한 소리를 질렀다. 그녀는 온 힘을 다해 창백한 남자를 밀어냈다. 창백한 남자는 그녀에게 밀려 쓰러지면서 총을 놓쳤다.

그녀는 재빨리 몸을 일으켜 칼을 뽑았다. 일어나서 다시 그녀에게 덤벼들려는 창백한 남자의 창백한 목에 칼을 겨누었다.

창백한 남자는 주춤주춤 양손을 쳐들었다. 그리고 뒷걸음질 치기 시작했다. 그녀는 창백한 남자의 움직임을 눈으로 좇으며 칼을 계속 겨누고 있었다. 남자는 그녀를 계속 쳐다보면서 천천히 뒷걸음질치다가 달려서 도망치려고 몸을 돌렸다. 하얀 광선이 창백한 남자를 소리 없이 반으로 잘랐다. 창백한 남자는 비명도 지르지 못한 채 정확히 허리에서 절반으로 잘려 흰 흙먼지 위로 조용히 쓰러졌다.

그녀는 얼른 금속판 뒤로 엎드렸다. 하얀 광선이 주위를 한 번 더 지나갔다.

하얀 섬광이 멈출 때까지 그녀는 금속판 뒤에 엎드려서 희고 고운 모래 속에 얼굴을 파묻고 있었다. 마침내 하얀 섬광이 그쳤을 때 그녀는 일어나서 칼을 칼집에 꽂아 도로 어깨에 메었다. 그리고 창백한 남자가 떨어뜨린 총을 집어 들었다.

하얀 우주선들은 사라지고 주변에는 시신과 잔해만이 널려 있었다. 탄 냄새와 피비린내, 그리고 죽음의 냄새가 탁하고 습한 대기를 채웠다. 그녀는 그 잔해들 사이를 헤치며 누군가 살아 있는 사람이 있는지 살폈다.

하얀 외계인들은 정밀하고 철저하게 살해했다. 시신들은 대부분 반으로 쪼개지거나 목이 잘리거나 몸통에 큰 불탄 구멍이 뚫려 소생의 가능성은 전혀 없었다. 그런 시체들 사이에서 그녀는 한쪽 팔이 잘려나간 여성이 신음하는 것을 발견했다. 그녀는 여성을 시체들 사이에서 꺼내어 시신에서 벗긴 옷으로 잘린 팔을 묶어 지혈하고 여성을 위로하고 달래어 간신히 일으켜 세웠다. 일어선 여성은 팔이 잘려나간 것을 보더니 울면서 주저앉으려 했다. 그녀는 여성을 껴안다시피 부축하고 달래서 도로 일으켜 세웠다.

뒤에서 총소리가 울렸다. 그녀가 부축한 여성이 펄쩍 경련하더니 힘없이 축 늘어졌다.

그녀는 깜짝 놀라서 뒤돌아보았다. 회색 제복을 입은 제국의 군인이 총을 겨누고 있었다.

그녀는 여성을 그대로 부축한 채 오른손의 방향만 바꾸어 군인의 다리를 쏘았다. 회색 군인이 쓰러지며 총을 쏘았으나 그녀에게 맞지 않았다. 쓰러진 채로 다시 총을 겨누는 회색 군인이 그녀를 쏘기 전에 그녀가 먼저 발사했다.

그녀는 부축하고 있던 여성을 조심스럽게 내려놓았다. 회색 군인이 죽은 것을 확인하고 팔을 다친 여성에게 다시 돌아왔다. 여성은 머리와 배에 총을 맞고 죽어 있었다.

그녀는 여성의 눈을 감겨 주었다. 회색 군인에게 다가갔다. 군인의 기관총을 집어 칼과 함께 어깨에 메었다. 회색 군인의 허리에 찬 수통을 빼내 물을 실컷 마신 뒤에 그녀는 회색 군인의 탄창을 빼내다가 마치 죽어서도 자신을 노려보는 듯한 생기 없는 눈동자와 시선이 마주쳤다.

그녀는 일어섰다. 창백한 남자가 남긴 총을 회색 군인에게 겨누었다. 탄창이 완전히 비고 총이 철컥철컥 기침 같은 소리를 낼 때까지 그녀는 회색 군인의 시체에 총을 쏘았다.

✳

　날카로운 여자의 비명 소리가 들렸다. 그녀는 회색 군인에게 빈 총을 겨눈 채로 서 있다가 퍼뜩 놀라 정신을 차렸다. 비명 소리가 들리는 쪽으로 달리기 시작했다.

　시체가 여기저기 널려 있어 자꾸 발이 걸렸다. 검붉은 어둠 속에서 비명 소리만으로 방향을 잡기도 쉽지 않았다. 비명 소리는 작아졌다가 다시 찢어질 듯 날카롭고 다급하게 울렸다. 그녀는 결사적으로 뛰었다.

　그녀의 눈에 들어온 것은 회색 제복의 사람이 다른 회색 제복 사람 위에 올라탄 모습이었다. 그녀는 양쪽 다 죽이기로 결정하고 칼을 뽑았다. 회색 제복의 두 사람을 한꺼번에 꿰뚫으려는 순간 회색 군인 아래 깔려 몸부림치는 연녹색 치마의 여자의 얼굴이 그녀의 눈에 들어왔다.

　그녀는 수통을 땅에 내려놓고 총을 허리춤에 쑤셔 넣은 뒤에 연녹색 치마의 여자를 깔고 누른 회색 제복의 군인의 뒷덜미를 잡아 일으켰다. 회색 제복의 군인은 난데없이 끌려 일어나 잠시 어리둥절한 표정이었으나 그녀를 보고 곧 총을 겨누려 했다. 그녀가 더 빨랐다. 오른손으로 군인의 뒷덜미를 잡은 채 그녀는 왼손에 든 칼로 군인의 목을 찔렀다.

　칼날을 뽑자 피가 분수같이 솟구쳐 나왔다. 군인이 비틀거리며 몸부림치자 피가 사방으로 튀었다. 그녀는 군인의 뒷덜미를 잡았던 손을 놓고 허리춤에 꽂았던 총을 뽑아서 군인의 머리에 대고 쏘았다. 회색 제복의 군인은 몸부림을 멈추고 쓰러져 더 이상 움직이지 않았다.

그녀는 하얀 땅에 쓰러진 연녹색 치마의 여자를 일으켜 세웠다. 연녹색 치마의 여자는 얻어맞아 얼굴이 부어오르고 코에서 피가 흘렀다. 상의는 찢겨나갔고 바지 허리띠도 풀어져 있었다. 연녹색 치마의 여자는 분노에 차서 숨을 몰아쉬며 눈물을 흘리며 죽은 회색 군인을 몇 번이고 걷어찼다. 그녀는 연녹색 치마의 여자를 진정시켰다. 수통에 남은 물을 먹이고 죽은 군인의 상의를 벗겨서 연녹색 치마의 여자의 찢어진 상의 대신 입혀 주었다.

"튜미나가 없어졌어."

연녹색 치마의 여자가 흐느끼면서 상의를 갈아입으며 말했다.

"바로 옆으로 그 하얀 폭격이 지나가서, 피하려고 엎드렸다가 일어나 보니까 없어졌어. 그래서 찾아다니고 있었는데… 이 쓰레기가…"

연녹색 치마의 여자가 더 심하게 흐느끼며 죽은 군인을 다시 발로 차기 시작했다.

"그거 이미 죽었어. 튜미나를 찾으러 가야지."

그녀가 연녹색 치마의 여자를 달랬다. 그리고 죽은 군인의 총을 연녹색 치마의 여자에게 주었다. 연녹색 치마의 여자는 여전히 조금씩 흐느끼면서 무기를 받아 들었다. 죽은 군인을 마지막으로 한 번 세게 걷어차고 연녹색 치마의 여자는 피와 눈물에 젖은 얼굴을 손으로 문질러 닦으며 그녀를 따라나섰다.

✳

얼마 가지 않아 두 사람은 회색 제복의 군인들을 발견하고 멈추어 섰다. 회색 제복의 군인들은 널려 있는 시신 사이를 돌아다니며 생존자를 찾는 것 같았다. 마르고 키가 큰, 그녀가 모르는 남성이 회색 제복의 군인들을 발견하고 다리를 가볍게 절름거리며 양손을 들고 다가갔다. 회색 제복의 군인들은 마르고 키 큰 남성에게 뭔가 물어보았다. 마르고 키 큰 남성이 고개를 끄덕이며 손으로 어딘가를 가리키며 대답했다. 회색 제복의 군인들은 마르고 키가 큰 남성을 총으로 쏘았다. 모르는 남자는 비명도 지르지 못하고 그대로 쓰러졌다. 회색 제복의 군인들은 쓰러진 남자에게 다가가서 총을 몇 번 더 쏜 뒤에 죽은 것을 확인하고 모르는 남자가 가리켰던 방향으로 움직였다.

"뭐 하는 거야?"

그녀가 속삭였다.

"생존자 찾아서 죽이는 거 아냐?"

연녹색 치마의 여자가 마찬가지로 속삭이는 소리로 대답했다.

"왜 죽여?"

그녀가 겁에 질려서 물었다.

"모르지."

연녹색 치마의 여자가 속삭였다.

그녀는 한쪽 팔을 다친 여성을 부축해서 일으켜 세웠을 때 회색 제복의 군인이 쏘아 죽였던 것을 생각했다. 회색 군인은 그녀에게도 총을 겨누었다. 회색 제복의 군인은 부상자가 쓸모없다고 생각해서 죽인 것이 아니었다. 포로 중에서 생존자는 부상을 입었든 그렇지 않든 죽이는 것이다.

그녀는 마르고 키 큰 남자가 어딘가를 가리키며 말한 것을 생각했다. 생존자가 더 있다는 뜻일 것이다. 그쪽으로 가야 한다.

그녀가 발걸음을 옮기려 했을 때 연녹색 치마의 여자가 그녀의 팔을 잡았다.

"뒤."

연녹색 치마의 여자가 거의 들리지 않는 목소리로 속삭였다.

그녀는 돌아보았다.

회색 군인 두 명이 총을 겨누고 있었다.

— 무기를 내놓아라.

회색 군인 중 한 명이 헬멧에 달린 송신기를 통해 기괴하게 뒤틀린 목소리로 말했다.

그녀는 손에 들고 있던 총을 회색 군인들 쪽으로 던졌다. 천천히 어깨에 메고 있던 기관총을 내려서 마찬가지로 회색 군인들 쪽으로 던졌다. 연녹색 치마의 여자도 손에 들고 있던 죽은 군인의 총을 회색 제복의 사람들 쪽으로 던졌다.

— 이것이 전부인가?

그녀는 고개를 끄덕였다. 회색 제복의 군인들이 칼은 무기로 취급하지 않는다는 것을 알고 있었으므로 그녀는 기관총과 함께 어깨에 멘 칼집은 내려놓지 않았다.

회색 군인들은 그녀의 예상을 깨고 뒤틀린 목소리로 명령했다.

— 무기를 내놓아라. 검도 무기에 속한다. 내놓아라.

그녀는 느린 동작으로 어깨에 걸린 칼집 끈을 내렸다. 칼집 끈이 천천히 그녀의 오른팔을 타고 내려왔다.

— 빨리 항복하라.

회색 군인들의 뒤틀린 목소리가 짖어댔다.

그녀는 칼집으로 연녹색 치마의 여자를 밀치면서 주저앉았다. 허벅다리 안쪽에 숨겨 두었던 소년의 총을 뽑았다. 회색 군인의 총알이 그녀의 오른쪽 어깨를 스치고 지나갔다. 그녀는 반대쪽으로 피하면서 아무렇게나 방아쇠를 당겼다. 총알이 회색 군인 중 한 명의 다리에 맞았다. 그녀는 계속 쏘았다. 회색 군인의 총 든 손을 겨냥했으나 어깨에 맞았다. 총의 반동 때문에 조준한 대로 정확하게 쏘기 힘들었다. 다리와 어깨에 총을 맞은 군인이 이를 악물고 그녀의 머리를 향해서 총을 겨누었다. 그녀는 눈을 감고 마구 쏘았다. 군인은 뒤로 넘어졌다. 총알이 그녀의 머리 위 허공으로 지나갔다.

그녀는 눈을 뜨고 연녹색 치마의 여자를 찾아 고개를 돌렸다. 연녹색 치마의 여자는 다른 회색 군인의 손목을 잘라내고 배에 칼을 꽂아 비틀고 있었다. 회색 군인은 배에 칼이 꽂힌 채로 잘리지 않은 손에 든 총을 끝까지 놓지 않고 연녹색 치마의 여자를 향해 총을 들어 올리려 했다. 그녀가 회색 군인의 머리를 쏘았다. 회색 군인은 배에 칼이 꽂힌 채로 쓰러졌다.

연녹색 치마의 여자가 숨을 헐떡이며 회색 군인의 배에서 칼을 뽑았다. 죽은 군인의 바지에 칼날을 문질러 피를 대충 닦아낸 뒤에 연녹색 치마의 여자가 그녀에게 칼을 돌려주었다. 그녀는 땅에 떨어진 칼집을 주워서 칼을 넣었다. 소년의 총에 총알이 몇 발 남았는지 확인했다. 탄창에는 총알이 세 발 남아 있었다. 그녀는 소년의 총을 도로 허벅다리 안쪽에 묶었다.

"그건 어디서 났어?"

연녹색 치마의 여자가 소년의 총에 대해서 물었다. 그녀는 고개를 저었다.

두 여자는 죽은 군인들이 남긴 무기와 탄약을 서둘러 챙겨 모았다. 그리고 마르고 키 큰 남자가 가리켰던 방향으로 발걸음을 옮겼다. 생존자가 있더라도 지금쯤은 아까 지나갔던 회색 군인들의 손에 전부 죽었을 거라고 그녀는 생각했다.

그녀와 연녹색 치마의 여자가 마르고 키 큰 남자가 가리킨 곳으로 갔을 때 그곳에서는 회색 군인 네 명이 생존자 세 명에게 총을 겨누고 있었다. 연녹색 치마의 여자가 아무 말 없이 다짜고짜 그녀의 어깨에서 기관총을 벗겨내어 회색 군인들을 향해 발사했다.

기관총은 화력이 강했고 반동도 그만큼 강했다. 첫 한두 발은 회색 군인들 중 한 명에게 명중했고 회색 군인은 쓰러졌다. 이후 연녹색 치마의 여자는 기관총의 반동 때문에 통제력을 잃었고 기관총은 허공으로 총알을 흩뿌렸다. 나머지 세 명의 회색 군인들도 생존자들도 일시에 모두 그녀들 쪽으로 고개를 돌렸다. 그녀는 남자의 얼굴을 알아보았다.

회색 군인들이 그녀와 연녹색 치마의 여자를 향해 돌아서서 총을 겨누었다.

— 무기를 버려라.

회색 군인들 중 한 명이 헬멧의 송신기를 통해 조금 전에 들었던 것과 똑같은 기괴하게 뒤틀린 목소리로 짖어댔다.

— 무기를 버리고 항복하라.

그녀는 항복하라고 으르렁거리는 회색 군인을 향해 총을 똑바로 겨누었다. 회색 군인들이 일제히 총을 들어 총구를 그녀에게 향했다.

연녹색 치마의 여자가 더 빨랐다. 기관총은 정확하지는 않았지만 강력했다. 기관총의 총알이 아무렇게나 날아다니자 세 명의 회색 군인들과 세 명의 생존자들 모두 땅에 몸을 던져 엎드렸다.

회색 군인들이 일어나기 전에 남자가 군인들에게 덤벼들었다. 그녀는 남자를 향해 달려갔다. 회색 군인들 중 한 명이 일어나려 했으나 그녀가 먼저 쏘았다. 그녀는 달리면서 총을 쏘는 데 익숙하지 않았고, 총알은 회색 군인의 팔꿈치 근처 땅에 맞았다. 회색 군인은 놀라서 총을 떨어뜨렸으나 다치지 않았다. 다른 회색 군인이 총을 겨누려 했을 때 남자가 회색 군인이 떨어뜨린 총을 재빨리 움켜쥐었다.

그리고 남자는 쏘았다. 남자의 총은 빠르고 정확하고 능숙했다. 남자는 엎드린 자세 그대로 숨을 한 번 들이쉬고 내쉬는 찰나의 순간 동안 세 명의 회색 군인을 쏘아 쓰러뜨렸다. 그녀가 달려왔을 때 남자는 다른 두 명의 남자들과 함께 안도의 한숨을 쉬며 천천히 몸을 일으키고 있었다.

"괜찮아요?"

남자가 그녀를 흘끗 쳐다보고는 연녹색 치마의 여자를 향해 물었다.

그녀는 돌아보았다. 연녹색 치마의 여자는 골반 바로 위에서 피를 흘리고 있었다.

연녹색 치마의 여자가 얼굴을 찡그리며 상의를 조금 걷어 올렸다.

"그냥 스친 거예요."

상처를 보고 남자가 말했다.

"쓰라려."

연녹색 치마의 여자가 불평했다. 남자가 죽은 군인의 옷에서 비교적 깨끗한 부분을 골라 뜯어내서 둥글게 뭉쳐 연녹색 치마의 여자에게 내밀었다.

"눌러요."

연녹색 치마의 여자는 얼굴을 더욱 찌푸리며 남자가 건네는 천 뭉치를 받아서 상처에 대고 눌렀다.

"괜찮아요?"

이번에는 남자가 그녀에게 물었다.

"튜미나."

대답 대신 그녀가 말했다.

그녀와 연녹색 치마의 여자가 동시에 상황을 설명하기 시작했다. 그러나 미처 제대로 이야기하기 전에 검붉은 지평선 위로 다시 하얀 우주선들이 떠올랐다.

그녀가 가장 먼저 보았다.

"엎드려!"

그녀가 소리쳤다. 생존자들은 일제히 땅에 몸을 던졌다.

그녀의 머리 위로 또다시 새하얀 죽음의 섬광이 소리 없이 지나갔다.

같은 자리에 생존자들 모두 계속 모여 있을 수는 없었다. 하얀 빛줄기는 마치 탐조등처럼 땅을 체계적으로 훑으며 이미 죽은 시신들을 다시 한 번 태우고 갈랐다. 가끔 그 시신들 사이로 하얀 빛줄기가 다시 지나갈 때 비명 소리가 터져 나왔다. 생존자들은 빛줄기가 이미 지나간 곳을 중심으로 재빨리 흩어져 각자 몸을 숨길 곳을 찾았다. 그러나 은신할 곳은 여전히 드물었고 그녀는 급한 대로 시신들 아래로 파고들어야만 했다. 역겹고 끔찍했으나 살아남으려면 방법이 없었다. 그렇게 숨어 있다가 바로 앞에서 세 명의 뒤엉킨 시신들을 하얀 빛줄기가 단번에 자르고 지나가는 것을 보고 그녀는 이것도 좋은 방법은 아니라는 사실을 깨달았다. 단단한 방어막이 필요했다….

그렇게 생각하며 다른 곳으로 몸을 피하기 위해 상체를 조금만 일으켰을 때 그녀는 머리 위로 짙은 그림자가 내려오는 것을 보았다.

검붉은 밤하늘에서 내려오는 그것은 어두운 땅에서 올려다보았을 때는 그냥 까맣게 보였다. 그러나 그 형체는 눈에 익은 것이었다. 검은 그림자는 땅을 향해 천천히 내려오면서 하얀 우주선들을 향해 굉음을 울리며 폭격을 시작했다.

지평선을 수놓았던 하얀 우주선 중 하나가 연기를 뿜으며 추락했다. 다시 검은 그림자가 불을 뿜었다. 하얀 섬광이 포로들이 누워 있는 땅이 아닌 제국인들의 전투선을 향했다. 제국의 전투선도 불을 뿜으며 응사했다.

그 뒤로 검은 그림자들이 연달아 내려왔다. 하얀 우주선 중 또 한 대가 연기를 뿜으며 대열에서 이탈해 비틀거리기 시작했다. 검은 그림자들은 기세를 올려 하얀 우주선들을 향해 한꺼번에 불을 뿜기 시작했다. 굉음은 물론 제국인들의 전투선이 뿜어내는 폭격의 열기가 그녀가 누워 있는 곳까지 미쳤다. 그녀는 땅에 얼굴을 대고 양팔로 머리를 감쌌다.

굉음과 열기는 한동안 지속되었다. 얼마나 시간이 지났는지는 알 수 없었다. 그녀는 땅에 얼굴을 묻은 채 양팔로 머리를 꽉 감싸고 연녹색 치마의 여자, 살아남은 남자, 그리고 생사를 알 수 없는 남색 치마의 여자를 생각했다. 검은 새의 날개 위에서 보았던 연녹색 치마의 여자와 남색 치마의 여자의 시신을 생각했다. 하얗고 솜털이 복슬복슬한 새끼 새들이 맹렬하게 그 시신을 쪼아먹던 모습, 처참하게 뜯어 먹혀 거의 뼈만 남은 시신들이 새의 날개에서 떨어져 하얀 땅을 향해 부서져 내리던 모습을 생각했다. 자신과 똑같이 생긴 사람의 검게 부은 손과 새의 부리에 쪼여서 너덜너덜해진 등의 피부, 그 사이로 등뼈와 내장이 보이던 모습, 초점 없는 눈을 생각했다. 그녀는 죽고 싶지 않았다. 이곳이 어디인지, 자신이 누구이며 여기에 왜 오게 되었는지 이제는 전혀 알 수 없었지만, 자신이 누구인지 모르더라도, 자신이 알고 보니 가짜라도 상관없었다. 어쨌든 그녀는 살고 싶었다.

폭격의 굉음이 완전히 그쳤다. 그녀는 머리를 감쌌던 팔을 풀고 살짝 고개를 들어 주위를 살펴보았다. 제국 전투선의 검은 그림자는 여전히 그녀의 머리 위에 떠 있었지만 지평선 위를 가득 채웠던 하얀 우주선들은 모두 사라지고 없었다.

그녀는 천천히 일어섰다. 연녹색 치마의 여자를 불렀다.

"아튬!"

죽은 포로들 사이에서 누군가의 팔이 조심스럽게 튀어나왔다. 손을 흔들었다. 그녀는 엎드린 채로 그쪽을 향해서 기어갔다.

머리 위에 떠 있던 전투선들이 땅으로 내려오기 시작했다. 착륙의 열기와 굉음이 다시 가까이 느껴졌다. 그녀는 일어서서 달렸다.

그녀는 연녹색 치마의 여자와 함께 제국인의 전투선들이 하얀 행성의 검붉은 밤을 뚫고 착륙하는 모습을 지켜보았다. 제국인들의 전투용 우주선은 총 일곱 대였다.

"많다…."

연녹색 치마의 여자가 말했다.

그 말이 무슨 뜻인지 그녀는 알 수 있었다. 회색 제복의 군인들은 포로들 중 생존자를 찾아내서 죽이려 했다. 군인들이 두 명씩, 네 명씩 무리 지어 걸어 다니며 생존자를 색출할 때는 그녀나 연녹색 치마의 여자가 대응할 수 있었다. 그러나 일곱 대의 전투선에서 회색 군인들이 쏟아져 나온다면 기관총이 있다고 해도 고작 두 명이 맞서서 살아날 방법은 없다.

연녹색 치마의 여자가 그녀의 손을 잡았다. 그녀도 잡은 손에 힘을 주었다.

제국의 전투용 우주선들은 잠시 탐조등을 밝혀 사방을 둘러보았다. 전투선 일곱 대가 동시에 눈부신 노르스름한 조명을 비추자 주위가 비현실적으로 밝아졌다. 그녀도 연녹색 치마의 여자도 조명 때문에 눈을 뜰 수 없었다.

그녀는 연녹색 치마의 여자와 맞잡은 손을 꽉 쥐었다. 저 조명 속에서 언제라도 총탄이나 폭격이 쏟아질 수 있었다. 이제 죽음을 피할 장소도, 피할 방법도 없었다.

눈이 멀 것 같은 공격적인 빛이 일부 꺼졌다. 총알은 날아오지 않았다. 그녀는 한편으로는 점점 더 어리둥절해지고 다른 한편으로는 점점 겁에 질리며 제국인의 전투선들을 바라보았다.

그중 한 대의 해치가 열렸다. 사람이 걸어 나왔다.

그녀는 연녹색 치마의 여자가 잡은 손을 놓았다. 연녹색 치마의 여자가 놀라서 그녀를 불렀다. 그녀는 듣지 않았다. 전투선의 열린 해치에서 걸어 나온 사람을 향해 걸었다. 뛰었다.

"크라스나!"

소년이, 소년과 똑같이 생긴 사람이 그녀를 보았다.

"크라스나!"

소년이, 혹은 소년과 똑같이 생긴 사람이, 그녀의 이름을 불렀다.

그러자 그녀와 똑같이 생긴 사람이 해치에서 걸어 나와 소년의 곁에 섰다.

이중나선 4

그들도 하얀 행성을 완전히 알지는 못했다.

인간 복제, 인간 의식의 전자적인 창조와 조작, 다른 생물 신체로의 이식은 그들의 행성은 물론 그들이 떠나온 은하계에서도 성간 규약에 의하면 모두 불법이었다. 그래서 그들의 최고위 지도부에서는 기억 이식과 복제인간 연구작업을 비밀리에 승인한 뒤에 우주 탐사대로 가장한 연구자들을 하얀 행성으로 보냈다. 대기 중의 먼지 농도가 높다는 사실만 제외하면 하얀 행성은 질량과 크기, 중력과 대기성분 모두 그들의 행성과 흡사했다. 무엇보다도 하얀 행성은 그들의 행성에서 아무도 존재를 알지 못하고 그들의 은하계에 등록도 되어 있지 않은 주인 없는 별이었다. 행성에 물이 있다는 사실을 발견하고 그들은 재빨리 하얗고 탁한 강 옆에 착륙한 뒤에 서둘러 실험에 착수했다. 검은 새를 우주선 겸 실험실 바깥의 하얀 하늘로 날려 보낸 뒤에 그들은 새가 돌아오면 새의 기억 속에서 하얀 행성에 대한 정보를 수합하여 다음 세대의 검은 새들에게 이식했다. 새들이 떼 지어 몰려와서 그들을 죽이고 연구소의 벽을 부리로 쪼고 발톱으로 할퀴게 될 때까지.

인간은 미래를 알지 못한다. 그들은 떼 지어 몰려와 공격하는 검은 새가 가장 커다란 위협이라고 여겼다. 그 뒤에 하얀 외계인들이 찾아오리라는 사실을 알지 못했다.

그들이 다급하게 제국으로 보낸 구조요청은 우주로 나아가 무작위하게 퍼졌다. 그들은 그들의 제국이 아닌, 그들이 떠나온 행성이 아닌, 다른 행성의 탐사대에서 그들이 보낸 구조요청을 포착하리라고는 예상하지 못했다. 그들이 하얀 행성의 실험실에서 탄생한 첫 세대의 인간들을 우주선 밖으로 내보내 정착지를 구성하고 있을 때, 그들이 먼 과거에 보낸 구조 요청을 포착한 하얀 외계인들이 행성의 반대편에 착륙했다. 하얀 외계인들은 행성을 탐사하고 정보를 수집하고 빠르게 적응했다. 얼마 지나지 않아 더 많은 하얀 외계인들이 행성에 착륙했고 기지를 건설하고 자원을 채취하기 시작했다. 하얀 외계인들은 떠날 생각이 없어 보였다.

그들은 이것을 선전포고로 받아들였다. 하얀 행성은 그들의 것이었다. 그들이 먼저 도착했고, 그들이 먼저 개척했다. 그리고 그들이 만들어낸 인간들이 그들이 심어준 기억과 정보를 가지고 이제 하얀 행성에서 스스로 공동체와 자립 생활의 첫발을 내디디려 하고 있었다.

그들은 물러설 수 없었다. 먼저 점유한 행성을 빼앗길 수도 없었고 그곳에서 생물종을 창조하고 인간을 창조하고 복제하고 의식과 기억을 이식하고 조작했다는 사실이 외부에 알려지도록 내버려둘 수도 없었다.

그리고 제국에서 답신이 도착했다. 내용은 간단했으며 그들이 예측한 것과 같았다. 다른 탐사대에서 더 많은 인간을 제작해서 지원해줄 것이며 그들도 더 많은 인간을 제작하라는 것이었다.

물론 그것은 하얀 행성에 그들이 정착했던 초기에 일어난 검은 새의 공격 사건에 대한 답신이었다. 지금 그들이 처한 상황과 제국에서 보내온 답신의 내용은 맥락이 서로 달랐다. 그러나 제국의 요점은 분명했다. 그들은 무슨 일이 있어도 하얀 행성을 떠날 수 없었다. 그들은 새로운 식민지를 지켜야만 했다. 그것이 제국의 명령이었다.

전쟁은 그렇게 시작되었다.

제 2 부

7
소년

    제국 군인의 회색 제복을 입은, 그녀와 똑같이 생긴 사람이 그녀를 향해 총을 겨누었다.

    "죽이지 마."

    소년이 그녀와 똑같이 생긴 사람의 팔을 부드럽게 누르며 말했다.

    "어째서요? 새 물량을 공급하기 전에 이전 물량은 제거하는 게 원칙이잖아요?"

    그녀와 똑같이 생긴 사람이 유창한 제국어로 항의했다.

    "아직은 아냐."

    소년이 웃으며 말했다.

    "아직은 쓸모가 있어."

    그리고 소년은 애완견이라도 부르듯이 그녀에게 손짓하며 불렸다.

"크라스나. 이리 와."

그녀는 망설였다. 소년이 웃으며 다시 손짓했다.

"이리 오라니까."

그녀는 가지 않았다. 제국 군인의 회색 군복을 깔끔하게 차려 입고 열린 해치 위에 높이 서서 오만한 미소를 지으며 그녀를 내려다보는 저런 소년의 모습은 한 번도 본 적이 없었다. 그것은 그녀가 알던, 그녀가 사랑했던 소년이 아니었다.

"그래? 그럼 내가 내려가지."

소년이 여전히 여유만만하게 웃으며 말하고는 천천히 해치를 내려왔다. 그녀와 똑같이 생긴 사람이 따라 내려오려 하자 소년이 손을 들어 제지했다.

"저쪽하고 할 얘기가 있어."

소년이 그녀 쪽으로 고갯짓을 하며 그녀와 똑같이 생긴 사람에게 말했다.

"기다리고 있어. 얘기 좀 하고 금방 돌아올게."

"하지만 보안….."

그녀와 똑같이 생긴 사람이 유창한 제국어로 뭔가 항의하려 했다. 소년이 다시 손을 들어 그녀와 똑같이 생긴 사람의 말을 막았다.

"괜찮아. 들어가 있어."

어조는 부드러웠지만 그것은 명령이었다. 그녀와 똑같이 생긴 사람은 불만스러운 표정이었으나 고개를 살짝 숙여 보이고 정찰선 안으로 사라졌다.

소년이, 혹은 소년과 똑같이 생긴 누군가 다른 사람이 해치를 천천히 걸어 내려왔다. 그녀는 자신이 사랑했던 사람과 완전히 똑같이 생겼지만 전혀 다른 이 낯선 사람이 행성에 처음 도착한 날 소년이 했듯이 해치를 걸어 내려오는 광경을 멍하니 지켜보았다. 당장에라도 공중에서 하얀 섬광이 날아와 소년의 상체를 반으로 갈라놓을 것 같아서 그녀는 몸이 떨리고 식은땀이 흐르기 시작했다. 그러나 소년과 똑같이 생긴 사람은 아무 일 없이 해치를 끝까지 걸어 내려와서 검붉은 어둠이 깔린 하얀 땅을 밟고 그녀를 향해 천천히 다가왔다.

"전에 괴물들한테서 빼앗아 온 우주선 있지? 지금 거기로 갈 거야."

소년이 말했다. 그녀는 창백한 얼굴로 식은땀을 흘리며 소년을 바라보았다. 소년은 마치 오랜만의 데이트라도 하듯이 미소 띤 얼굴로 느긋하게 그녀의 팔을 잡아 팔짱을 끼었다.

"네가 알고 싶은 건 전부 가면서 얘기해 줄게."

그리고 소년은 그녀의 곁에 서 있던 연녹색 치마의 여자와 정찰선들이 착륙하자마자 서둘러 달려온 남자를 돌아보고 태평하게 빙긋 웃었다.

"친구들도 다 같이 오라고 해. 자리도 충분하고 사람은 많을수록 좋으니까."

이렇게 말하고 소년은 그녀의 팔짱을 끼고 마치 세상에 아무 걱정도 없는 사람처럼 느긋하게 걷기 시작했다. 그녀도 어리둥절한 채로 따라갔다.

"그래서, 하얀 괴물들에 대해서는 뭘 알아냈어?"

소년이 팔짱을 끼고 천천히 걸으며 물었다. 마치 그녀가 소년에게 뭔가 알려주겠다고 사전에 약속이라도 한 듯한 말투였다. 질문의 내용보다도 그 어조 때문에 그녀는 소년의 말을 잘 이해하지 못하고 멍하니 소년의 얼굴을 쳐다보았다. 소년은 그런 그녀의 표정을 보며 웃었다.

"하얀 외계인들 말이야. 이제까지 싸웠잖아? 칼싸움도 하고, 우주선에 침투도 하고? 응?"

소년은 '칼싸움'이라고 말하며 손에 뭔가 들고 휘두르는 시늉을 했고, '침투'라고 말할 때는 양손으로 기어가는 듯한 몸짓을 했다.

"우주선 안쪽까지 들어가서 그쪽 대장도 만나봤잖아? 어땠어?"

'대장'이라고 말하면서 소년은 엄지손가락을 들어 머리 위에 왕관을 쓰는 시늉을 했다. 그녀는 소년의 즐거워하는 듯한 들뜬 표정과 그런 몸짓들을 보면서 점점 기분이 나빠졌다. 소년은 아랑곳없이 계속 재미있는 이야기라도 하는 것처럼 과장된 몸짓을 섞어가며 신나게 떠들었다.

"네 도움이 필요하거든. 저쪽에서 드디어 사태의 심각성을 깨닫고 제대로 공격을 해 오는 모양이니까 우리도 반격을 해야 돼. 아마 최대 규모 반격이 되겠지. 우리의 마지막, 결정적인 전투가 될 거야."

그리고 소년은 짧은 곡조를 휘파람으로 불었다. 그녀가 한 번도 들어본 적이 없는 노래였다. 그녀의 굳은 표정을 보고 소년은 무척 재미있다는 듯이 웃었다.

"아 참, 넌 모르나? 하긴, 네가 살았던 것보다 훨씬 뒤의 시대 곡이니까 모르겠지."

"넌 누구야?"

그녀가 물었다.

소년은 걸음을 멈추었다. 몸을 조금 숙이고 팔짱을 끼었던 팔을 빼 그녀의 얼굴을 양손으로 감싸고 그녀의 눈을 들여다보았다.

"내가 누구냐가 아니라, 네가 누구인지 물어보고 싶은 거 아냐?"

소년은 싱글벙글 웃으며 되물었다. 그녀는 대답을 하지 못했다. 소년은 다시 그녀의 팔짱을 끼고 느긋하게 산책하듯 걷기 시작했다.

"너는 복제야."

소년이 말했다.

"네가 좋아했던 그 자식도 복제야. 너희는 모두 복제야."

"그럼 넌? 넌 누구야?"

그녀가 다시 물었다. 소년이 웃음을 터뜨렸다.

"나? 난 복제의 복제의 복제!"

소년은 그녀와 팔짱을 끼지 않은 다른 한 팔을 들어 과장된 동작으로 공중에 휘둘렀다. 그녀는 걸음을 멈추었다.

"웃는 거, 안 한다. 넌 누구야? 난 누구야?"

"넌 아무것도 아냐. 넌 복제된 가짜야. 그러니까 아무도 아니야."

소년이 여전히 싱글벙글 웃으며 대답했다. 그리고 웃는 얼굴로 고개를 갸웃거리며 덧붙였다.

"하긴, 아무도 아니니까, 네가 원하는 어떤 것이든지, 누구든지 될 수 있다고 말할 수도 없지 않을 수는 있지 않을 수도 없지 않을까…."

하얀 외계인들에게서 빼앗은 우주선은 전투 장소에서 멀지 않은 곳에 있었다. 본래 우주선이 있었던 강가에서 더 안쪽으로 옮겨진 것 같았다. 검붉은 어둠 속에서도 새하얗게 빛나는 외계인들의 우주선이 눈에 들어오자 그녀는 왠지 소름이 끼쳤다.

소년은 옆에서 계속 부정과 긍정을 뒤섞어 의미를 알 수 없는 문장을 만들어내며 웃고 있었다. 그녀는 소년의 말장난에 귀기울이지 않고 허벅다리 안쪽에 묶어 두었던 소년의 총을 꺼냈다. 소년은 얼굴에서 웃음을 지우지 않고 놀란 시늉을 하며 양손을 치켜들었다.

"오, 오, 조심해, 아직 우리에겐 인류를 되살릴 마지막 전투, 결정적인 전투가 남아 있으니까…."

또 노래를 부르려는 소년에게 그녀가 말했다.

"이거, 네가 나 줬어?"

소년은 곧바로 대답하지 않고 웃으며 고개를 갸웃거렸다. 그녀가 다시 물었다.

"제국인들 죽여, 네가 말했어?"

"제국인들을 죽이라고? 내가 그랬나?"

소년이 이제는 머리를 춤추듯이 좌우로 흔들며 웃으면서 되물었다.

"총알, 네가 줬어?"

그녀가 또 물었다.

"왜?"

그녀의 목소리에 울음이 섞였다. 묻고 싶은 것이 아주 많았지만 그녀는 제국어가 서툴렀고, 눈앞에 있는 이 낯설고 끔찍한 존재가 누구인지, 그녀에게 무엇을 원하는지 이야기를 할수록 점점 더 알 수 없게 되었다.

"난 죽고 싶거든."

소년이 머리를 흔들던 것을 멈추고 말했다. 입가에는 여전히 그려 붙인 듯한 웃음을 띠고 있었지만 그 표정은 무거웠고 굳어 있었다.

"나는 완전히, 완벽하게, 돌이킬 수 없이 죽고 싶어. 인간 본래의 모습대로, 한때 평범하고 정상적인 사람이라면 누구나 그랬듯이."

그녀는 이해하지 못했다. 그러나 어느 부분에 대해 무엇이라고 질문해야 그녀가 이해할 수 있는 답을 얻을지 알지 못했다.

소년이 총을 든 그녀의 손을 한 손으로 부드럽게 감싸 쥐었다.

"우리 이렇게 하자."

소년이 다른 한 손으로 그녀의 팔을 잡고 그녀를 자기 쪽으로 부드럽게 당기며 말했다.

"이 전쟁에서 이겨. 그 하얀 괴물들을 쫓아내면 이 행성을 너하고 네 친구들한테 줄게."

"행성을?"

그녀가 혼란에 빠진 채 물었다.

"제국인들은? 군인들은 어떻게 해?"

"날 죽이면 돼. 그럼 다 해결돼."

소년이 무척 재미있는 이야기를 하는 것처럼 다시 함박웃음을 지으며 말했다.

"전쟁에 이겨서, 하얀 괴물들을 쫓아내고, 그런 다음에 날 죽이고, 이 행성을 가져. 완벽하지?"

"난 집에 가고 싶어."

그녀가 고개를 저었다.

"널 죽이고 싶지 않아. 아무도 죽이고 싶지 않아. 난 그냥 집에 가고 싶어. 고향으로 돌아가고 싶어."

소년이 다시 웃었다.

"자세한 얘기는 나중에 하고, 일단은 하얀 괴물들 얘기를 하자. 어쨌든 눈앞에 닥친 일부터 처리하는 게 현명하니까. 안 그래?"

그리고 소년은 당황해서 뭔가 더 말하고 싶어하는 그녀를 향해 히죽 웃고는 몸을 돌려 연녹색 치마의 여자와 남자에게 손짓했다.

"친구들, 이리 와요. 이건 친구들도 알아둬야 할 얘기니까."

그리고 소년은 마치 그녀와 둘만 아는 짜릿한 비밀이라도 나누었다는 듯 은밀하게 미소 지으며 그녀에게 한쪽 눈을 찡긋해 보였다.

하얀 우주선의 해치가 소리 없이 열렸다. 그녀는 소년을 따라 안으로 들어갔다. 하얀 외계인들에게 붙잡혀 우주선 안으로 끌려 들어갔던 것이 생각났다. 그녀는 불안하게 남자와 연녹색 치마의 여자를 돌아보았다.

하얀 우주선 안은 어둠침침했고 기계가 작동하지 않아 아무런 소리도 나지 않았다. 소년은 복도를 익숙하게 지나서 이리저리 구부러져 안쪽으로 들어가더니 여러 가지 계기가 늘어서 있는, 문이 없이 열린 방으로 들어갔다. 능숙하게 계기들 아래에서 의자처럼 보이는 하얗고 둥글고 납작한 시설을 꺼내서 앉았다. 그리고 소년은 그녀와 남자와 연녹색 치마의 여자를 가까이 불러서 주위에 둘러 세운 뒤에 이야기하기 시작했다.

요점은 영토 분쟁이었다. 소년이 설명하고 남자가 통역해준 내용은 그러했다. 하얀 행성은 하얀 외계인들의 땅이 아니었다. 그 누구의 땅도 아니었다. 하얀 외계인들은 이 행성에 거주하기 위해 정착하지 않았다. 그들에게 필요한 것은 이 행성이 보유한 자원이었다. 하얀 외계인들은 이 행성에서 우주선과 통신기기를 만드는 데 꼭 필요한 광물자원을 주로 채취했고 덤으로 가끔

씩 출몰하는 검은 새의 털과 가죽과 뼈도 여러 공업 용품의 재료로 사용했다.

"자원은 우리도 필요하거든."

그녀가 잘 알지 못하는 광물의 이름을 나열하며 소년이 말했다.

"저 하얀 놈들이 여기 아예 정착해서 사는 게 아니니까 이 별이 저놈들 소유도 아닌데, 애초에 그놈들 것도 아닌 자원을 왜 비싼 돈 주고 매번 사야 돼? 같은 지구인의 후손이니까 어떻게 보면 형제인데 우리도 좀 채굴하게 해 주고 땅이라도 좀 나눠 주면 좋잖아?"

"형제?"

그녀가 되물었다. 소년이 웃으며 양손을 휘저었다.

"미안, 미안. 말은 똑바로 해야지. 먼 친척이라고 할게. 우린 그놈들처럼 핏속까지 새하얗지도 않고 귀도 잘 들리니까."

"친척?"

그녀가 다시 물었다.

"지구인의 후손?"

"너무 오래돼서 이젠 뭐 그런 게 의미가 있을지 모르겠지만, 그래. 지구인의 후손."

소년이 쾌활하게 대답했다.

"아주, 아주 오래전에 지구를 떠나서 이쪽 은하계에 정착한 사람들이야. 뭐 이젠 지구하고 인연 끊은 지도 지구 시간으로 거의 천 년인가 천오백 년인가 됐으니까 저놈들도 이쪽 사람 다

됐다고 봐야지."

"천 년이라니?"

되물으면서 그녀는 남자 쪽을 쳐다보았다. 자신이 올바르게 들었는지 확인하고 싶었다. 그러나 남자도 당혹스러운 표정으로 그녀와 소년을 번갈아 쳐다볼 뿐이었다.

"제대로 들었어. 너 제국어 못 하는 척하지만 사실 알아들을 거 다 알아듣는다는 건 내가 전부터 알고 있었지."

소년이 짓궂게 말하며 다시 한쪽 눈을 찡긋했다.

"천 년 좀 넘었을 거야. 이천 년은 아직 안 됐나? 저 하얀 애들 지구 떠나온 지가."

그리고 소년은 입꼬리를 말아 올려 입가에 인위적인 미소를 그대로 붙인 채 그녀의 눈을 들여다보며 찬찬히 말했다.

"네 종족이 멸망한 건 그보다 더 오래됐어. 넌 이미 오랜 옛날에 죽은 사람의 복제의 복제일 뿐이야."

소년은 그녀의 눈을 들여다보며 자신이 한 말이 전달된 것을 확인한 뒤에 덧붙였다.

"네가 돌아갈 집은 없어. 너에게 고향 같은 건 처음부터 없었어."

소년은 고개를 들어 남자와 연녹색 치마의 여자를 번갈아 보면서 쾌활하게 말했다.

"아, 물론 친구들도 마찬가지야."

"정말? 진짜로 몰랐어?"

소년은 그녀와 남자와 연녹색 치마의 여자를 바라보며 신기하다는 듯이 몇 번이고 되풀이해서 물었다.

"내 기억이 내 것 같지 않다고 느낀 적 없었어? 과거와 현재가 뒤섞이는 것 같은 느낌은? 어린 시절의 기억하고 최근의 기억하고 왠지 시대적 배경이 안 맞는 것 같다는 생각 안 해 봤어? 하긴 그런 건 한 시대를 일관성 있게 살아봤어야 알 수 있겠지."

"기억이 가짜야?"

연녹색 치마의 여자가 불쑥 물었다. 소년이 양손을 극적으로 치켜들었다.

"그렇지! 드디어 깨달으신 분! 축하합니다!"

"그럼 이 전쟁도, 저 하얀 괴물들도 가짜인지 어떻게 알아?"

연녹색 치마의 여자가 소년의 과장된 몸짓을 무시하고 다시 물었다.

"아, 너네만 가짜야. 다른 건 전부 진짜고."

소년이 빙글빙글 웃으며 대답했다. 그리고 잠시 생각한 뒤에 덧붙였다.

"하긴 나도 가짜라면 가짜겠다. 나야말로 진짜 가짜겠지."

그리고 소년은 다시 이유 없이 그녀에게 눈을 찡긋해 보인 뒤에 진지한 표정으로 말했다.

"그렇지만 그거 말고는 다 진짜야. 이 행성도 진짜고 그 하얀 괴물들도 진짜고."

"그럼 생존자들을 왜 죽였어?"

연녹색 치마의 여자가 갈라지는 목소리로 물었다.

"전쟁해야 되는데 왜 죽였어?"

"어차피 거의 다 죽였으니까, 전부 싹 치워버리고 새로 파견하려고 했지."

소년이 웃었다.

"생각해 봐. 전쟁터에 너랑 똑같이 생긴 사람들이 아군 군복 입고 왔다 갔다 하면 너 같으면 전쟁을 하겠어? 지금 네가 하는 이런 질문들이나 하면서 철학하고 앉았을 거 아냐?"

"튜미나 어떻게 했어? 너희가 죽였어?"

연녹색 치마의 여자가 소년을 노려보면서 물었다. 소년은 태평하게 다시 웃었다.

"네 여자친구? 그건 나도 몰라. 계속 말하지만 저 하얀 놈들은 우리 편이 아니라서 내 말은 안 듣거든."

그리고 소년은 또다시 고개를 좌우로 갸웃거리면서 말했다.

"뭐 그렇게 아쉬우면 하나 더 만들어 줄게."

연녹색 치마의 여자는 대답 없이 소년에게 덤벼들었다. 소년이 더 빨랐다. 연녹색 치마의 여자가 소년을 붙잡기 전에 소년은 한 걸음 넓게 펄쩍 뛰어 물러났다. 그녀와 남자가 연녹색 치마의 여자를 붙잡았다.

"죽이면 안 돼."

그녀가 속삭였다.

"튜미나가 어디 있는지 알면서 안 가르쳐주는 걸지도 몰라."

연녹색 치마의 여자는 몸의 힘을 뺐고, 그녀와 남자는 연녹색 치마의 여자를 놓아주었다. 그녀는 연녹색 치마의 여자가 몸을 덜덜 떠는 것을 눈치채고 손을 꼭 잡았다.

"아니, 나 진짜로 네 여자친구 어디 있는지 몰라."

소년이 그녀의 속삭임에 대한 대답으로 반박했다.

"그래도 새로 만들면 네 애인의 복제도 널 좋아할 거라는 건 장담할 수 있어. 그게 진짜 신기하더라고. 기억이 있건 없건 누가 누굴 좋아하는지는 정해져 있더라니까? 예를 들면 너하고 너의 복제가 나하고 나의 복제를 좋아하는 거라든가."

소년이 손을 들어 검지만 펼쳐서 그녀를 가리키며 말했다.

"아니면 저 사람하고 저 사람의 복제가 너하고 너의 복제를 좋아하는 것도."

소년이 팔을 돌려 검지로 남자를 가리키며 말했다.

"한쪽이 빨리빨리 죽어서 다행이지. 안 그러면 전쟁터치고는 너무 흥미로운 관계가 되잖아?"

"우리를 여기로 왜 불렀어?"

녹색 치마의 여자가 차갑게 물었다.

"그런 얘기 늘어놓으면서 놀리려고 부른 거야?"

"오, 오, 본론으로 돌진하는 성격. 좋아, 아주 좋아."

소년이 노래하듯 말하고 다시 그녀와 연녹색 치마의 여자와 남자를 찬찬히 한 명씩 바라보며 말했다.

"내가 하얀 괴물들의 본부에 데려다줄 테니까, 너희가 그 하얀 괴물들의 대장을 죽여. 그럼 너희는 자유야."

"자유를 얻어서 뭘 하는데?"

연녹색 치마의 여자가 따져 물었다.

"어차피 돌아갈 집은 없다고 네가 말했잖아?"

"돌아갈 곳이 없다고 자유롭지 않은 건 아니지."

소년이 생각에 잠긴 듯한 표정을 꾸며내며 말했다.

"어차피 너희들이 진짜로 체험한 삶은 이 행성에 도착한 이후에 겪은 시간들뿐이야. 그러니까 거기서부터 시작하면 좋잖아?"

그리고 소년은 벌떡 일어섰다.

"자, 얘기는 할 만큼 했으니까 이제 외계인 죽이러 가자."

"왜 우리야?"

그녀가 다급하게 물었다.

"우리, 세 사람, 적어. 어떻게 괴물 우두머리 죽일 거라고 생각해?"

"이제까지 실험해본 버전들 중에서 너희가 제일 결과가 좋았거든."

소년이 말했다. 그리고 빙글 몸을 돌려 계기반에서 여러 가지를 순서대로 눌렀다.

하얀 실내에 눈부신 조명이 켜졌다. 그녀는 갑작스러운 빛에 눈을 감으며 얼굴을 찡그렸다.

"아아, 미안, 미안. 이식받은 기억이 정밀하지가 않으면 이런 일이 생겨요."

소년이 쾌활하게 말하며 다시 계기반을 만졌다. 눈을 찢을 듯한 강렬한 하얀 빛이 약해졌다.

소년이 갑자기 계기반 위로 몸을 숙였다. 그리고 한참 동안 아무 말도 하지 않고 이마를 문질렀다. 연녹색 치마의 여자가 그녀에게 눈짓했다.

"다들 나가. 나는 조용히 조종에 집중해야 하니까."

소년이 갑자기 몸을 일으키더니 허공을 쳐다보며 날카로운 목소리로 말했다. 그녀와 남자와 연녹색 치마의 여자가 얼른 이해하지 못하고 그대로 서 있자 소년이 이마를 문지르며 짜증을 냈다.

"조종실에서 나가란 말이야. 너희들이 전쟁 전에 무슨 준비를 하는지는 모르겠지만 하여간 나가서 그 준비를 하라고."

연녹색 치마의 여자가 가장 먼저 몸을 돌려 조종실 밖으로 나갔다. 남자도 그녀를 돌아보며 당황해서 따라 나갔다.

그녀가 마지막으로 조종실을 나왔다. 나오면서 살짝 돌아보았을 때 소년은 주머니에서 작은 병을 꺼내 손바닥에 뭔가를 덜어서 입에 털어 넣고 이마를 문지르고 있었다.

문이 없는 것처럼 보였던 조종실의 열린 벽이 반투명한 막이 되어 스르륵 늘어났다. 그 반투명한 벽은 하얗게 굳어져 순식간에 완전히 막혔다.

"저 자식 내가 죽일 거야."

연녹색 치마의 여자가 조종실 문이 닫힌 뒤에 작은 소리로 말했다.

"지금?"

그녀가 물었다.

"왜, 안 돼?"

연녹색 치마의 여자가 분노에 차서 되물었다. 그 기세에 눌려 그녀는 한 걸음 물러서며 고개를 저었다.

"아니야, 마음대로 해."

"지금 죽이면 곤란하지 않습니까?"

남자가 옆에서 물었다.

"일단 우주선 조종하는 법을 우리는 모르잖아요."

연녹색 치마의 여자가 남자를 노려보았다.

"사실이잖아."

그녀가 조그만 목소리로 말했다. 연녹색 치마의 여자가 이번에는 그녀를 노려보았다.

"그건 그렇지만, 시키는 대로 그 하얀 외계인들 본부까지 가자고?"

연녹색 치마의 여자가 말했다.

"가서 어떡하게?"

"다른 방법이 있습니까?"

남자가 조용히 되물었다.

"지금 당장 저 사람을 죽이면 우주선이 추락해요. 우주선을 불시착시키고 저 사람을 죽이면 우리는 어딘지도 모르는 곳에서 조난당할 겁니다. 그렇다고 저 사람을 설득해서 되돌아간다고 해도 제국 군인들이 우리를 반겨줄 것 같습니까? 새 '물량'을 '공급'한다고 살아남은 포로들 전부 죽이던 거 잊었어요?"

침묵이 흘렀다. 연녹색 치마의 여자가 조그만 목소리로 중얼거렸다.

"어떻게 해도 우린 죽는구나."

갑자기 바닥이 진동했다. 세 사람은 깜짝 놀라서 자리에서 뛰어오를 뻔했다. 바닥이 다시 한 번 진동한 뒤에 조종실을 막고 있던 하얀 벽이 반투명하게 얇아지더니 녹아 없어지듯 스르륵 열렸다. 우주선의 바닥이 다시 한 번 진동했다.

"아, 미안해. 선내 방송 장치를 켰더니 바닥이 진동하네. 하얀 괴물들의 언어는 이해할 수 없어서 말이지."

소년이 조종실 바깥을 향해 외쳤다.

"7분 뒤에 착륙할 거야, 여러분. 임무 수행할 준비해."

그리고 소년은 세 사람에게 쾌활하게 손을 흔들어 보였다. 반투명한 벽이 다시 자라나더니 하얗게 굳어졌다.

그녀는 어깨에 걸고 있던 칼집을 내렸다. 붉은 칼집을 가만히 들여다보았다.

"어떻게든 해 보자."

그녀가 말했다.

하얀 우주선 안의 해치 옆 격실에서 세 사람은 하얀 외계인들이 입었던 방호복이 여러 벌 걸려 있는 것을 찾아냈다. 세 사람은 가능하면 몸에 맞는 크기로 골라서 조심스럽게 입기 시작했다.

하얀 외계인들은 어떻게 입었는지 알 수 없으나 그녀가 장갑을 먼저 꼈더니 손이 둔해져 헬멧이 고정되지 않아서 장갑을 도로 벗고 맨손으로 헬멧을 썼다. 반투명한 헬멧 때문에 손이 잘 보이지 않아서 그녀는 이번에는 장갑을 끼지 못하고 허둥거렸다. 그녀는 장갑을 떨어뜨렸다.

"착륙 3분 전!"

몸을 숙여 장갑을 찾으려다가 그녀는 반투명한 헬멧의 희끄무레한 전면부를 통해서는 도저히 장갑을 찾을 수도 낄 수도 없다는 사실을 깨달았다. 그녀는 도로 헬멧을 벗으려고 서둘러 손을 올렸다.

누군가의 손이 헬멧을 벗으려는 그녀의 손을 가만히 눌렀다. 그녀는 동작을 멈추었다. 반투명한 헬멧을 통해서 헬멧을 쓰지 않은 남자의 얼굴이 흐릿하게 보였다.

남자는 아무 말도 하지 않았다. 조용히 그녀의 양손을 잡아서 자신의 단단한 손 안에 쥐고 있을 뿐이었다.

"2분!"

조종실 안에서 소년이 다시 외쳤다.

그녀는 연녹색 치마의 여자가 자기 쪽을 쳐다보는 것을 느꼈다. 그러나 연녹색 치마의 여자는 아무 말도 하지 않고 고개를 돌렸다.

남자가 천천히 그녀의 오른손에, 다음으로 왼손에 장갑을 끼워 주었다. 그리고 자기 손으로 장갑을 끼었다.

그런 뒤에 남자는 그녀에게 자신의 헬멧을 내밀었다. 그녀는 남자의 헬멧을 머리에 씌우고 위치를 맞추어 고정시켜 주었다.

"1분!"

조종실에서 소년이 외쳤다. 그리고 소년은 기성을 질렀다.

하얀 우주선이 외계인들의 기지 안에 소리 없이 착륙했다.

그녀는 붉은 칼집을 집어서 그 매끄러운 붉은 끈을 어깨에 걸었다.

"가자."

헬멧 밖으로 들리지 않는다는 사실을 알면서도 그녀는 조용히 이렇게 말했다.

조종실 안에서 소년이 뭐라고 다시 소리를 질렀다. 그러나 헬멧을 썼기 때문에 그녀의 귀에는 소년의 말소리가 들리지 않았다. 헬멧 안은 그저 조용하고 희끄무레하게 차단된, 고립된 세계일 뿐이었다.

해치가 열렸다.

그녀는 자신의 분신이 남긴 붉은 칼집을 어깨에 걸고, 칼이 들어 있는 부분을 장갑 때문에 둔해진 손에 꽉 쥔 채, 그녀의 남자와 연녹색 치마의 여자와 함께 적들의 한복판에 발을 디뎠다.

8
잠입

　열린 해치를 따라 내려가는 짧은 시간 동안 그녀는 하얀 외계인들의 방호복에 대해 여러 가지를 배우게 되었다.

　반투명한 헬멧 때문에 아무래도 앞이 보이지 않아서 그녀는 해치를 내려가다 멈춰 섰다. 남자와 연녹색 치마의 여자가 앞장서서 내려갔고 그녀는 그대로 서서 장갑으로 헬멧 전면부를 문질러 닦았다. 헬멧은 표면을 닦아도 재질 자체가 반투명해서 그다지 깨끗해지지 않았다. 그녀가 몇 번 세게 문지르자 헬멧이 갑자기 투명해졌다. 다시 문지르자 이번에는 헬멧이 완전히 불투명해져서 앞이 전혀 보이지 않게 되었다.

　남자가 그녀를 돌아보았다. 그녀가 헬멧을 이리저리 만지고 있는 것을 보고 남자가 해치를 도로 올라왔다. 남자가 그녀의 헬멧 앞부분을 톡톡 두들겼다. 그녀는 헬멧 전면부를 도로 완전히

209

투명하게 만들었다.

　남자가 입술을 움직였다. 말소리가 전혀 들리지 않았다. 그녀는 고개를 저었다.

　남자가 검지로 자기 헬멧 앞부분을 가리켰다. 손을 빙글빙글 돌렸다.

　"얼굴?"

　그녀가 헬멧 안에서 소리 질렀다.

　남자가 왠지 알아듣고 고개를 끄덕였다. 다시 자기 헬멧을 가리켰다가 그녀의 투명한 헬멧을 가리켰다. 그리고 남자는 손가락으로 총을 쏘는 시늉을 했다.

　그녀는 이해했다. 투명한 헬멧을 통해 얼굴이 노출되면 정체를 들킨다.

　그러나 헬멧이 불투명하면 그녀 자신이 앞을 볼 수가 없다. 그녀는 다시 장갑 낀 손으로 헬멧을 이리저리 만지기 시작했다.

　한 손으로 헬멧을 꽉 누른 채 다른 한 손으로 문질렀다. 갑자기 눈앞의 세계가 한 단계 어두워졌다. 처음 헬멧을 썼을 때처럼 흐릿하지는 않았지만 헬멧 전면부에 색을 입힌 것처럼 명도가 낮아졌다.

　남자가 다시 다급하게 그녀의 헬멧을 톡톡 두들겼다. 그녀는 남자의 손을 잡아서 방금 자신이 했던 것처럼 한쪽 손으로는 헬멧을 누르고 다른 손으로 문질렀다.

　남자의 헬멧이 반짝이는 은빛으로 변하면서 완전히 불투명해졌다. 밖에서는 헬멧 안쪽의 얼굴이 보이지 않지만, 헬멧을 쓴 사람은 밖을 볼 수 있었다. 그녀는 고개를 끄덕였다. 남자가 마주 고개를 끄덕였다.

연녹색 치마의 여자가 두 사람을 돌아보고 멈추어 섰다. 그녀는 서둘러 연녹색 치마의 여자를 따라가서 마찬가지로 헬멧을 불투명하게 만들었다. 연녹색 치마의 여자는 그녀가 손을 잡았을 때 깜짝 놀랐고 헬멧 안에서 보는 세상이 조금 더 어둡게 가라앉았을 때 또 한 번 놀랐다. 그리고 헬멧의 투명도를 조절할 수 있다는 사실을 알고 연녹색 치마의 여자는 스스로 양손으로 헬멧을 이리저리 만져보기 시작했다.

열린 해치 앞으로 하얀 외계인들의 무리가 미끄러지듯 다가왔다. 그녀는 연녹색 치마의 여자의 어깨를 다급하게 두드렸다. 연녹색 치마의 여자가 얼른 헬멧 전면부를 불투명하게 만들어 얼굴을 가렸다.

하얀 외계인들은 희고 편편하고 두꺼운 판 같은 것을 타고 왔다. 우주선 앞에서 하얀 외계인들을 태운 판은 멈추었다. 우주선 앞의 땅이 외계인들을 태운 판의 크기만큼 열렸고 판은 그 틈으로 내려앉았다.

신기한 이동수단에 감탄하고 있을 여유는 없었다. 그녀와 남자와 연녹색 치마의 여자는 하얀 외계인들에게 둘러싸였다. 땅이 진동했다.

연녹색 치마의 여자가 하얀 막대를 뽑아들려고 했다. 그녀는 연녹색 치마의 여자의 팔을 잡았다. 다른 한 손으로는 하얀 외계인들이 했듯이 허벅다리의 의사소통 장치를 누르기 위해 적당한 버튼을 찾아 다급하게 다리를 더듬었다. 물론 하얀 외계인들의 언어는 알지 못했다. 그러나 흉내라도 내야 했다.

땅이 다시 진동했다. 그녀는 허벅다리의 통신장치를 발견했다. 눌렀다.

— …들은 378ŁĘ28ΠQ호의 승무원인가?

들렸다. 더 정확하게는 머릿속에 전달되었다. 말소리를 귀로 듣는 것과 같은 방식으로 '들었다'고 표현할 수는 없지만 어쨌든 상대방의 질문을 명확하게 이해할 수 있었다.

— 대답하라. 어째서 대답하지 않나? 제군들은 378ŁĘ28ΠQ호의 승무원인가?

그녀가 신기해하는 동안 상대는 조바심을 내며 같은 질문을 되풀이하고 있었다.

대답을 해야 한다.

그녀는 허벅다리의 통신장치에서 손을 뗐다가 다시 눌렀다.

"대장을 만나러 왔다."

그녀는 천천히 생각에 집중하며 또박또박 자신의 언어로 말했다. 발 아래의 땅이 진동했다.

— 대령님을? 어째서? 생존자가 더 있나? 당신들은 부상당했는가?

다시 머릿속에 상대방의 질문이 전달되었다.

성공이다. 그녀는 허벅다리의 통신장치에서 잠깐 손을 뗐다가 눌렀다.

"우리뿐이다. 부상당하지 않았다. 대령님을 만나야 한다."

— 다행이다. 그러나 규정에 따라 세균과 질병 검사를 먼저 마쳐야 한다. 의료진을 부르겠다.

그녀는 당황했다. 어깨에 메고 있던 칼집을 벗어서 무작정 내밀었다.

"이것을, 이것을 전달해야 한다."

그녀가 다급하게 전달했다.

"이 물건과 관련해서 대령님께 드릴 말씀이 있다. 아주 중요한 이야기다. 적들의 움직임에 대해서다."

그녀는 생각나는 대로 아무렇게나 덧붙였다.

상대방은 반대했다.

— 의료규정이 먼저다. 외계인들의 세균에 감염되면 기지 전체가 위험할 수 있다. 전달하겠다는 그 물건도 무엇인지 모르므로 우선 소독해야 한다.

'외계인들'이라는 표현에 그녀는 하마터면 웃을 뻔했다. 그러나 상대방은 진지했다. 규정을 어길 생각이 전혀 없는 것 같았다.

의료진에게 끌려가서 방호복이 벗겨지고 정체를 들키면 그 뒤는 어떻게 될지 예측할 수 없다. '안개가 걷히는 시간에 사형을 집행하라.' 그녀는 하얀 외계인들의 우두머리가 아무 감정 없는 목소리로 선고했던 것을 기억했다.

"외계인들이 공격하면 기지 전체가 정말로 위험해진다. 당장 대령님을 만나야 한다."

할 수 있는 한 가장 심각하고 진지하게 권위적으로 명령하고 나서 그녀는 헬멧 너머로 상대방의 눈치를 살폈다. 하얀 외계인

장교는 잠시 침묵했다가 마침내 대답했다.

— 알겠다. 대령님께 보고하겠다. 바로 본부로 간다.

땅이 떠올랐다. 그녀도 남자도 연녹색 치마의 여자도 깜짝 놀라 땅을 내려다보았다. 세 사람이 서 있는 곳까지 포함해서 바닥이 수직으로 낮게 떠올라 미끄러지듯 이동하기 시작했다. 그녀는 어렸을 때 들었던 옛날이야기에 나온 날아다니는 양탄자를 생각했다.

그것이 누구의 어린 시절이었는지, 누구의 기억인지, 과연 다른 사람이 아닌, 복제가 아닌 그녀 자신이 그 이야기를 들었던 것인지 이제 와서는 확인할 길이 없으나….

바닥이 다시 가볍게 진동해서 그녀는 퍼뜩 놀랐다.

— 정말로 다친 데 없나? 가벼운 부상이라도 감염의 위험이 있으니 꼭 치료를 받아야 한다.

그녀의 뒤에 서 있던 하얀 외계인이 말했다. 방금 그녀와 옥신각신했던 외계인과는 다른 사람이었다.

"괜찮다. 다친 데 없다."

그녀가 대답했다. 하얀 외계인이 다시 말했다.

— 다치지 않았더라도 배고프고 지쳤을 것이다. 살아 돌아와서 정말 다행이다. 대령님께 보고를 마치고 나면 우선 식사를 하고 휴식을 취하도록 하자.

"고맙다."

그녀가 자신도 모르게 대답했다. 하얀 외계인이 가볍게 손을 들어 그녀가 이해하지 못하는 몸짓을 했다.

이후로 본부에 도착할 때까지 침묵이 흘렀다. 연녹색 치마의 여자가 그녀의 손을 잡았다. 그녀는 연녹색 치마의 여자의 손을 마주 잡아 허벅다리의 통신기를 누르는 법을 가르쳐 주었다. 바닥이 진동하자 연녹색 치마의 여자는 흠칫 놀랐으나 곧 그녀에게 고개를 끄덕였다. 그녀는 남자를 돌아보며 허벅다리의 통신기를 가리켰다. 남자도 이미 알고 있다는 듯 고개를 끄덕이며 자신의 허벅다리를 툭툭 두드려 보였다.

그녀는 시선을 돌려 옆으로 흐르듯 지나가는 외계인들의 기지를 바라보았다. 한 가지 생각이 그녀의 마음속에 가시처럼 남아 있었다.

이것은 나의 전쟁이 아니다.

하얀 외계인들은 괴물도 침략자도 아니다. 불법을 저지른 쪽은 제국인들이다. 하얀 외계인들은 영문도 모른 채 영토를 침범당하고 공격받았다.

그녀는 제국인이 아니었다. 소년이 제시한 거래만 아니었다면 그녀 자신은 하얀 외계인들을 공격할 이유가 없었다.

'의료진을 부르겠다.' '의료 규정이 먼저다.' 하얀 외계인들은 합리적이었고 그들의 세계는 현실적이고 체계적인 규정이 탄탄하게 떠받치고 있는 것 같았다. '살아 돌아와서 다행이다.' '우선 식사를 하고 휴식을 취하자.' 그녀는 왠지 가슴이 뭉클해졌다. 이제껏 그녀의 아군은 제국인의 포로들이었고, 포로들은 그녀에게 살아 돌아와서 다행이라고 말은 해줄 수 있어도 식사와 휴식을 제공해줄 수단은 갖지 못했다. 아군으로서, 공동체의 일원으로

서 자신을 존중하고 정당한 자원을 분배하여 자신의 안위를 실제로 돌보아주는 같은 편이 있다는 게 어떤 것인지 그녀는 적군의 기지 안에서 처음으로 경험했다.

협상을 할 수 있다면 좋을 것이다. 하얀 외계인들을 죽이지 않고 그녀도 남자도 연녹색 치마의 여자도 죽지 않고 이 상황에서 벗어날 수 있다면 최선일 것이다. 그녀는 필사적으로 궁리했다.

오래 궁리하지는 못했다. 그녀들과 하얀 외계인 분대를 태운 판이 목적지에 도착했다. 또다시 바닥이 소리 없이 열리고 판이 그 공간에 맞추어 쏙 들어갔다. 그녀와 남자와 연녹색 치마의 여자는 하얀 외계인들을 따라 몇 걸음 걸어서 검은 난간이 달린 흰 계단 위에 섰다.

바닥이 진동했다. 그녀는 허벅다리의 통신 장치를 눌렀다.

— 환기장치가 작동한다. 헬멧을 벗어도 된다.

하얀 외계인들은 이미 모두 헬멧을 벗고 있었다. 그녀는 외계인들의 새하얀 머리카락, 새하얀 피부, 흰자위와 구분되지 않을 정도로 흐린 눈동자, 그에 비해 충격적일 정도로 새까만 동공을 새삼 신기하게 바라보았다.

바닥이 진동했다. 남자였다.

"우리는 세균 검사를 거치지 않았다. 헬멧을 쓰고 있겠다."

남자가 대충 변명했다. 예상했던 것과는 달리 상대는 더 이상 따지지 않았다.

계단이 소리 없이 미끄러지듯 위로 움직이기 시작했다.

다시 바닥이 진동했다. 그녀는 서둘러 허벅다리의 통신 장치를 눌렀다.

　— 세균 검사를 언급했으니 말인데, 검사를 거치지 않았으므로 규정상 대령님에게서 반드시 안전거리를 유지해야 한다. 전리품도 간이 소독부터 먼저 완료한 뒤에 대령님께 전달할 것이다.

"알겠다."

그녀가 대답했다.

계단은 그들을 불투명한 하얀 벽 앞으로 데려다주었다. 흰 외계인이 벽 어딘가를 누르고 내부와 통신했다. 벽이 반투명하게 얇아지면서 녹아 사라지듯 열렸다. 내부는 그다지 넓지 않은 방이었고, 안쪽의 책상같이 보이는 곳 앞에 그녀가 이전에 보았던 가느다랗고 나이 든 하얀 여성이 앉아 있었다.

하얀 외계인이 옆으로 비켜서며 안으로 들어가라는 몸짓을 했다. 그녀와 남자와 연녹색 치마의 여자가 차례로 들어갔다.

연녹색 치마의 여자가 들어서자마자 등 뒤로 하얀 벽이 순식간에 닫혔다. 흰 외계인들이 세 명을 둘러싸고 하얀 막대를 겨누었다. 그녀도, 남자도, 연녹색 치마의 여자도 모두 반사적으로 양손을 쳐들었다. 하얀 외계인들이 달려들어 세 명이 방호복에 차고 있던 하얀 막대들을 압수했다. 그리고 하얀 외계인들 중 한 명이 그녀가 어깨에 메고 있던 칼집을 가져갔다.

그녀는 외계인들이 칼을 어떻게 하는지 불안하게 지켜보다가 바닥이 진동해서 깜짝 놀랐다. 그녀는 허벅다리의 통신장치를 눌렀다.

— 너희는 누구인가?

가느다랗고 하얀 대령이 물었다.

— 378ŁĘ28ΠQ호의 승무원들을 어떻게 했지?

그녀가 대답할 말을 찾기 전에 연녹색 치마의 여자가 바로 옆에서 하얀 막대를 겨누고 있던 외계인에게 달려들어 헬멧을 쓴 채로 이마를 들이받았다.

난투극이 벌어졌다.

하얀 외계인들이 입는 얇은 방호복은 그들의 무기가 발사하는 하얀 빛을 막아주지 못한다는 것을 그녀는 이전의 경험으로 알고 있었다. 사방에 날아다니는 하얀 섬광을 어떻게든 피하면서 무기를 빼앗아 가느다랗고 하얀 대령에게 접근해야 했다.

물론 그것은 말처럼 쉽지 않았다. 하얀 섬광의 물어뜯는 듯한 통증이 몇 번이나 그녀의 등과 어깨와 팔과 다리를 태웠고 하얀 외계인 한 명을 떼어내면 세 명, 네 명, 다섯 명이 달려들었다. 그녀는 누가 누구이고 뭐가 어떻게 돼가는지 생각할 수도 없는 상태로 숨을 헐떡이며 무조건 팔다리를 휘두르고 하얀 막대가 보일 때마다 빼앗아서 아무 데로나 쏘았다.

대령이 앉아 있던 책상 뒤의 벽이 투명해지더니 열렸다. 하얀 외계인들이 더 많이 달려왔다. 그중 두 명이 하얗고 가느다란 대령 옆에 서자 대령이 몸을 일으키는 것을 보고 그녀는 긴장했다. 그러나 대령은 대피하지 않았다. 그녀와 연녹색 치마의 여자, 그리고 남자가 하얀 외계인 군인들에게 뒤덮이다시피 한 채로 사력을 다해 저항하는 모습을 조용히 서서 지켜보고 있을 뿐이었다.

마침내 하얀 외계인들이 그녀와 남자, 그리고 마지막으로 연녹색 치마의 여자를 제압했다. 헬멧이 벗겨졌다. 가느다란 하얀 사람이 그녀와 남자를 번갈아 쳐다보았다.

바닥이 진동했다. 한 번, 그리고 다시 한 번. 가느다랗고 하얀 여자 대령이 뭔가 말하고 있다는 건 짐작했으나 그녀는 헬멧이 없었으므로 무슨 뜻인지 이해할 수 없었다. 정신을 차리고 이해할 수 있는 상태도 아니었다. 그녀는 여기저기 하얀 광선에 화상을 입은 채로 숨을 몰아쉬고 있었고 난투 끝에 완전히 기운이 빠져서 옆에서 붙잡은 하얀 외계인들이 아니라면 당장에라도 쓰러질 것 같았다.

그렇게 붙잡혀 있는 그녀들에게 또 다른 하얀 외계인이 다가왔다. 하얀 외계인이 방호복의 어떤 부분을 만지자 그녀는 팔다리를 움직일 수 없게 되었다. 정확히 말하면 팔과 다리 자체는 아무 이상도 없었으나 방호복의 양쪽 소매가 딱딱해지면서 몸통에 붙어버려 꿈쩍도 하지 않았다. 하체도 마찬가지로 바지 부분이 딱딱해지면서 서로 딱 달라붙어 전혀 움직일 수 없게 되었다. 하얀 외계인은 외계인 군인들에게 붙잡힌 채 나무토막처럼 뻣뻣하게 서 있는 그녀의 옆으로 옮겨가서 남자와 연녹색 치마의 여자에게도 똑같은 처치를 했다.

그리고 하얀 외계인은 다시 그녀에게 다가와서 머리를 붙잡았다. 그녀는 목이라도 잘리는 줄 알고 겁에 질려 있는 힘껏 반항했다. 그러나 하얀 외계인은 그녀의 관자놀이에 뭔가를 붙여 주고 머리를 도로 놓아 주었다. 남자와 연녹색 치마의 여자도 관자놀이에 각각 똑같은 장치가 붙었다.

바닥이 진동했다.

— 너희 둘은 낯이 익다.

가느다랗고 하얀 여성의 문장이 그녀들의 머릿속으로 전달되었다. 그리고 하얀 대령은 곁에 서 있는 하얀 외계의 군인에게서 그녀의 붉은 칼집을 건네받아 책상 위에 올려놓았다.

— 이 물건은 무엇이지? 어째서 나에게 전달하려 했나?

그녀는 대답하지 않았다. 하얀 대령 앞에 놓인 자신의 칼을 뚫어져라 쳐다보았다. 칼을 가져와야 했다. 칼을….

바닥이 진동했다.

— 너희가 회색 인간들 중 가장 뛰어난 군인인가?

'회색 인간.' 그녀는 갑자기 웃음이 나왔다. 그녀들은 이 사람들을 하얀 외계인이라고 생각하고, 하얀 외계인들은 제국인들을 회색 인간이라고 부른다. 같은 지구인의 후손인데, 아니 최소한 소년의 말에 따르면 같은 피를 타고났는데, 서로를 제복 색깔로 지칭하며 외계인 취급하는 그 표현 때문에 그녀는 또다시 웃고 싶어졌다. 게다가 그녀 자신은 '회색 인간들'의 일원도 아니고 뛰어나지도 않으며 군인도 아니었다. 하얗고 가느다란 대령이 말한 문장의 모든 단어가 다 틀렸다고 생각하니 목숨이 경각에 달린 상황에 어울리지 않게, 아니 바로 그 때문에, 큰 소리로 웃고 싶었다. 그녀는 터져 나오는 웃음을 참기 위해 이를 악물었다. 그 정도로는 웃음이 진정되지 않았고 그녀는 얼굴을 일그러 뜨리며 경련하기 시작했다. 눈물이 흘러나왔다.

— 무슨 일이지?

가느다랗고 하얀 외계인의 대령이 놀란 표정으로 자리에서 일어섰다.

— 질병인가?

그 한마디에 그녀를 붙잡았던 하얀 외계인들이 순식간에 그녀를 놓고 흩어져 멀찍이 물러섰다. 그녀는 이 상황이 더더욱 우스워졌다. 이를 악물고 웃음을 참느라 쿡쿡 소리를 내며 딱딱하게 굳어진 방호복에 갇혀 흔들거리다가 그녀는 팔다리를 움직일 수 없었기 때문에 균형을 잃고 넘어졌다. 관자놀이에 붙어 있던 조그만 장치가 바닥에 부딪히며 튀어나갔다.

"동료가 쓰러졌다!"

남자가 외계인들의 언어 따위는 무시하고 제국어로 소리쳤다.

"이대로 두면 죽는다! 풀어 줘! 제발!"

남자가 결사적으로 사방의 하얀 외계인들을 둘러보며 마구 외쳤다.

"제발 풀어 줘! 동료가 죽는다! 제발!"

가느다랗고 하얀 대령이 의미를 알 수 없는 짧은 손짓을 했다. 남자를 붙잡고 있던 하얀 외계인들이 방호복의 어깨 뒷부분을 만졌다. 남자는 팔다리가 풀리자 곧장 그녀에게 달려왔다. 그녀를 안아서 조심스럽게 일으켜 세웠다.

그녀는 웃으며 경련하며 눈물을 흘리면서 남자의 눈을 들여다보았다. 시선을 돌려 연녹색 치마의 여자를 바라보았다.

연녹색 치마의 여자가 고개를 돌려 바로 옆에서 자신을 붙잡고 있는 하얀 외계인의 뺨을 물어뜯었다.

하얀 외계인이 물어뜯긴 얼굴을 양손으로 움켜쥐었다. 하얀 피가 바닥으로 뚝뚝 떨어졌다. 하얀 외계인은 비명을 지르는 듯이 입을 벌렸지만 그 입에서는 아무런 소리도 나오지 않았다. 연녹색 치마의 여자를 붙잡고 있던 외계인들이 뻣뻣한 방호복 안에 갇힌 연녹색 치마의 여자를 밀어젖히고 얼굴을 물어뜯긴 하얀 외계인에게 달려갔다. 연녹색 치마의 여자는 딱딱하게 굳어진 방호복 안에 갇힌 채 나무토막처럼 바닥에 쓰러졌다.

남자는 우선 그녀의 방호복 어깨 뒷부분을 만져 뻣뻣해진 방호복 팔다리를 풀어주었다. 그리고 남자는 재빨리 연녹색 치마의 여자에게 달려갔다. 공격하는 하얀 외계인들을 몸으로 막으며 남자는 녹색 치마의 여자의 방호복도 풀어 주었다.

연녹색 치마의 여자는 입에 물고 있던 외계인의 살점을 퉤, 하고 뱉은 뒤 바닥에 누운 채로 자신에게 덤벼드는 하얀 외계인의 허리에 달린 굵은 하얀 막대를 뽑았다. 그리고 사방으로 하얀 광선을 발사했다. 자신에게 덤벼드는 하얀 외계인들을 몇몇은 죽이고 몇 명은 쓰러뜨린 뒤에 연녹색 치마의 여자는 벌떡 일어나 이 광경을 지켜보던 가느다랗고 하얀 대령에게 달려갔다.

하얀 외계인들이 연녹색 치마의 여자에게 일제히 흰 섬광을 쏘기 전에 그녀와 남자가 덤벼들었다. 연녹색 치마의 여자는 가느다란 하얀 대령을 향해 흰 막대를 휘두르며 질주했고 외계인들의 대령은 방호복 허리에서 하얀 막대를 꺼내 연녹색 치마의 여자에게 쏘았다. 연녹색 치마의 여자도 달리면서 하얀 막대를 겨냥해서 동시에 쏘았다. 그 빛은 외계인들의 대령의 팔에 맞았기 때문에 가느다랗고 하얀 외계인이 발사한 빛은 연녹색 치마의 여자의 명치를 겨냥했으나 비켜 올라가서 갈비뼈와 가슴을 한 줄로 태우고 어깨와 목덜미까지 훑으며 살을 가르고 피를 증발시켰다.

연녹색 치마의 여자는 비명을 질렀으나 멈추지 않았다. 그대로 달려서 가느다란 하얀 대령에게 덤벼들었다. 둘은 한 덩어리가 되어 대령의 책상 뒤로 쓰러졌다.

연녹색 치마의 여자가 책상다리에 대고 대령의 손을 쳐서 하얀 막대를 떨어뜨렸다. 책상이 넘어졌다. 책상에 놓여 있던 붉은 칼집이 바닥에 떨어졌다.

가느다랗고 나이 들어 보이던 외계인들의 대령은 예상보다 훨씬 무서운 기세로 반격했다. 연녹색 치마의 여자가 하얀 막대를 겨누어 쏘려고 하자 대령은 연녹색 치마의 여자의 손목을 쳐서 하얀 막대를 떨어뜨리게 한 뒤에 연녹색 치마의 여자의 가슴과 목덜미에 난 상처를 헤집고 목을 조르고 주먹으로 때렸다.

그러나 연녹색 치마의 여자는 짐승 같은 고함을 지르며 거의 광란하고 있었다. 상대가 어디를 어떻게 공격해도 연녹색 치마의 여자는 전혀 기세가 수그러들지 않았다. 대령이 연녹색 치마의 여자 위로 올라타고 목을 조르기 시작했을 때 연녹색 치마의 여자는 옆에 떨어진 칼집을 집어 뭉툭한 칼집 끝으로 대령의 목을 세게 찍었다.

대령이 목을 움켜잡으며 쓰러졌다. 연녹색 치마의 여자는 칼을 뽑으며 몸을 일으켜 그대로 대령의 목에 칼을 꽂았다. 그리고 연녹색 치마의 여자는 칼을 도로 뽑아내고 목에서 새하얀 피를 뿜으며 쓰러진 대령을 타고 앉아 주먹으로 때리기 시작했다.

대령의 목에 칼이 꽂힌 순간 하얀 외계인들은 일제히 동작을 멈추었다. 그녀와 남자를 공격하던 것을 동시에 멈추고 하얀 외계인들은 차렷 자세로 서서 죽은 채로 연녹색 치마의 여자에게 계속해서 얻어맞는 대령을 뚫어져라 바라보았다.

그녀가 먼저 정신을 차렸다. 하얀 외계인들을 밀어젖히고 연녹색 치마의 여자에게 달려갔다. 연녹색 치마의 여자는 기괴한 비명을 지르며 하얀 외계인들의 대령을 계속해서 때리고 있었다.

"아튱."

그녀가 연녹색 치마의 여자를 불렀다. 여자는 듣지 않았다.

"아튱. 그만해."

그녀는 연녹색 치마의 여자의 팔을 잡았다. 연녹색 치마의 여자가 몸부림쳤다. 그녀는 연녹색 치마의 여자의 어깨를 꽉 잡아 눌렀다.

"이것들이 튜미나를 죽였어."

연녹색 치마의 여자가 쇳소리를 질렀다.

"이것들이 튜미나를 죽였어. 튜미나를 죽였어! 이거 놔, 놔!

내가 다 죽일 거야!"

"아틈."

그녀가 다시 불렀다.

"이미 죽었어. 그만해."

연녹색 치마의 여자는 몇 번 더 몸부림치다가 천천히 몸의 힘을 풀고 하얀 대령의 얼굴을 내려다보았다. 하얀 대령은 얼굴이 새하얀 외계인의 피로 뒤덮이고 완전히 뭉그러져 형체를 잘 알아볼 수 없게 된 채 움직이지 않고 누워 있었다.

"이미 죽었어."

그녀가 다시 한 번 말했다.

죽은 대령 옆에 하얀 피로 뒤덮인 칼과 붉은 칼집이 떨어져 있었다. 그녀는 칼날을 방호복에 대고 대충 닦은 뒤에 칼집에 넣고 칼집 끈을 어깨에 걸쳤다.

연녹색 치마의 여자가 비틀거리며 일어섰다. 그녀가 부축했다.

남자가 달려와서 다른 쪽에서 부축했다. 그녀와 남자는 남색 치마의 여자의 이름을 한없이 중얼거리는 연녹색 치마의 여자를 양쪽에서 부축하고 천천히 조심스럽게 하얀 방을 가로질렀다. 외계인들은 아무도 공격하지 않았다.

그녀들이 하얀 방을 가로막은 불투명한 흰 벽 앞에 서자 하얀 외계인 중 하나가 벽을 열어주었다. 그녀는 남자와 함께 연녹색 치마의 여자를 부축하고 말없이 방을 나왔다.

그녀가 마지막으로 돌아보았을 때는 하얀 외계인들이 쓰러진 대령의 시신을 어깨에 메고 책상 뒤의 벽을 열어 죽은 대령을 어디론가 옮겨가고 있었다.

움직이는 계단을 내려와서 그녀는 달렸다. 연녹색 치마의 여자는 이제 간신히 제정신으로 돌아왔다. 그러나 그와 함께 외계인들의 대령이 쏜 하얀 섬광이 상체를 가로질러 입은 심한 상처를 뒤늦게 자각하고 연녹색 치마의 여자는 고통스러워하고 있었다. 그녀는 남자와 함께 양쪽에서 연녹색 치마의 여자를 질질 끌다시피 하며 달렸다. 마주치는 하얀 외계인들에게는 무조건 대령의 방에서 주워가지고 나온 흰 막대를 휘두르며 위협했다. 외계인들의 대령이 죽었을 때 그 방 안에 있던 외계인들은 모두 공격을 멈추었으나 건물 바깥에 있는 외계인들, 기지 안에 있는 모든 외계인들이 그 사실을 알고 공격을 중지할지는 알 수 없었다.

그러나 외계인들은 공격하지 않았다. 대령이 있던 건물에서 소년이 기다리는 하얀 우주선으로 돌아갈 때까지 마주친 외계의 하얀 군인들 중 어느 누구도 가까이 오려고도 하지 않았다. 그녀들을 보면 흠칫 놀라고 제 자리에 멈추어 설 뿐이었다.

그녀는 그런 외계인들의 반응을 살필 마음의 여유가 없었다. 연녹색 치마의 여자는 거의 정신을 잃어 가고 있었다. 소년의 우주선이 어디에 있는지 방향을 잘 잡을 수 없었다. 남자가 이쪽, 이쪽, 하고 외치며 이끌면 그녀는 그대로 따라서 있는 힘껏 뛰었다.

마침내 기지 한쪽 구석에 홀로 착륙해 있는 우주선이 눈에 들어왔다. 우주선의 해치가 천천히 열렸다. 그녀는 연녹색 치마의 여자를 끌고 뛰기 시작했다. 남자도 함께 뛰었다.

그녀와 남자가 녹색 치마의 여자를 업다시피 해치 위로 올라 갔다. 올라가서 그녀와 남자는 우선 연녹색 치마의 여자부터 편한 자세로 앉혔다. 해치가 닫혔다. 그리고 우주선 전체가 진동하기 시작했다.

"뭐야?"

그녀가 겁에 질려 남자를 바라보았다. 그녀는 하얀 외계인들이 반격해오는 것이라 생각했다. 자신들의 지도자를 죽인 복수로 우주선을 공격해서 그녀와 남자와 연녹색 치마의 여자를 생포하거나 살해하러 올 것이라고 상상했다.

"철수한대요."

남자가 말했다. 남자의 관자놀이에는 조그만 하얀 장치가 여전히 붙어 있었다. 진동이 계속되었다.

"본부가 공격받고 대령이 전사했으니 이곳은 위험하다고. 민간인 작업자들의 안전을 보장할 수 없으니 채굴장을 당분간 폐쇄하고 철수한대요."

남자가 잠시 하얀 장치를 통해 들려오는 메시지에 귀를 기울이다가 설명했다.

바닥의 진동이 심해졌다. 격심한 진동은 일정하게 이어지다가 갑자기 끝났다.

소년이 조종실에서 튀어나왔다.

"전사한 대령을 위해 묵념하라는데."

소년이 재미있어서 견딜 수 없다는 표정으로 예의 그 함박웃음을 띠고 그녀와 남자와 연녹색 치마의 여자를 번갈아 바라보며 소리쳤다.

아무도 대답하지 않았다. 소년은 아랑곳하지 않고 큰 소리로 떠들었다.

"잘했어! 아주 잘했어! 이제 너희들은 자유야! 모두 자유! 신나지 않아? 왜 춤이라도 추지 않아? 그럼 내가 출까?"

소년은 양팔을 치켜들고 빙글빙글 돌기 시작했다. 그녀는 소년의 눈빛이 어딘가 이상한 것을 눈치챘다. 눈 주변에 붉은 반점이 얼룩덜룩하게 나타나 있었고 눈에 핏발이 서고 초점이 명확하지 않았다.

"빨리 출발해 주십시오."

남자가 낮은 목소리로 무겁게 말했다.

"동료가 심하게 다쳤습니다. 치료를 받아야 합니다."

소년은 춤을 멈추지 않았다. 여전히 양팔을 치켜들고 펄쩍펄쩍 뛰면서 외쳤다.

"동료! 오오, 동료! 그 여자는 너한테 관심이 없어! 그 여자는 여자를 좋아하거든! 그런데도 동료! 오오, 멋져! 같이 잘 수 없으니까 동료!"

"빨리 가."

그녀가 말했다. 그리고 소년의 핏발 선, 초점이 맞지 않는 눈을 노려보았다.

소년이 춤을 멈추었다. 치켜들었던 팔을 내리고 발을 질질 끌며 대답 없이 몸을 돌려 조종실로 사라져 버렸다.

"튜미나."

연녹색 치마의 여자가 속삭였다. 연녹색 치마의 여자는 상체를 가로질러 길게 한 줄로 불탄 상처를 양팔로 감싸고 울고 있었다.

"튜미나."

그녀는 연녹색 치마의 여자의 곁에 앉았다. 연녹색 치마의 여자의 어깨에 팔을 둘렀다. 연녹색 치마의 여자는 그녀의 가슴에 머리를 기대고 연인의 이름을 부르며 흐느꼈다.

우주선이 발진했다. 공중으로 가볍게 떠오른 하얀 우주선은 본래 자신의 집이었던 하얀 외계인들의 기지를 떠나 제국인들의 회색 정찰대가 기다리는 곳으로 미끄러지듯 날아가기 시작했다.

그녀는 흐느끼는 녹색 치마의 여자를 품에 안고 어깨와 등을 조심스럽게 다독여 주었다. 남자는 옆에 앉아서 말없이 두 사람을 바라보고 있었다. 녹색 치마의 여자는 그녀에게 기대어 울다가 지쳐서 기절하듯 잠들었다.

우주선이 크게 흔들렸다. 연녹색 치마의 여자가 깜짝 놀라 진저리를 치며 깨어났다. 벌떡 일어나려다가 연녹색 치마의 여자는 하얀 섬광이 한 줄로 태운 가슴과 어깨의 상처를 움켜쥐고 짧은 비명을 지르며 도로 쓰러졌다.

"어떻게 된 거야?"

연녹색 치마의 여자가 고통스럽게 헐떡이며 속삭였다.

"나도 몰라. 보고 올게."

그녀가 대답했다.

그녀가 일어선 순간 우주선이 기울어졌다.

바닥이 기울어지면서 그녀도 남자도 연녹색 치마의 여자도 모두 미끄러져 벽으로 날아가서 처박혔다. 연녹색 치마의 여자가 낮은 목소리로 욕을 하며 팔꿈치를 움켜잡았다.

"괜찮아?"

그녀가 물었다. 연녹색 치마의 여자는 찡그린 얼굴로 고개를 끄덕였다.

"부딪쳤어."

남자는 뒤통수를 문지르고 있었다.

"괜찮아요?"

"괜찮아?"

그녀와 남자가 서로 쳐다보며 동시에 물었다. 그녀가 조심스럽게 몸을 일으켰다.

"보고 온다."

그리고 그녀는 거의 수직으로 기울어진 바닥을 기어오르기 시작했다.

외계인들의 장갑과 신발은 쓸모가 없지는 않았으나 매끈매끈한 바닥을 기어오르는 것은 쉽지 않은 작업이었다. 그녀는 이제

바닥이 되어버린 벽의 여러 가지 장치들을 조심스럽게 잡고 벽과 바닥을 번갈아 디디며 이동했다. 벽에 달린 손잡이나 장치들이 무엇인지 모르는 채로 잡을 수 있으면 그냥 잡았기 때문에 손잡이째로 벽의 일부가 튀어나오거나 불빛이 번쩍이거나 반대로 벽의 일부가 쑥 들어가면서 다른 곳에서 모르는 물건이 튀어나오기도 했다. 걸어서 가면 고작 몇 걸음밖에 되지 않는 조종실이 아주 먼 곳에 있는 것처럼 느껴졌다.

간신히 조종실에 도착해서 그녀는 열려 있는 벽을 붙잡고 고개를 들이밀어 안쪽을 보았다. 소년은 한쪽 벽에 이상한 자세로 쓰러져 있었다. 팔의 각도로 보아 어딘가 부러진 것 같았다.

그녀는 조종실 안으로 힘겹게 기어 들어갔다. 소년의 이름을 불렀다.

소년은 대답하지 않았다. 그녀는 엎드린 채로 조심스럽게 소년에게 가까이 다가갔다.

소년은 발작하고 있었다. 얼굴은 부풀어오른 붉은 반점으로 뒤덮였고 한쪽 눈은 눈꺼풀이 덮여 있었으나 다른 한쪽 눈은 뜬 채로 초점 없이 천장을 바라보고 있었다. 입가에서 거품이 새어 나왔다.

그녀는 소년의 이름을 다시 한 번 불렀다. 소년은 대답하지 않았다. 그녀는 소년의 얼굴에 조심스럽게 손을 대 보았다.

소년은 경련하기 시작했다. 입에서 의미 없는 소리를 신음처럼 내지르며 소년은 거품을 뿜으며 다치지 않은 팔과 양다리를 휘두르며 경련했다. 혀를 깨물었는지 소년의 입가에서 뿜어 나오는 거품이 점차 붉은색으로 변했다.

소년의 목구멍에서 숨이 넘어가는 듯한 소리가 끓어올랐다. 그녀는 손가락 끝으로 조심스럽게 소년의 턱을 밀어서 소년의 얼굴을 살짝 옆으로 돌렸다. 불그스름한 거품이 입술을 타고 밖으로 흘러내리기 시작했다. 소년은 경련을 계속했으나 목구멍에서 끓어오르던 고통스러운 소리는 멈추었다.

"뭡니까?"

그녀는 돌아보았다. 남자가 조종실 벽을 잡고 안으로 들어왔다.

"왜 그래요?"

"몰라."

그녀가 당황해서 말했다.

"우주선, 멈춰. 세워. 떨어져. 죽는다."

남자는 수직으로 기울어진 조종실 바닥을 기어올라 계기반 앞의 의자를 붙잡았다. 의자 받침을 철봉처럼 붙잡고 올라가서 남자는 계기반을 들여다보았다.

"멈춰. 떨어진다! 죽어!"

그녀가 다시 외쳤다.

"나도 알아요!"

남자도 지지 않고 고함쳤다.

남자는 기울어진 계기반 위에 반쯤은 매달리고 반쯤은 올라탄 것 같은 불안한 자세로 계기반과 화면을 다급하게 둘러보았다. 방호복에 달린 장치들을 이것저것 눌러 보기도 했다. 그러나 기울어진 우주선은 방향을 바꾸지 않았다.

"모르겠어요!"

남자가 소리쳤다.

"전혀 모르겠어!"

우주선이 진동하기 시작했다. 벽과 바닥이 모두 다급하게 진동했다. 하얀 화면에 검고 커다란 기호들이 번쩍였다.

남자가 황급히 조종간에서 내려왔다. 바닥을 타고 미끄러져 그녀 옆으로 왔다. 그녀를 소년에게서 떼어내서 꽉 붙잡았다.

"추락할 겁니다."

남자가 속삭였다. 그리고 온 힘을 다해 그녀를 부둥켜안았다.

우주선이 추락했다.

9

모선(母船)

금속을 갈고 자르는 소리, 두드리는 소리가 어렴풋하게 들렸다. 희끄무레한 어둠이 갈라져 가느다란 마름모꼴로 틈이 벌어졌다. 그녀는 노르스름한 조명이 환하게 밝혀진 하얀 모래땅 위로 떨어졌다. 모래 먼지가 코와 입으로 들어왔다. 그녀는 기침을 하면서 고개를 들고 상체를 일으켰다. 온몸이 아팠다.

몸을 일으키고 그녀가 가장 먼저 생각한 것은 칼이었다. 붉은 칼집은 그녀 옆에 떨어져 있었다. 칼집도 칼도 하얀 모래 먼지로 뒤덮여 있었으나 망가진 곳은 없었다. 그녀는 칼집의 붉은 끈을 반사적으로 어깨에 걸쳤다.

그리고 그녀는 옆에 남자가 쓰러져 있는 것을 보았다. 그녀는 남자의 어깨를 살살 문질렀다.

"일어나."

그녀가 자신의 언어로 속삭였다.

"죽으면 안 돼. 일어나."

남자가 천천히 눈을 떴다. 고개를 살짝 돌려 그녀를 바라보았다. 다시 고개를 돌려 남자는 똑바로 누운 채 검붉은 하늘을 쳐다보고 얼굴을 찡그리며 자신의 언어로 뭔가 불평하듯 중얼거렸다.

"아파?"

그녀가 제국의 언어로 물었다. 남자는 눈을 꽉 감고 몸에 힘을 주어 천천히 어렵게 일어나 앉았다.

"괜찮아요?"

남자가 물었다. 그녀는 고개를 끄덕였다. 끄덕였더니 머리가 울리고 목과 어깨가 쑤셨으므로 그녀는 그냥 말로 대답하지 않고 공연히 머리를 움직인 것을 후회했다.

하얀 우주선은 수직으로 추락해서 모래 속에 파묻혔다. 해치가 절반 정도 파묻힌 데다 제국인들은 하얀 외계인들의 우주선을 밖에서 조종하는 방법을 알지 못했으므로 결국 입구를 자를 수 있는 곳은 잘라내고 찌그러뜨릴 수 있는 곳은 찌그러뜨려서 억지로 벌린 것 같았다. 그녀와 남자가 먼저 밖으로 떨어졌고, 회색 군인들은 이제 소년을 꺼내어 우주선 바깥으로 옮기고 있었다. 짙은 녹색 표지를 단 의료진이 달려와 소년에게 뭔가 응급처치를 했다. 그리고 회색 군인들은 소년을 들것에 실어서 회색 정찰선을 향해 옮기기 시작했다.

그녀와 남자와 소년은 우주선에서 빠져나왔다. 연녹색 치마의 여자는? 그녀는 벌떡 일어났다.

"아톨!"

그녀는 연녹색 치마의 여자의 이름을 부르며 하얀 우주선으로 달려갔다.

"아톨!"

연녹색 치마의 여자는 해치의 벌어진 틈 사이 하얀 모래땅 위에 쓰러져 있었다. 한눈에 보기에도 부상이 심했다. 피가 말라붙은 상처도 있었으나 계속 흘러나오는 곳도 있었다. 여자는 하얀 모래와 피로 뒤범벅이 되어 있었고 가느다랗게 계속 피가 흘러나와 주변의 모래 속으로 스며들었다.

남자가 달려왔다. 그녀가 연녹색 치마의 여자를 해치 틈 사이에서 꺼내려는 것을 보고 남자도 도와주었다. 연녹색 치마의 여자를 해치 틈 사이에서 끌어낸 뒤에 그녀는 여자를 일으켜 세우려 애썼다. 그러나 연녹색 치마의 여자는 눈도 제대로 뜨지 못한 채로 그녀의 품 안에서 축 늘어졌다.

그녀는 연녹색 치마의 여자를 꺼안고 질질 끌다시피 하여 소년을 들것에 실어 옮기는 회색 제복의 군인들을 따라갔다. 회색 군인들이 고작 포로 따위를 치료해줄 것이라고는 실제로 기대한 것은 아니었다. 그러나 뭐라도 해야만 했다. 그녀는 절박했다. 남자가 그녀를 걱정하여 따라왔다.

회색 군인들이 그녀를 붙잡았다. 군인들이 그녀의 팔을 강제로 잡아서 등 뒤로 돌렸다. 그녀는 연녹색 치마의 여자를 놓쳤고, 여자는 땅에 쓰러졌다. 그녀는 소리를 질렀다.

들것 위에 누워 있던 소년이 고개를 들었다. 부어오른 얼굴에 여전히 붉은 반점이 얼룩덜룩하게 덮이고 눈이 흐릿한 채로 소년은 이전에 보았던 그 애완견을 부르는 듯한 손짓을 했다. 소년의 곁을 지키던, 그녀와 똑같이 생긴 사람이 소년의 귀에 얼굴을 가져다 댔다. 소년은 뭔가 짧게 말하고 들것 위에 고개를 힘없이 떨어뜨렸다. 회색 군인들이 뛰다시피 서두르는 걸음으로 소년을 실은 들것을 정찰선 안으로 옮겼다.

그녀와 똑같이 생긴 사람이 회색 군인들에게 손짓했다. 제국어로 뭔가 빠르게 말했다. 회색 군인들이 그녀의 팔을 놓고 연녹색 치마의 여자를 양쪽에서 붙잡았다. 군인들은 연녹색 치마의 여자를 거칠게 일으켜 세워 끌고 가기 시작했다.

그녀는 쫓아가서 덤벼들려 했다. 그녀와 똑같이 생긴 사람이 말했다.

"치료해 주려고 데려가는 거다."

그녀는 멈추어 섰다. 그녀와 똑같이 생긴 사람이 입꼬리만 올려 비뚤어진 미소를 지었다.

"운 좋은 줄 알아."

그리고 그녀와 똑같이 생긴 사람은 옆에 서 있던 다른 군인들에게 뭔가 말하고 돌아서서 소년을 따라 정찰선으로 갔다.

군인들이 그녀와 남자에게 다가왔다. 그녀와 남자는 군인들이 이끄는 대로 소년이 탄 정찰선으로 올라갔다.

정찰선에서 그녀와 남자는 다시 우주선 밑바닥의 어두운 방에 갇혔다. 군인들은 작은 방에 그녀와 남자를 각각 따로 가두고 문을 잠근 뒤 문의 일부를 열고 음식과 물을 밀어 넣고는 다시 문을 전부 잠그고 떠나 버렸다.

그녀는 음식도 물도 먹고 싶지 않았다. 문을 두드리며 연녹색 치마의 여자의 안위를 소리쳐 물었다. 문밖에는 아무도 없었고 어두운 복도의 침묵은 그녀의 질문에 대답해 주지 않았다.

남자가 옆방에서 벽을 두들겼다.

"그만 해요."

남자가 말했다.

"우선 식사를 해요. 그래야 친구를 구하러 갈 수 있어요."

그녀는 주저앉아서 물을 마셨다. 그러나 음식이 목으로 넘어가지 않았다. 연녹색 치마의 여자가 상처투성이 모습으로 하얀 모래에 뒤덮여 해치 틈새에 떨어져 있던 모습, 상처에서 흘러나온 가느다란 핏줄기가 하얀 모래땅으로 스며들던 모습이 자꾸 떠올랐다. 그리고 검은 새의 날개 위에서 굴러다니던 연녹색 치마의 여자와 짙은 남색 치마의 여자의 시신들, 그녀와 똑같이 생긴 사람의 검게 부은, 손가락이 세 개밖에 남지 않은 오른손, 검은 새의 구덩이에서 마침내 꺼냈을 때 자신과 똑같은 얼굴에 서려 있던 죽음의 표정, 초점 없는 눈동자….

그녀는 붉은 칼집을 꽉 껴안았다. 온몸으로 벽을 들이받았다. 한 번, 그리고 다시 한 번.

"진정해요!"

남자가 옆방에서 소리쳤다.

"그런다고 여기서 나갈 수는 없어요! 기운만 빠질 뿐이에요."

그녀는 대답 대신 다시 벽을 들이받았다. 그녀는 작은 방에서 나가기 위해 단단한 벽을 들이받는 것이 아니었다. 그렇게라도 하지 않으면 주위에서 내리누르는 좁고 단단한 어둠, 그 무기력감을 견딜 수가 없었다.

그녀가 다시 벽을 들이받으려 했을 때 작은 방이 흔들렸다. 그녀는 균형을 잃고 바닥에 주저앉았다. 칼집을 손에서 놓칠 뻔했다. 식판이 뒤집히면서 군인들이 넣어준 음식이 벽으로 날아갔다.

방이 다시 흔들렸다. 이어서 익숙한 진동이 벽과 바닥을 통해 전해져 왔다.

이륙한다.

그녀는 칼집을 어깨에 메고 서둘러 일어섰다. 바닥이 진동해서 몸이 흔들려 똑바로 서 있기 힘들었으나 그녀는 개의치 않았다. 문으로 달려가서 주먹으로 두들겼다.

"어디로 가는 거야!"

그녀는 소리 질렀다.

"아틈 어떻게 했어! 날 어디로 데려가는 거야!"

아무도 대답하지 않았다. 옆방의 남자도 더 이상 아무 말도 하지 않았다.

비행시간은 길지 않았다. 그녀는 방 안의 조그만 어둠 속을 계속 서성거렸다. 불안과 무기력감, 그리고 그 두 가지 감정을 해소하지 못하는 데 대한 분노가 좀처럼 가라앉지 않았다. 연녹색 치마의 여자의 안위가 걱정되었고 자신이 어디로 끌려가는지, 정찰선이 착륙하면 또 어떤 일이 기다리고 있을지 짐작조차할 수 없어서 두려움이 점점 커졌다. 소년이 시키는 대로 하얀외계인들과 싸웠고 연녹색 치마의 여자가 그들의 대장을 죽였으나 돌아온 것은 자유가 아니라 이 조그만 어둠이었다. 그래서 그녀는 붉은 칼집을 품에 안고 온몸으로 벽을 들이받았다.

충격의 순간에는 잠시나마 생각이 정지되었다. 어깨가 아팠다. 그러나 신체의 감각이 진정되고 나면 다시 생각이 꼬리를 물고 일어났다. 소년은 죽었으나 죽지 않았고, 남자가 죽었으나 죽지 않았고, 연녹색 치마의 여자는 죽지 않았으나 다른 곳 어딘가에서 죽었고, 남색 치마의 여자는 몇 명이나 죽었는지 아니면 어딘가에서 몇 명이나 살아 있는지 알 수 없었다. 검은 새의 날개 위에서 보았던 낯익은 시신들, 자신과 똑같은 얼굴의 시신이 머릿속에서 떠나지 않았다. 그녀는 이제 자신이 누구인지 알 수 없었다. 그녀가 가진 기억은 가짜라고 했다. 아마 그녀도 가짜일 것이다. 기억 속의 고향이 존재하지 않는다는 말을 듣고 나니 이제껏 목표로 삼았던 자유도 의미를 잃었다. 그 말 자체가 거짓이라고 의심하고 싶었다. 고향도 자유도 그녀가 기억하는 삶도 모두 존재하며 찾아가기만 하면 그 자리에 그대로 있으리라 자신을 설득하고 싶었다. 그러나 그녀는 죽었으되 다시 돌아온 사람을, 자신과 똑같은 사람들을, 죽음을 기억하지 못하는 사람을 직접 보았다. 그러므로 의심할 수 없었다. 그녀는, 그녀만이 아니라 그녀가 아군이라 믿었던 사람들, 포로들 모두, 과거도 미래도 없는 누군가의 복제일 뿐이었다. 모든 것이 거짓이었다. 그녀는 벽에 이마를 박았다.

"그러지 말아요."

옆방에서 남자가 말했다.

"그러다 다치면 정말로 아무것도 할 수 없게 돼요. 친구를 위해서라도 참아요."

그녀는 대답 대신 한 손을 들어 주먹으로 벽을 세게 때렸다. 손이 아팠다. 그 통증이 어쩐지 위로가 되었기 때문에 그녀는 연거푸 벽을 때렸다.

"나도 압니다."

남자가 말했다.

"나도 다 알아요."

그 한마디에 그녀는 어째서인지 갑자기 마음이 풀렸다. 벽을 때리던 손을 내리고 그녀는 벽에 등을 기대고 웅크리고 앉았다. 붉은 칼집을 품에 꼭 안았다. 방금 벽을 때린 아픈 손을 다른 손으로 감쌌다.

"내가 여기 있어요."

남자가 조용히 말했다.

"계속 여기 있을 거예요."

그녀는 칼집을 품에 안고 벽에 머리를 기댔다. 벽 너머에서 남자가 자신이 있는 곳을 향해 머리를 기대고 있으리라 상상하면서 그녀는 조그만 어둠 속에서 벽 너머로 들려오는 남자의 기척에 귀를 기울였다. 모든 것이 가짜이고 거짓이라도 지금 이 순간만은 진실이었다.

정찰선이 착륙했다. 조그맣고 어두운 방의 벽과 바닥에 착륙의 진동과 충격이 전해져 왔다. 그녀는 벌떡 일어섰다.

작은 문이 열렸다. 회색 제복의 군인들이 손짓했다. 그녀는 밖으로 나갔다.

군인들은 남자가 갇힌 방의 문은 열지 않았다. 그녀만을 어디론가 데리고 가려 했다.

"어디로 가는 거야?"

그녀가 물었다. 군인들은 대답하지 않았다. 두 명이 양옆에서 그녀의 팔을 잡았다. 그녀는 저항했다.

"어디로 가는 거야!"

군인들이 말없이 그녀를 끌고 갔다.

그곳은 이제까지 있었던 하얀 행성이 아니라 다른 우주선 안이었다. 복도는 길고 넓었고 모든 것이 진한 회색, 옅은 회색, 푸르스름하거나 노르스름한 회색이었으나 문도 장비도 벽도 천장도 모든 것이 그녀가 알고 있는 정찰선보다 훨씬 규모가 컸다.

군인들이 도착한 방도 그녀가 정찰선에서 보았던 그 어떤 방보다 훨씬 컸다. 그곳에서는 그녀와 똑같이 생긴 사람이 기다리고 있었다. 군인들은 그녀를 방 안으로 밀어 넣고 그녀와 똑같이 생긴 사람에게 경례하고는 사라져 버렸다.

그녀의 경계하는 눈빛을 보고 그녀와 똑같이 생긴 사람이 피식 웃었다.

"걱정하지 마. 기억하시는 분께서 부르신다."

"기억하시는 분?"

그녀와 똑같이 생긴 사람은 대답하지 않았다. 소년과 똑같은, 애완동물을 부르는 듯한 손짓으로 그녀와 똑같이 생긴 사람이 그녀에게 신호했다. 그녀는 불쾌한 표정으로 움직이지 않았다.

그녀와 똑같이 생긴 사람이 한숨을 쉬었다.

"내 생각대로라면 진작에 죽여 버렸을 텐데."

그녀와 똑같이 생긴 사람이 그녀를 쳐다보며 불만스러운 듯이 혀를 찼다. 그리고 소년의 이름을 말했다.

"널 찾으신다."

그리고 그녀와 똑같이 생긴 사람이 고갯짓을 했다.

그래서 그녀는 따라갔다.

소년은 한쪽 팔에 두꺼운 붕대를 감고 침대에 누워 있었다. 얼굴이 창백하고 눈에는 여전히 핏발이 서 있었지만 얼굴의 얼룩덜룩하게 부풀어오른 붉은 반점은 사라지고 없었다. 그녀가 들어오는 것을 보고 소년은 반색을 했다. 그리고 그녀와 똑같이 생긴 사람에게 말했다.

"넌 나가 있어도 돼."

그녀와 똑같이 생긴 사람은 뭔가 말하려는 듯 입을 열었으나 다시 입을 다물더니 못마땅한 표정으로 방에서 나갔다. 문이 닫혔다.

"이리 와."

소년이 말했다. 그녀는 움직이지 않았다.

"어떻게 된 거야?"

그녀가 물었다.

"아틈을 어떻게 했어?"

"아틈? 아, 그 여자 좋아하는 친구?"

소년의 눈에 이전과 같은 기묘하고 위협적인 번쩍임이 돌아왔다. 소년은 싱긋 미소를 지었다.

"사실 나도 몰라. 아마 여기 어딘가에서 치료받고 있겠지."

"여기가 어딘데?"

그녀가 다시 물었다. 소년은 무척 재미있다는 듯 소리 내어 웃었다.

"여기? 여긴 모선(母船)이야. 기억 안 나? 아, 하긴 네가 기억할 리가 없지."

"모선?"

그녀가 당황해서 되물었다. 소년은 여전히 재미있다는 듯 키득거리며 설명했다.

"정찰선에는 응급치료실밖에 없거든. 반복되는 기억 이식의 부작용으로 뇌에 이상이 생겼을 때나 약을 너무 많이 먹어서 부작용을 일으켰을 때 치료할 만한 정밀한 의료장비가 없어. 여기가 우리 본부고 기지고 모선이니까, 여기엔 모든 게 다 있지."

"뇌에 이상이 왜 생겨?"

그녀가 물었다.

소년의 표정이 일순간 변했다. 놀리는 듯한 미소와 눈의 기묘한 악의적인 번쩍임이 사라졌다. 아주 짧은 순간 소년은 그녀가 알던 소년처럼 보였다.

"이리 와."

소년이 말했다. 그녀는 제 자리에 그대로 서서 소년을 바라보았다. 소년이 다시 부탁했다.

"가까이 와 줘. 할 얘기가 있어."

소년의 목소리는 부드러웠고 그렇게 말하는 표정은 그녀가 알던 소년, 그녀가 사랑했던 소년과 무척 흡사했다. 그래서 그녀는 소년의 침대 옆으로 다가갔다.

"우리 약속 잊지 않았지?"

소년이 말했다.

"하얀 괴물들을 쫓아내고 날 죽이면 이 행성을 가지게 해 주겠다고 했잖아. 이제 날 죽일 차례야."

그녀는 당황했다. 지금 죽이라는 건가? 물론 소년을 지금 죽이는 것은 쉬운 일일 것이었다. 소년은 아파서 병상에 누워 있었고 한 팔을 쓸 수 없었다. 그러나 그녀는 자신을 이곳으로 데려왔던 군인들을 생각했다. 그녀와 똑같이 생긴 사람을 생각했다. 소년은 제국인들 사이에서 중요한 인물임에 틀림없었다. 지금 소년을 죽이면 약속한 자유를 얻게 될 가능성보다는 군인들 손에 그녀 자신이 죽을 가능성이 더 커 보였다.

"지금 당장 날 죽이라는 게 아냐.

그녀의 표정을 보고 소년이 조그만 목소리로 말했다.

"난 어차피 죽어. 하지만 내가 죽으면 저들이 내 기억을 빼내서 또 도로 살려놓을 거야."

소년이 다치지 않은 팔을 뻗어 목에 걸고 있던 것을 뺐었다. 그녀의 손에 작고 단단한 것을 쥐어 주었다. 소년의 손가락은 차가웠다. 그 손이 닿았을 때 그녀는 흠칫 놀랐다.

"이게 열쇠야."

소년이 말했다.

그것은 손바닥보다 작은 크기의 가볍고 얇은 판이었다. 청록색이고 반투명했으며 매끄러운 표면에 금빛으로 조그만 점과 기호가 새겨져 있었다. 그녀는 자신의 손에 놓인 작은 물건을 들여다보았다. 어떻게 사용하는지 전혀 짐작도 할 수 없었다.

그 '열쇠'를 꺼내기 위해 움직인 것이 소년에게는 굉장히 무리한 동작이었던 것 같았다. 소년은 이제 완전히 핏기가 가신 창백한 얼굴로 꺼져가듯 속삭이고 있었다.

"내 복제를 죽여. 전부 다. 그런 다음에 날 죽여."

소년의 목소리가 점점 작아졌다.

"빨리. 내가 죽기 전에. 저자들이 또 날 도로 살려 놓기 전에."

그리고 소년은 창백하고 차가운 손을 힘겹게 들어서 침대 옆에 있는 장치를 눌렀다. 문이 열리고 그녀와 똑같이 생긴 사람이 들어왔다. 그녀와 똑같이 생긴 사람이 그녀의 팔을 붙잡아 끌고 나가려 하자 소년이 속삭이는 소리로 말했다.

"풀어 줘."

그녀와 똑같이 생긴 사람이 동작을 멈추고 소년을 돌아보았다. 소년이 목쉰 소리로 말했다.

"가둬두지 마. 공을 세웠어. 앞으로도 도움이 될 거야. 존중해 줘."

그녀와 똑같이 생긴 사람의 얼굴이 굳어졌다. 몹시 못마땅하다는 표정으로 그녀와 똑같이 생긴 사람은 어쨌든 그녀의 팔을 놓아 주었다.

창백한 소년이 눈을 감고 조그맣게 한숨을 쉬며 고개를 돌렸다. 그녀는 자신과 똑같이 생긴 사람을 따라서 소년의 방을 나왔다.

자신과 똑같이 생긴 사람의 뒤를 따라 걸으면서 그녀는 남자를 풀어달라고 요청했다.

"나를 풀어준다면 그 사람도 같이 풀어줘야 돼."

그녀가 자신의 언어로 말했다. 자신과 똑같이 생긴 사람이니 굳이 서투른 제국어로 말하지 않아도 알아들을 것이라고 생각했다. 그리고 그녀는 덧붙였다.

"아틀은 어디 있어? 치료받고 있어? 아틀을 만나게 해 줘."

그녀와 똑같이 생긴 사람이 걸음을 멈추었다. 그녀를 돌아보았다. 그녀는 자신과 똑같이 생긴 사람이 자신을 때리려 한다고 생각했다.

그러나 그녀와 똑같이 생긴 사람은 때리지 않았다. 잠시 분노에 찬 눈으로 그녀를 쳐다보다가 한숨을 내쉬었다.

"기억하시는 분께 인정받았다고 해서 네가 뭐라도 된 것처럼 나대지 마라."

그녀와 똑같이 생긴 사람이 낮은 목소리로 내뱉었다.

"너는 포로야. 이 전쟁이 완전히 승리로 끝날 때까지는 그 사실을 잊지 마."

그녀는 전혀 기죽지 않았다. 자신이 포로라면 자신과 똑같은 이 사람도 포로여야 했다. 그보다는 다른 부분이 마음에 걸렸다.

"승리로 끝날 때라니?"

그녀가 물었다.

"하얀 괴물들의 대장을 죽였잖아. 하얀 괴물들이 기지에서 철수했잖아. 이긴 거 아니었어?"

"거긴 그냥 외부 기지 하나일 뿐이야."

그녀와 똑같이 생긴 사람이 코웃음을 치며 말했다.

"기지는 우리가 접수했다. 그렇지만 본거지를 남겨두면 언젠가는 자기들의 기지를 되찾으러 올 거야."

그녀와 똑같이 생긴 사람이 진지하고 무서운 표정으로 말했다.

"지금 우리는 하얀 괴물들의 본거지인 행성으로 간다. 행성을 접수하고 하얀 괴물들을 완전히 항복시키는 것이 진정한 승리다."

그리고 그녀와 똑같이 생긴 사람은 그녀가 뭐라고 대답하기 전에 조그만 기계장치를 꺼내 손에 들고 제국어로 빠르게 말했다.

회색 군인 두 명이 나타났다. 그녀와 똑같이 생긴 사람이 그녀에게 들으라는 듯 인위적으로 느리고 정확한 제국어로 군인들을 향해 말했다.

"부상당하신 분과 같은 방에 잘 모셔라. 앞으로 우리의 전쟁을 대신 싸워주실 위대한 전사이시니까."

회색 군인들이 그녀의 팔을 가볍게 잡았다. 그녀와 똑같이 생긴 사람은 돌아서서 소년의 방을 향해 가 버렸다.

연녹색 치마의 여자는 방 안의 회색 침대 위에 누워 있었다. 고르게 숨을 쉬며 잠든 것 같았으므로 그녀는 조심스럽게 연녹색 치마의 여자를 살펴보았다. 최소한 담요 밖으로 보이는 여자의 얼굴과 양손은 깨끗했고 자질구레한 가벼운 상처까지 모두 치료받은 것 같았다. 그녀는 조금 안도했다.

방의 문이 벌컥 열리고 회색 군인들이 들어왔다. 군인들은 남자를 방 안으로 밀어 넣었다. 남자는 바닥에 넘어졌다. 군인들은 방문도 닫지 않고 그대로 돌아서서 가버렸다.

남자가 약하게 신음하며 몸을 일으켰다. 그녀가 손을 내밀었다. 남자는 그녀의 손을 잡고 일어섰다.

"어떻게 된 겁니까?"

남자가 물었다.

그녀는 할 수 있는 한 설명했다. 제국인들의 모선에 와 있는 것, 하얀 외계인들의 고향인 행성으로 가고 있다는 것, 그리고 제국인들이, 더 정확히 말하면 그녀와 똑같이 생긴 사람이 행성 전체를 지배하기 위해 전쟁을 일으키려 한다는 것.

그녀는 소년에 대한 이야기를 하지 않았다. 그러나 남자가 먼저 물었다.

"우주선을 조종하던, 그 사람은 어떻게 됐습니까?"

"아파. 깊이."

그녀가 대답했다.

"조금씩, 죽어."

"그럼 우리한테 약속했던 이야기도 소용없게 되는 겁니까?"

남자의 표정이 어두워졌다.

"제국인들의 전쟁에 언제까지나 끌려다닐 수는 없어요. 게다가 하얀 외계인들은 제국인들보다 무기도 기술도 훨씬 더 발달했어요. 황무지 별의 작은 기지 한 군데였으니 어떻게든 싸워볼 수 있었지만 행성 전체를 상대로 전쟁을 선포하다니 제정신이 아닙니다. 다 죽을 거예요."

"전쟁 원하지 않아."

그녀가 중얼거렸다.

"집에 가고 싶어."

그녀는 침대에 누워 눈을 감은 채 고르게 숨을 쉬는 연녹색 치마의 여자를 바라보며 한숨을 쉬었다. 여자가 누워 있는 침대 옆에 제국군의 회색 바지가 놓여 있는 것이 그녀의 눈에 들어왔다. 제국인들의 의료진은 연녹색 치마의 여자를 치료하면서 원래 입고 있던 더러워진 제국군의 상하의 제복을 벗기고 짙고 어두운 녹색의 헐렁한 옷으로 갈아 입혔다. 그 제복은 더러워진 그대로 아무렇게나 접혀서 여자의 침대 곁에 놓여 있었다.

그녀는 침대 곁으로 가서 더러운 제복을 집어 들었다. 하얀 외계인 대령의 무기에 맞아 상의에 한 줄로 타서 찢어진 곳이 있었다. 그래서 그녀는 상의를 입은 그대로 옷 위에 덧입었다.

바지는 덧입을 수 없었다. 그녀는 찢어진 치마를 벗기 시작했다.

"뭐 하는 겁니까?"

남자가 당황하며 등을 돌렸다.

그녀는 대답하지 않았다. 소년의 부탁, '복제들부터 죽이고 자신을 죽여 달라'는 말을 그녀 자신이 이해하지 못했으므로 익숙하지 않은 제국어로 제대로 설명할 자신이 없었다. 소년의 부탁이 무슨 의미인지 그녀는 지금부터 직접 알아낼 생각이었다.

허벅다리 안쪽에는 소년이 준 총이 그대로 묶여 있었다. 그녀는 총을 꺼내서 군복 바지의 허리춤에 꽂고 덧입은 상의를 덮어서 가렸다. 연녹색 치마의 여자가 입고 있던 군복 상의는 남자 군인에게서 벗겨낸 것이었기 때문에 헐렁하게 컸다.

옷을 갈아입고 그녀는 붉은 칼집을 집어 잠깐 망설이다가 어깨에 걸쳤다. 소년이 준 청록색의 작은 반투명 열쇠는 손에 계속 쥐고 있었다. 그녀는 열쇠를 군복 바지의 주머니에 넣었다. 준비를 마치고 그녀는 방문 쪽으로 걸음을 옮겼다.

"어디 갑니까?"

남자가 물었다. 남자가 따라 나오려 했기 때문에 그녀는 설명했다.

"전쟁을 멈추러 간다."

남자는 이해하지 못했다. 그녀는 충동적으로 남자를 끌어당겨 그 입술에 가볍게 입 맞추었다.

"기다려 줘."

그리고 그녀는 깜짝 놀라 어안이 벙벙해진 남자를 연녹색 치마의 여자가 누워 있는 방 안에 남겨두고 복도로 나와서 걷기 시작했다.

선내는 넓고 사람이 별로 없었다. 가끔 마주치는 제국 군인들은 아무도 그녀를 붙잡지 않았다. 피 묻고 더러워진 제복을 보고 놀란 표정을 짓는 사람은 있었으나 아무도 질문하지 않았다. 군인들이 먼저 손을 들어 인사하면 그녀도 똑같이 인사를 받아주었다. 그녀의 예상대로 제국의 군인들 중에서 그녀가 복제라는 사실을 알아차리는 사람은 없었다. 그녀가 자신을 닮은 사람과 똑같이 머리카락을 뒤에서 하나로 묶고 입을 다물고 굳은 표정으로 빠르게 복도를 걸었기 때문에 제국인들은 그녀가 그녀와 똑같이 생긴 사람, 소년의 측근이라고 생각했다.

그러나 모선은 넓었다. 정찰선과는 비교도 할 수 없게 넓었다. 목적 없이 돌아다니다가 그녀는 이래서는 자기 힘만으로 소년이 말한 복제들을 찾을 수 없으며 자신과 똑같이 생긴 사람과 마주칠 위험만 커질 것이라 생각했다. 그래서 그녀는 견장에 무늬가 많이 달린 사람이 혼자 걸어가는 것을 보고 다가가서 물었다.

"복제들은 어디에 있지?"

견장에 무늬가 많이 달린 사람은 그 질문을 듣고 눈을 크게 뜬 채 더듬거렸다. 그녀는 소년이 준 조그만 청록색의 반투명한 판을 보여주었다.

"기억하시는 분'의 복제들."

그녀가 자신과 똑같은 사람이 말했던 발음과 태도를 흉내 내어 짧게 내뱉었다.

견장에 무늬가 많이 달린 사람의 표정이 안정되었다.

"이쪽으로 오십시오."

견장에 무늬가 많이 달린 사람은 이렇게 말하고 앞장서서 걷기 시작했다.

그녀는 견장에 무늬가 많이 달린 사람을 따라 긴 복도를 곧바로 걷기도 하고 왼쪽이나 오른쪽으로 꺾어지기도 했다. 승강기를 타고 한참 내려가서도 또다시 긴 복도를 곧바로 걷기도 하고 오른쪽이나 왼쪽으로 구부러지기도 하다가 견장에 무늬가 많이 달린 사람은 어둡고 깊은 복도에 도착해서 복도 끝의 닫힌 문을 가리키며 말했다.

"저쪽입니다."

그리고 견장에 무늬가 많이 달린 사람은 그녀에게 인사하고 빠른 걸음으로 사라졌다.

그녀는 문으로 다가갔다. 문에는 손잡이가 없고 그녀의 가슴 정도 높이에 작고 검은 판이 있었다. 그녀는 그 판에 청록색 열쇠를 갖다 대었다.

문이 소리 없이 열렸다.

그녀는 안으로 들어갔다.

등 뒤로 문을 닫았다.

안쪽은 아주 좁고 답답한 복도였다. 복도 양쪽으로 굳게 닫힌 손잡이 없는 문들이 늘어서 있었다. 창문은 없었다.

그녀는 오른쪽 첫 번째 문으로 다가갔다. 문고리도 손잡이도 없는 매끈한 문에 들어올 때 본 것과 같은 작고 검은 판이 달려 있었다. 그녀는 검은 판에 청록색 열쇠를 대었다. 문이 열렸다.

안에는 커다랗고 반투명한 뚜껑이 달린 긴 원통형의 용기 같은 것이 두 개 놓여 있었다. 그녀는 가까이 다가가서 보았다. 원통형 용기 안에는 소년과 똑같이 생긴 사람이 각각 한 명씩 누워 있었다. 원통형 용기 안은 물 같은 투명한 액체로 가득 차 있었고 나체의 복제 소년들 몸에서 나온 여러 개의 관이 용기 바깥으로 이어져 벽을 가득 채운 장치들에 연결되어 있었다.

그녀는 벽 전체를 가득 채운 장치들을 둘러보았다. 작고 검은 판은 없었지만 청록색 열쇠가 들어갈 법한 조그만 홈은 있었다. 그녀는 홈에 청록색 열쇠를 넣었다. 열쇠가 안으로 들어가며 화면에 여러 가지 기호들이 나타났다.

그녀는 제국인들의 문자를 읽지 못했다. 그래서 그녀는 화면에 반짝이는 붉은 사각형을 눌렀다.

처음에는 아무 일도 일어나지 않았다. 다음 순간 벽의 반쪽을 차지한 기계장치의 화면이 하나씩 멈추기 시작했다. 화면에서 구불구불하게 움직이던 여러 개의 하얀 선이 하나씩 왼쪽에서 오른쪽으로 편평하고 매끈한 수평선이 되어 이어졌다. 잠시 후에 조그만 홈에서 청록색 열쇠가 도로 튀어나왔다.

그녀는 벽의 다른 쪽 절반을 차지한 장치 앞으로 가서 똑같이 반복했다. 그리고 만약을 위해서 칼집의 칼을 빼 복제 소년들을 기계장치와 연결해주는 관을 전부 잘랐다.

두 번째 방도, 세 번째 방도, 네 번째 방도 모두 같았다. 그녀는 원통형 용기 안의 복제 소년들을 쳐다보지 않으려 애쓰며 조그만 홈에 열쇠를 집어넣고 화면에 나타난 붉은 사각형을 눌렀다. 열쇠가 도로 튀어나오면 옆의 기계로 옮겨 가서 똑같이 반복했다. 방에서 나오기 전에 그녀는 복제인간들을 기계 장치와 연결해주는 관을 모두 자르고 나온 뒤에 검은 판에 청록색 열쇠를 대고 문을 잠갔다.

마지막 아홉 번째 방에 소년이 있었다.

문을 열었을 때 그녀는 코를 찌르는 악취에 구토를 할 뻔했다. 자기도 모르게 고개를 돌리고 한동안 헛구역질을 하다가 그녀는 연녹색 치마의 여자가 입었던 상의 자락을 들어 코를 막았다. 그리고 그녀는 방으로 들어갔다.

방 안에는 시체가 가득한 것처럼 보였다. 팔과 다리가 다양한 조합으로 결손된 신체들이 여기저기 누워 있었다. 얼굴은 모두 같았다. 소년의 얼굴이었다.

이 방에도 벽에 기계장치가 있었다. 기계장치에는 하체와 한쪽 팔이 없는 신체가 연결되어 있었다. 그녀가 기계장치 쪽으로 다가가자 반쪽짜리 신체의 얼굴이 갑자기 눈을 떴다. 그녀를 바라보았다.

오른팔과 양다리가 없고 오른쪽 어깨에서 허리까지 대각선으로 잘려나간 그 신체는 잘린 부분이 불에 익은 것처럼 가볍게 그을어 있었다.

소년이 그녀의 이름을 불렀다.

그녀는 얼어붙은 듯 청록색 열쇠를 손에 든 채 움직이지 못하고 우뚝 서서 죽은 소년을 뚫어져라 바라보았다.

"크라스나."

소년이 말했다.

그녀는 천천히 소년에게 다가갔다.

"크라스나."

소년이 그녀를 불렀다.

그녀는 천천히 조심스럽게 몸을 숙였다. 절반밖에 남지 않은 소년의 몸을 안았다.

"와 줬구나…"

소년이 그녀의 귓가에 속삭였다.

그녀는 소년을 껴안고 그의 이름을 불렀다. 몇 번이고 되풀이해 이름을 불렀다.

✳

　그녀는 마침내 이를 악물고 몸을 일으켰다. 청록색 열쇠를 조그만 홈에 넣기 전에 그녀는 마지막으로 연인을 돌아보았다. 소년은 그녀를 향해 지친 얼굴에 부드럽게 웃음을 지었다. 그리고 고개를 끄덕이는 대신 소년은 눈을 힘겹게 천천히 감았다가 떴다.

　그녀는 소년에게 등을 돌렸다. 벽에 붙은 기계장치의 조그만 홈에 청록색 열쇠를 집어넣었다. 화면에 알아볼 수 없는 글자들이 나타났을 때 그녀는 한 치의 망설임도 없이 붉은 사각형을 힘주어 눌렀다.

　구불구불하게 움직이던 하얀 선들이 모두 평평해질 때까지, 조그만 홈이 청록색 열쇠를 그녀에게 도로 내줄 때까지, 그녀는 마지막 순간까지 자신에게 따뜻하게 미소 짓는 죽은 연인을 향해 등을 돌린 채 텅 빈 눈으로 무의미한 화면을 응시하며 서 있었다.

　그녀가 소년의 몸에 연결된 관을 자르기 시작했을 때 갑자기 조그만 방 안에 붉은빛이 가득 찼다. 하얗고 평평한 선들만 평행하게 이어지던 화면이 새빨갛게 변했다. 시끄러운 소리가 울리기 시작했다. 그녀는 서둘러 관을 전부 자르고 방 밖으로 뛰어나왔다.

　자신과 똑같이 생긴 사람이 좁은 복도 끝에 서 있었다. 그녀와 똑같이 생긴 사람의 등 뒤로 회색의 제국 군인들이 보였다.

　그녀는 허리 뒤편에 꽂은 소년의 총을 생각했다. 그녀는 양손에 칼과 칼집을 들고 있었다. 칼과 칼집을 한 손에 옮겨 들고 다른 손을 등 뒤로 돌리는 동작은 의도가 너무나 분명했다. 총을 뽑기 전에 공격당할 것이다.

　복도는 매우 좁고 길었다. 한 사람이 간신히 걸을 수 있는 넓이였다. 제국 군인들이 한꺼번에 몰려올 공간은 없었다.

　그녀는 손에 들고 있던 칼을 자신과 똑같이 생긴 사람에게 겨누었다.

　그녀와 똑같이 생긴 사람이 피식 웃었다. 그리고 등에 메고 있던 그녀와 똑같은 붉은 칼집을 벗었다.

　그녀와 똑같이 생긴 사람이 그녀와 똑같은 칼을 뽑아 그녀에게 겨누었다.

10
결투

"넌 어차피 죽는다. 칼 내리고 항복해."

그녀와 똑같이 생긴 사람이 느긋하게 말했다.

그녀가 대답했다.

"넌 내 손에 죽는다."

그녀와 똑같이 생긴 사람이 입꼬리를 말아 올려 비뚤어진 미소를 지었다. 칼집을 오른손으로, 칼을 왼손으로 바꿔 들었다. 오른손에 든 칼집으로 그녀를 겨누고 왼손의 칼을 머리 위로 올려 잡았다.

그녀는 한순간 당황했다. 저런 검법은 본 적이 없었다. 그녀의 표정을 눈치챈 그녀와 똑같이 생긴 사람이 다시 입꼬리를 말아 올려 조롱하는 미소를 지었다.

"네 기억이 내 기억이야. 네가 아는 건 말이야, 전부…"

말하면서 그녀와 똑같이 생긴 사람은 칼집을 든 오른손을 불쑥 내밀며 앞으로 한 걸음 다가왔다. 그녀는 깜짝 놀라 뒤로 물러섰다.

"나도 다! 안다고!"

그녀와 똑같이 생긴 사람이 갑자기 외치며 머리 위로 올렸던 왼손의 칼을 내리쳤다.

그녀는 간발의 차이로 피했다. 그녀의 칼과 똑같은 칼끝이 그녀의 이마와 미간을 베고 콧등을 스쳤다. 이마에서 스며 나온 피가 코를 타고 입술로 흘러내렸다. 입안에 찝찔한 맛이 느껴졌다.

그녀와 똑같이 생긴 사람이 만족한 듯 웃었다. 칼자루를 잡은 왼손을 가볍게 흔들어 칼끝에 묻은 피를 털어낸 뒤에 그녀와 똑같이 생긴 사람은 다시 왼손의 칼을 머리 위로 올리고 오른손의 칼집을 그녀에게 겨누었다.

그녀는 오른손에 칼을, 왼손에 칼집을 들고 있었다. 그녀와 똑같이 생긴 사람이 자세를 유지하며 반걸음 앞으로 다가왔다. 그녀는 칼을 든 오른손을 머리 위로 올리고 왼손에 잡은 칼집을 앞으로 내밀었다. 똑같은 칼을 든 똑같이 생긴 두 사람이 완벽한 거울상을 이루었다.

"어어? 따라 하면 될 것 같아?"

그녀와 똑같이 생긴 사람이 고개를 갸웃하며 웃었다.

그녀는 상대가 말을 마칠 틈을 주지 않고 공격했다. 머리 위에 든 오른손의 칼을 내리치는 척하면서 그녀는 왼손에 든 칼집으로 상대의 명치를 노렸다.

262

그러나 상대가 더 빨랐다. 위에서 내려오는 그녀의 칼을 옆으로 피하면서 칼집으로 그녀의 왼쪽 손목을 때렸다. 그녀는 왼손에 들었던 붉은 칼집을 놓쳤다. 그녀와 똑같이 생긴 사람이 칼집을 발로 차서 뒤로 밀어내고 한 걸음 성큼 앞으로 다가왔다.

"네가 아는 건 나도 다 안다고 했지?"

그녀와 똑같이 생긴 사람이 오만한 웃음을 지으며 말했다.

"항복해. 그럼 조금 더 편하게 죽게 해 줄게."

말하면서 그녀와 똑같이 생긴 사람은 왼손의 칼을 오른손으로 옮겨 들고 오른손의 칼집을 왼손에 바꾸어 잡았다. 칼집을 머리 위로 올리고 칼을 내밀며 빠르게 돌격해서 그녀의 목을 향해 찔렀다.

그녀는 이번에도 간신히 피했다. 복도는 도망치기에는 너무 좁았다. 몸을 반쯤 돌리는 것이 최선이었다. 칼을 내밀어 상대의 돌격을 흘리기는 했지만 상대의 칼날이 그녀의 왼쪽 어깨를 베고 지나갔다. 이미 찢어진 군복 상의의 왼쪽 소매가 길게 갈라지며 드러난 상처에서 피가 흘러 팔을 적셨다.

그녀와 똑같이 생긴 사람은 느긋하게 미소 지으며 다시 오른손을 가볍게 흔들어 칼날에 묻은 피를 털어냈다.

그녀는 뒤를 돌아보았다. 그녀는 좁고 긴 복도의 거의 끝까지 밀려와 있었다. 뒤에도 피할 공간은 거의 남아 있지 않았다.

"어쨌든 죽는다고 내가 그랬지."

그녀와 똑같이 생긴 사람이 그녀가 뒤에 남은 공간을 재는 것을 보고 웃었다.

"지금이라도 항복해. 그럼 여기서 빨리 죽여 줄게."

그녀는 양손으로 칼자루를 고쳐 잡았다. 왼손 약지와 새끼 손가락에 힘을 주었다. 자세를 바로잡고 상대를 조용히 바라보았다.

"명상해?"

상대가 놀리듯이 웃으며 앞으로 내민 칼끝을 빙글빙글 돌렸다. 그녀는 움직이지 않았다.

그녀와 똑같이 생긴 사람이 과장된 소리를 지르며 위협적으로 한 걸음 성큼 다가섰다. 그녀는 물러서지 않고 제 자리에 그대로 서서 칼을 앞으로 힘껏 내밀었다. 상대의 칼날이 그녀가 내민 칼에 눌렸다. 상대는 칼날을 아래로 돌려 반대편으로 튕겨 올리며 아래에서 위로 그녀의 오른쪽 손목을 베었다.

상대의 칼끝은 그녀의 손목동맥을 노렸으나 실제 칼날이 스친 곳은 팔뚝이었다. 칼날이 스친 자리에서 피가 흘러나와 좁은 복도의 회색 바닥에 뚝뚝 떨어졌다. 상대는 그녀에게 과시하듯 칼을 든 오른손을 가볍게 흔들어 칼날에 묻은 피를 털어냈다.

그녀의 피가 회색 벽에 흩뿌려져 방울방울 조그만 무늬를 그렸다. 그녀와 똑같이 생긴 사람이 잠시 작품을 감상하는 눈빛으로 벽에 튄 핏자국을 바라보았다.

그녀는 양손에 힘을 주었다. 칼자루를 똑바로 잡고 자세를 고치고 칼끝으로 다시 상대의 목을 겨누었다.

"그래, 죽기 전에 생각을 정리하는 게 좋겠지."

그녀와 똑같이 생긴 사람이 그녀를 바라보고 웃으며 말했다.

"이젠 도망칠 곳…"

상대가 말하는 도중에 그녀는 앞으로 한 걸음 성큼 나가면서 몸을 숙여 상대의 배를 낮게 푹 찔렀다. 칼이 어처구니없을 정도로 간단하게 상대의 배를 꿰뚫었다. 칼끝이 등으로 나왔다. 그녀와 똑같이 생긴 사람이 놀란 표정으로 입을 딱 벌리고 자신의 배를 내려다 보았다.

그녀는 칼자루에 닿도록 깊숙이 칼을 꽂아 넣고 손목을 돌려 칼날을 비틀면서 자신과 똑같이 생긴 사람에게 바짝 다가섰다. 그녀와 똑같이 생긴 얼굴이 여전히 경악한 표정으로 입을 딱 벌린 채 고개를 돌려 그녀를 쳐다보았다. 그녀는 왼손으로 칼자루를 꽉 쥐고 오른손을 뒤로 돌려 허리춤에 꽂은 소년의 총을 꺼냈다. 자신과 똑같이 생긴 얼굴의 관자놀이에 대고 발사했다.

상대가 쓰러질 때 그녀는 상대의 배에 꽂힌 칼을 빼냈다. 몸을 숙여 칼날의 피를 상대의 옷에 문질러 닦았다. 자신과 똑같이 생긴 사람의 손에서 자신의 것과 똑같은 칼을 빼내어 자신의 것과 똑같은 칼집에 집어넣고 어깨에 메었다. 그리고 그녀는 복도를 천천히 걸어 단 하나의 출구인 문을 향해 다가가면서 자신과 똑같이 생긴 사람이 발로 차서 밀어냈던 자신의 붉은 칼집을 집어 들고 칼을 칼집에 꽂았다.

칼 두 자루를 왼쪽 어깨에 메고 오른손에는 소년이 준 총을 들고 그녀는 좁은 복도의 문을 막은 회색 군인 앞에 가서 섰다.

"'기억하시는 분'께 안내해."

그녀가 말했다.

회색 군인은 망설였다.

"기억하시는 분'께 안내해!"

그녀가 고함쳤다.

좁은 복도 끝의 유일한 문을 막고 서 있던 회색 군인이 물러섰다. 그녀는 문밖으로 나갔다. 회색 군인들이 그녀를 둘러쌌다.

그녀는 왼쪽 어깨에 칼 두 자루를 메고 오른손에 여전히 소년의 총을 든 채 천천히 회색 군인들을 따라서 걷기 시작했다.

그녀가 방에 들어섰을 때 소년은 침대 위에 앉아 있었다. 방에는 다른 사람들도 있었다. 그녀가 들어오자 연녹색 치마의 여자와 함께 짙은 남색 치마의 여자가 그녀를 돌아보았다.

"튜미나!"

그녀가 소리치며 남색 치마의 여자에게 달려갔다.

"튜미나! 살아 있었어!"

그녀는 반가움을 이기지 못하고 남색 치마의 여자를 껴안으려 했다.

남색 치마의 여자가 눈을 커다랗게 뜨고 뒤로 물러섰다. 연녹색 치마의 여자가 남색 치마의 여자의 앞을 막아섰다. 그녀는 경계심과 불신이 가득한 눈으로 자신을 바라보는 두 여자 뒤에 짙은 녹색의 헐렁한 옷을 걸친, 연녹색 치마의 여자와 똑같이 생긴 사람이 서 있는 것을 보았다. 짙은 녹색 옷의 여자는 목에 삼각대를 걸어 왼팔을 고정시키고 있었다. 어두운 녹색의 헐렁한 옷 아래로 왼쪽 어깨에 감은 붕대가 보였다. 짙은 녹색 옷의 여자는 두 여자의 뒤에 서서 그녀를 향해 불안한 표정으로 고개를 흔들고 있었다.

그녀는 한 걸음 뒤로 물러났다. 연녹색 치마의 여자도 남색 치마의 여자의 어깨를 안고 천천히 뒤로 물러섰다.

그녀는 침대에 앉아 흐뭇하게 웃으며 이 광경을 바라보는 소년에게 소리쳤다.

"무슨 짓이야!"

소년은 재미있다는 듯이 웃으며 습관처럼 고개를 좌우로 갸웃거렸다. 그 창백한 웃는 얼굴을 보면서 그녀는 모선의 밑바닥 어딘가에 숨겨진 비밀의 방에서 악취 속에 죽지도 살지도 않은 채 기계에 연결되어 있던 소년을 떠올렸다. 창백하고 지친 얼굴과 그녀를 향해 마지막 순간까지 웃어주던 힘겨운 미소를 생각했다. 그녀는 오른손을 들어 소년을 향해 총을 겨누었다.

남색 치마의 여자와 연녹색 치마의 여자가 벽 쪽으로 재빨리 몸을 피했다. 동시에 문가에 서 있던 회색 제복의 군인들이 일제히 그녀에게 총을 겨누었다. 짙은 녹색의 헐렁한 옷을 입고 붕대를 감은 여자가 양손을 치켜들고 그녀에게 결사적으로 고개를 저어 보였다.

소년만이 여유만만했다.

"괜찮아, 총 내려."

소년이 회색 제복의 군인들에게 느긋하게 말했다.

그녀가 움직이지 않았으므로 군인들은 움직이지 않았다.

"크라스나."

소년이 그녀의 이름을 불렀다. 그녀는 움직이지 않았다.

"크라스나, 총 내려. 얘기 좀 해."

그녀는 소년을 겨눈 채 움직이지 않았다.

"내가 설명할게. 내 말 좀 들어 줘."

소년이 얼굴에서 웃음을 거두고 말했다.

창백하고 부드러운 그 얼굴, 자신을 진지하게 쳐다보는 익숙하고 사랑스러운 눈동자가 그녀의 마음을 세게 쳤다. 그녀는 천천히 총을 내렸다. 회색 군인들도 함께 총을 내렸다.

소년이 회색 군인들에게 마치 옷에 묻은 먼지를 털어내는 듯한 손짓을 했다. 회색 군인들은 망설였다. 소년이 짜증 난 표정으로 고함을 쳤다.

"할 얘기가 있다니까! 나가라고!"

회색 군인들이 문밖으로 물러섰다. 남색 치마의 여자와 연녹색 치마의 여자도 살금살금 벽을 따라 문 쪽으로 걸어가려 했다.

소년이 침대 옆의 조그만 탁자에 붙은 장치를 만졌다. 남색 치마의 여자와 연녹색 치마의 여자의 눈앞에서 문이 저절로 닫혔다.

"너희는 있어."

소년이 차갑게 말했다.

두 여자는 서로 손을 꼭 잡은 채 이러지도 저러지도 못하고 두려워하는 표정으로 그녀와 소년을 번갈아 바라보았다. 그녀는 그 겁먹은 표정에 마음이 아렸다.

"뭐 하는 거야!"

그녀가 소년에게 화를 내며 다시 외쳤다.

"아, 네 친구가 여자친구를 찾고 싶다고 했잖아."

소년은 전혀 아무렇지 않다는 듯 느긋하게 말했다.

"어차피 죽었을 테니까 하나 더 만들어주려고 했는데, 저쪽 복제가 꼭 따라오겠다고 해서."

소년은 턱짓으로 두 여자를 가리키며 즐거운 듯 히죽히죽 웃었다.

"그런 건 필요 없어."

짙은 녹색의 헐렁한 옷을 입은 여자가 갈라진 목소리로 힘겹게 말했다.

"난 내 사람을 찾고 싶은 거야. 하나 더 만들어달라는 게 아냐."

"쟤가 네 사람이잖아. 저쪽 쟤도 너거든."

소년이 또다시 턱짓으로 남색 치마의 여자와 연녹색 치마의 여자를 가리키며 히죽히죽 웃었다.

짙은 녹색 옷을 입은 여자는 대답하지 않고 소년을 노려보았다. 그녀는 짙은 녹색 옷을 입은 여자가 가슴과 어깨의 상처를 양손으로 움켜쥐고 간신히 서 있는 것을 알았다. 금방 쓰러질 것 같은데도 짙은 녹색 옷을 입은 여자는 소년을 노려보며 있는 힘껏 목소리를 끌어올려 말했다.

"난 저 사람이 아냐. 우린 다 다른 사람들이야. 사람을 하나 새로 만들어서 다른 사람을 대신할 수는 없어."

소년은 대단히 재미있는 농담이라도 들은 것처럼 소리 내어 웃었다.

"바보구나. 원시적인 말을 하네."

그리고 소년은 짙은 녹색 옷의 여자 쪽을 고갯짓으로 가리키며 그녀를 향해서 말했다.

"네 친구 많이 아픈가 본데 어디 좀 앉혀라. 저러다 꿰맨 자리 찢어지겠네."

그녀는 녹색 옷의 여자를 바보 취급하는 소년의 말에 뭔가 반박해주고 싶었으나 동료의 상태가 실제로 좋지 않아 보였으므로 녹색 옷을 입은 여자를 달래며 부축해서 가장 가까운 의자에 앉혔다. 짙은 녹색 옷의 여자와 똑같이 생긴 연녹색 치마의 여자는 남색 치마의 여자와 손을 꼭 잡은 채 여전히 경계하는 표정으로 문가에 서 있었으나 그녀가 짙은 녹색 옷의 여자를 돌봐주는 모습을 지켜보며 조금은 두려움이 풀린 모습이 되었다.

그녀는 침대로 다가가서 소년 앞에 섰다.

"네 복제를 다 죽였어."

그녀가 선언했다. 주머니에서 청록색 열쇠를 꺼내 소년의 침대에 던졌다.

"약속대로 우리를 자유롭게 해줘."

소년은 청록색 열쇠를 집어서 그녀에게 도로 내밀었다.

"이건 가지고 있어. 쓸모가 있을 테니까."

"넌 누구야?"

그녀는 소년의 말을 무시하고 열쇠를 받지 않고 물었다.

"우리한테 왜 이런 짓을 했어?"

소년은 청록색 열쇠를 내밀었던 손을 내렸다. 침대에 앉은 채로 그녀를 쳐다보았다. 소년의 표정이 어두워졌다.

"내가 한 게 아냐."

소년이 마침내 무겁게 말했다.

"그게 제국의 방식이야. 오래전에 멸망해 사라진 종족을 복제해서 용병으로 만들고, 다른 행성이나 국가나 민족을 침략해서 자원을 훔치고, 문명과 기술을 훔치고, 그 민족을 말살시킨 뒤에 복제해서 용병으로 만들고, 또 다른 행성이나 국가나 민족을 침략해서 또 훔치고. 이 우주선에 타고 있는 군인들도 마찬가지야. 제국에 속한 거의 모든 사람이 다 복제품이야."

"군인들도? 다?"

그녀는 어처구니가 없었다.

"포로들처럼?"

소년이 힘없이 웃었다.

"포로나 군인의 구분 따윈 임의적이야. 어떤 기억을 주입했느냐에 따라 포로가 되기도 하고 군인이 되기도 하는 거지. 가끔 기억이 잘못 주입돼서 싸움이 나기도 하지만 그러면 다 죽이고 다시 시작하면 되니까."

"왜?"

그녀가 진심으로 이해할 수 없어서 물었다.

"왜 포로와 군인을 그렇게 구분해? 전부 군인으로 만들어서 제국에 충성하게 하면 좋잖아?"

"복제인간끼리 서로 싸우고 미워하고 경계해야 우리가 편해지거든. 서로 알아서 감시해 주잖아."

소년이 무겁게 대답했다.

"제국이 정말로 어떤 식으로 운영되는지 아는 사람은 아주 소수에 불과해. 제국이라는 이름은 거창하지만 사실 꼭두각시를 다루는 몇 명이 중심부에서 간신히 유지하고 있을 뿐이야. 복제를 전부 군인으로 만들었다가 반란이라도 일어난다면 제국은 순식간에 멸망할 거야."

"그럼 넌 누구야?"

그녀가 몇 번이나 했던 질문을 다시 되풀이했다.

"제국의 황제야?"

소년이 웃었다. 놀리거나 비웃는 웃음이 아니라 어딘지 슬픈, 씁쓸한 웃음이었다.

"난 기억하는 사람이야."

소년이 대답했다.

"뭘 기억하는데?"

그녀가 다시 물었다. 자신과 똑같은 사람이 '기억하시는 분'이라고 언급했을 때부터 묻고 싶었던 질문이기도 했다.

"모든 걸, 다."

소년이 간단하게 대답했다.

제국의 기본적인 생존 방식은 강도질이었다. 제국의 중심부를 이루는 결정권자들은 체계를 만들고 지식과 전통을 후대에 전수하기보다 유용한 자원이나 기술을 가진 목표물을 찾아내 멸망시키고 전리품을 즐기며 기뻐하다가 곧 다음 목표물을 찾는 방식을 선호했다. 제국의 기술과 문명은 모두 다른 민족을 멸망

시키고 나서 훔친 것이기 때문에 제국의 사람들은 자신들이 난데없이 얻은 기술과 문명을 사용하는 데 익숙하지 못했고 그런 기술과 지식이 어떤 의미인지도, 미래에 장기적으로 어떤 결과를 가져올 것인지도 물론 이해하지 못했다. 인간을 복제하고 조작된 기억을 주입하는 기술을 얻었을 때 제국의 권력자들은 노예와 군인을 무한정 생산할 수 있게 된 것에 몹시 만족했다. 그리고 그렇게 제조한 노예들 중에서 기억을 무리하게 주입하거나 반복해서 덧씌워도 죽거나 미치지 않는 신체구조를 가진 몇몇에게 제국의 중심과 주변의 모든 정보를 관리하는 책임을 맡겼다.

"그 사람들은 우리를 떠받들어 주면 제국을 배신하지 않을 거라고 얄팍하게 생각했지만, 결국 '기억하는 자들'도 모두 노예일 뿐이야."

소년이 말했다.

"나는 그중에서 가장 오래된 노예야."

인간의 수명은 본래 유한하고, 기억과 생각과 정체성이 지속적으로 바뀌는 상태를 신체적으로나 정신적으로 장기간 견뎌낼 수 있는 인간은 대단히 희귀하다. 소년은, 더 정확히 말하면 소년의 생물학적 구조는, 기억의 주입과 저장과 분류와 갱신을 견뎌내는 성능이 뛰어났고 무엇보다도 다른 신체구조들에 비해 내구성이 탁월했다. 이러한 사실이 입증되자 제국의 중심부에서는 여러 종류의 '기억하는 자들'을 운영하는 것보다는 소년의 신체구조를 복제하는 쪽이 정보의 전송, 추출과 주입, 재주입, 갱신에 가장 효율적이라는 결론을 내렸다.

물론 이런 사실이 노예들, 즉 포로나 군인들에게 알려지면 안 되었다. 포로와 군인들은 존재하지 않는 과거와 왜곡된 기억과 거짓으로 호도된 사고방식을 주입받아 불가능한 생의 목표를 좇으며 자신도 모르는 사이에 제국의 중심을 위해 봉사했다. 제국의 중심에서는 이러한 바람직한 상태가 유지되는지 감시하고 관리하기 위해 포로와 군인들 사이에 첩자를 심었다. 남성 혹은 남성 형태의 복제들 사이에는 생물학적으로 기억 정보를 관리하기 가장 편리하다는 이유로 소년의 복제를 들여보냈다. 여성 혹은 여성 형태의 복제들 사이에는 제국 중심부의 편협한 남성들이 생각하기에 가장 궁극적인 여성적 경험, 모성의 기억에 집착하는 새로운 형태의 복제를 만들어서 들여보냈다.

"이스포베딘."

그녀가 중얼거렸다.

"그녀의 아이들은 그럼 처음부터 존재하지 않은 거야?"

그녀의 질문에 소년은 시선을 피했다.

"언젠가는 존재했겠지. 제국인들은 없는 기억을 새로 만들어 내는 방법까진 몰라. 존재하는 기억들을 편집하거나 짜 맞추는 쪽이 편리하고."

"하지만 그녀의 아이들은 아닌 거잖아?"

그녀가 물었다. 소년은 고개를 숙였다.

그녀는 이스포베딘의 마지막 모습을 생각했다. 죽음을 눈앞에 두고 존재하지 않는 아이들의 이름을 소리쳐 부르던 절박한 목소리를 떠올렸다.

소년이 이마를 문지르기 시작했다. 소년이 고개를 들어 그녀를 바라보았다. 소년의 얼굴은 점점 더 창백해지고 눈가가 불그스름하게 변해 있었다. 소년의 눈동자가 초점을 잃고 제멋대로 위쪽으로 움직였다. 소년은 눈을 감고 양손으로 머리를 눌렀다.

"나를 죽여."

소년이 말했다. 그리고 소년은 다시 고개를 들고 그녀를 보았다.

"나를 죽여. 그리고 이 방을 나간 뒤에도, 혹시 나를 또 보게 되면 죽여. 전부 다."

그녀는 소년을 바라보았다. 함선 밑바닥의 비밀스러운 방에서 반으로 잘린 소년의 몸을 품에 안았던 감촉을 생각했다. 방 안에서도, 소년의 몸에서도 숨 막히는 악취가 풍겼다. 그러나 소년은 귓가에 그녀의 이름을 속삭였다. 그녀의 기억, 진짜 기억 속에서 연인의 목소리는 영원히 부드럽고 다정했다.

그녀는 소년을 죽이고 싶지 않았다.

소년의 눈동자가 다시 초점을 잃고 흔들렸다. 침대 위에 앉아 있던 소년의 몸이 힘없이 쓰러지며 침대 아래로 떨어졌다.

그녀는 달려가서 소년을 안았다. 소년은 몸을 떨고 있었다. 팔다리가 발작적으로 움직였다. 초점을 잃고 제멋대로 흔들리는 눈동자를 애써 그녀에게 향하며 소년이 속삭였다.

"나를 죽여."

그녀는 소년이 준 총을 들어 소년의 머리에 총구를 대었다.

"고마워."

소년이 말했다.

그녀는 죽은 연인에게 등을 돌렸듯이 고개를 돌리고 방아쇠를 당겼다.

그녀는 죽은 소년 앞에 오랫동안 앉아 있었다.

뭔가 가벼운 것이 조심스럽게 어깨를 건드렸다. 그녀는 기계적으로 고개를 돌려 쳐다보았다. 짙은 녹색 옷을 입은 여자가 손으로 여전히 상처를 감싼 채 부자연스럽게 몸을 굽히고 그녀를 걱정스럽게 들여다보고 있었다.

"괜찮아?"

짙은 녹색 옷의 여자가 물었다.

"이제 어떻게 하지?"

그녀가 물었다.

"어떻게 하면 좋지?"

그녀가 되풀이해서 중얼거렸다. 녹색 옷의 여자는 대답하지 못했다.

그녀는 다시 죽은 소년을 내려다보았다. 소년의 이마로 총알이 들어간 자국은 새빨갛게 보이기는 했지만 소년이 죽었다고는 믿을 수 없을 정도로 작았다. 소년의 뒷머리로 총알이 나온 곳에서 엄청난 양의 피와 정확히 무엇인지 알지 못하고 알고 싶지도 않은 하얀 물질의 파편들이 흘러나왔다. 그 피가 소년 앞에 무릎 꿇고 앉은 그녀의 바지를 조금씩 적셨다. 뭐라고 말할 수 없는 냄새가 방 안을 가득 채웠다. 그녀는 비밀의 방에서 파편만 남은 신체들이 가득한 방을 열었을 때의 냄새를 생각했다. 죽은 소년의 절반만 남은 몸과 그녀를 반가워하던 다정한 눈을 생각했다.

그녀는 천천히 일어섰다. 녹색 옷의 여자를 돌아보며 다시 한 번 물었다.

"이젠 어떻게 하지?"

녹색 옷의 여자가 그녀의 눈을 바라보았다. 그녀가 기계적으로 같은 말을 반복하는 것이 아니라 정말로 질문하고 있다는 것을 알고 녹색 옷의 여자가 대답했다.

"나는 하얀 행성으로 돌아가고 싶어."

"어째서?"

그녀는 조금 놀랐다. 녹색 옷의 여자가 작은 목소리로 말했다.

"그곳에 튜미나가 있으니까."

그녀는 이해했다.

녹색 옷의 여자가 어깨의 상처를 부여잡고 몸을 숙였다. 그녀는 녹색 옷의 여자를 부축해서 소년이 누워 있던 침대에 앉혔다.

"여긴 싫은데."

녹색 옷의 여자가 힘겹게 웃었다.

"이 방에서, 이 우주선에서 빨리 나가고 싶어."

"남자는 어디 있어?"

그녀가 물었다. 그녀는 여전히 남자의 이름을 알지 못했다.

"내가 있던 방에 그대로 있어."

녹색 옷의 여자가 말했다.

"데려올게."

그녀가 말하고 침대에서 일어섰다. 녹색 옷의 여자가 몸을 웅크린 채 그녀의 팔을 잡았다.

"이스포베딘."

녹색 옷의 여자가 속삭였다.

"방에 이스포베딘이 있어."

그녀는 한순간 이해하지 못하고 녹색 옷의 여자를 쳐다보았다.

"죽었잖아?"

녹색 옷의 여자가 고개를 흔들었다.

"제복을 입고, 총을 가졌어."

그녀는 그 짧은 설명을 이해했다.

상처를 부여잡고 괴로워하는 녹색 옷의 여자가 소년의 침대 위에 눕도록 조심스럽게 도와준 뒤에 그녀가 침대 위로 몸을 숙이고 여자에게 물었다.

"그 이스포베딘은 우리가 타고 온 정찰선이 어디 있는지 알까?"

"내가 알아요."

그녀는 돌아보았다. 문가에 연녹색 치마의 여자와 함께 서 있던 남색 치마의 여자가 말했다.

"당신들이 타고 온 정찰선은 모르지만, 정찰선이 모여 있는 곳이 어딘지 알아요. 우리도 데려가 줘요."

남색 치마의 여자가 연녹색 치마의 여자의 손을 잡고 문가에서 천천히 조심스럽게 그녀를 향해 한 걸음 걸어 나왔다.

그녀는 짙은 녹색 옷의 여자를 돌아보았다. 여자가 침대에 누운 채로 고개를 끄덕였다.

"그 사람 우리가 데리고 갈게요."

연녹색 치마의 여자가 말했다.

"걸을 수 있어?"

그녀가 녹색 옷의 여자에게 물었다. 짙은 녹색 옷의 여자는 어깨의 상처를 꽉 움켜쥐고 고개를 끄덕였다. 그녀는 그 손등에 살짝 손을 대었다.

"거기서 만나."

짙은 녹색 옷의 여자가 다시 고개를 끄덕였다.

그녀는 허리를 펴고 몸을 곧게 세웠다. 어깨에 여전히 두 자루의 칼을 걸고 손에는 소년의 총을 들었다. 소년이 남긴 청록색 조그만 열쇠가 침대 위에 있는 것이 눈에 띄었다. 그녀는 열쇠를 집어 주머니에 넣었다.

소년의 피와 시신을 남기고 방을 나오며 그녀는 여자들에게 말했다.

"조심해요."

그리고 그녀는 남자를 찾으러 갔다.

남자는 의자에 조각상처럼 앉아 있었다. 그 옆에 이스포베딘이 굳은 자세로 서 있었다. 그녀를 보고 남자가 일어섰고, 남자가 움직이자 이스포베딘이 반사적으로 총을 든 손을 올리며 남자의 시선을 따라 그녀를 바라보았다.

이스포베딘은 제국 군인의 회색 군복을 입고 얼굴은 무표정했다. 그 얼굴에는 그녀가 아는 이스포베딘의 엿보는 듯, 뭔가 캐내려는 듯한 눈빛도 언제나 조금은 비웃는 것처럼 보이는 고양이 같은 미소도 없었다. 그녀는 언제나 이스포베딘을 조금 무서워했다. 지금의 무표정하고 딱딱한 모습이 낯설었기 때문에 그녀는 더욱 무서워졌다.

"이스포베딘."

그녀가 할 수 있는 한 권위 있는 목소리로 불렀다. 그리고 최대한 정확한 제국어로 말했다.

"나야. 총 내려."

이스포베딘은 그녀의 찢어진 옷과 피가 말라붙은 얼굴, 상처 난 팔과 무릎 아래를 흠뻑 적신 소년의 피를 혼란스러운 표정으로 바라보았다. 물론 그녀의 다리를 적신 것이 소년의 피라는 사실을 이스포베딘이 알 리는 없었다. 그녀는 자신이 함선 지하의 비밀스러운 방에서 자신과 똑같은 사람을 죽였다는 소식 또한 이스포베딘이 아직 전해 듣지 못했기를 간절히 빌었다.

이스포베딘은 한동안 더 그녀를 바라보았다. 그녀가 익히 아는 그 탐색하는 듯한 눈빛이 그녀를 아래위로 훑었다.

그리고 이스포베딘은 천천히 총을 내렸다.

그녀는 속으로 안도의 한숨을 쉬었다. 그리고 다시 그녀는 자신이 낼 수 있는 최대한 권위적인 목소리로 또박또박 말했다.

"하얀 괴물들의 기지로 돌아간다. 정찰선으로 안내해라."

"기지는 이미 접수하지 않았습니까?"

이스포베딘이 물었다.

그녀는 한순간 곤란해졌다. 남자를 쳐다보았다. 남자도 마찬가지로 곤란한 표정을 지었다.

"기밀이다."

그녀가 둘러댔다.

"정찰선으로 안내해라."

이스포베딘은 한순간 망설이는 것처럼 보였다. 그 짧은 순간이 천천히 지나가는 동안 그녀는 숨을 죽이고 손에 쥔 총을 꼭 잡았다. 총에는 총알이 단 한 발 남아 있었다.

"이쪽으로 오십시오."

이스포베딘이 말했다. 그리고 이스포베딘은 총을 총집에 꽂고 몸에 밴 단정하고 절도 있는 움직임으로 앞장서서 방에서 걸어나갔다.

그녀는 소리 없이 숨을 내쉬었다. 손에 꽉 잡고 있던 총을 허리 뒤쪽에 도로 꽂았다.

그리고 그녀는 남자에게 손짓했다. 남자가 얼른 따라 나왔다.

긴 복도를 오랫동안 걸어 승강기를 타고 한참 내려가는 동안 이스포베딘은 한마디도 하지 않았다. 승강기를 타고 내려가면서 그녀는 또다시 함선의 밑바닥에 숨겨져 있던 비밀의 방과 그곳의 좁은 복도를 가득 채운 문 잠긴 방 안의 소년들을 생각했다.

승강기가 멈추었다. 문이 열렸다. 이스포베딘의 안내에 따라 그녀는 내렸다. 이스포베딘이 내리고 남자가 가장 나중에 내렸다.

이스포베딘이 허리띠에 찬 조그만 장치를 꺼내어 뭔가 말했다. 장치에서 불분명한 조그만 목소리가 대답했다.

"해치를 개방합니다. 번호를 주십시오."

이스포베딘이 말했다.

그녀는 이스포베딘이 말하는 번호가 무엇인지 알지 못했다. 그녀가 가진 것은 소년이 준 청록색의 얇고 반투명한 열쇠뿐이었다. 그녀는 주머니에서 열쇠를 꺼내어 이스포베딘에게 내밀었다.

이스포베딘은 무표정한 얼굴로 그녀가 내민 열쇠를 받았다. 작고 얇은 판을 뒤집어 뒷면에 새겨진 기호를 손에 든 장치에 대고 읽었다.

"이상."

이스포베딘이 말했다. 조그만 장치가 대답했다.

"완료."

이스포베딘이 다시 말했다. 그리고 열쇠를 그녀에게 돌려주었다. 그녀는 이스포베딘의 표정을 흉내 내어 굳은 얼굴로 열쇠를 돌려받아 아무것도 아니라는 듯 주머니에 도로 넣었다.

주위가 진동했다. 우주선의 벽 한 면이 천천히 조금씩 열리기 시작했다.

"가시죠."

이스포베딘이 정찰선 한 대를 가리키며 말했다.

이스포베딘이 앞장서서 올라갔다. 그녀에게서 다시 한 번 열쇠를 받아 정찰선의 해치를 열어주었다. 이스포베딘이 먼저 안으로 들어가서 조종실로 향했다. 그녀는 남자를 먼저 올려보냈다. 그리고 여자들을 찾아서 두리번거렸다.

"크라스나."

누군가 그녀의 이름을 불렀다. 목소리가 작아서 정확히 어디서 들리는지 알 수 없었다. 그녀는 주위를 둘러보다가 남색 치마의 여자와 눈이 마주쳤다.

그녀는 빨리 오라고 손짓했다. 남색 치마의 여자와 연녹색 치마의 여자가 짙은 녹색 옷을 입은 여자를 양쪽에서 부축하고 달려왔다.

짙은 녹색 옷의 여자는 다리를 다치지 않았지만 기력이 몹시 쇠해서 빨리 움직이지 못했다. 해치의 오르막을 짙은 녹색 옷의 여자가 혼자 힘으로 올라가는 것은 무리였다. 그녀는 두 여자와 함께 짙은 녹색 옷의 여자를 들어 올리다시피 해서 해치 안으로 옮겼다.

녹색 옷의 여자가 완전히 정찰선 안으로 들어온 뒤에 그녀는 두 여자에게 부상자를 부탁하고 조종실로 달려갔다. 이스포베딘은 준비를 마치고 그녀를 기다리고 있었다.

"출발."

그녀가 짧게 말했다.

이스포베딘이 조종석에 앉아 여러 가지 장치를 조작했다. 해치가 닫혔다.

"선실로 가서서 안전장치를 착용하십시오. 이륙합니다."

이스포베딘이 건조하게 말했다. 그녀는 그 말에 따라 조종실을 나왔다.

정찰선에 선실이라는 것이 있다는 사실을 그녀는 지금 처음 알았다. 정찰선을 타면 그녀는 언제나 다른 포로들과 함께 밑바닥의 창고 같은 허름하고 어둠침침한 큰 방에서 화물처럼 실려 가거나 좁고 작고 어두운 방 안에 갇혀 있었다. 그러므로 선실이 어디인지 그녀는 알지 못했다. 그녀는 무조건 복도를 따라서 걸었다.

남자가 고개를 내밀었다. 그녀는 남자를 따라 선실 안으로 들어갔다. 계속 어깨에 메고 있던 칼 두 자루를 좌석에 기대어 바닥에 놓았다. 그리고 그녀는 칼 옆에 앉았다.

익숙한 충격과 진동이 바닥과 벽을 타고 전해져 왔다. 정찰선이 발진했다.

모선의 벽면이 열린 곳을 향해 정찰선이 천천히 움직였다.

그리고 정찰선은 모선을 떠나서 바깥의 광대한 검은 공간을 가르며 날아가기 시작했다.

이륙절차가 끝나고 정찰선이 안정적으로 움직이기 시작한 뒤에 그녀는 칼을 남자에게 맡겨두고 선실을 나와서 여자들을 찾으러 갔다. 특히 짙은 녹색 옷의 여자를 걱정하며 그녀는 정찰선의 가장 아래층부터 살펴보았다.

짐작했던 대로 여자들은 언제나 포로들을 실어두던 화물칸에 숨어 있었다. 짙은 녹색 옷을 입은 부상자는 얼굴이 창백하고 식은땀을 흘리며 매우 괴로워 보였다.

"걸을 수 있어?"

그녀가 짙은 녹색 옷의 여자의 차가운 손을 잡고 물었다.

"여기 말고 좀 더 편한 곳으로 가자. 찾아보면 물이나 먹을 것도 어딘가 있을 거야."

짙은 녹색의 여자가 핏기없는 얼굴로 고개를 끄덕였다.

그녀는 여자들과 함께 부상자를 다시 한 번 힘겹게 일으켜 세웠다. 천천히 조심스럽게 화물칸을 걸어 나와 한없이 길게 느껴지는 복도를 걸었다. 계단을 올라갈 때는 몇 번이나 쉬어야 했다.

그리고 마침내 여자들은 선실에 도착했다. 남자가 서둘러 뛰어나와서 도와주었다. 짙은 녹색 옷의 여자를 좌석에 가능한 한 편하게 눕히고 남자가 물과 먹을 것을 찾으러 갔다.

그녀는 짙은 녹색 옷의 여자 곁에 앉았다. 그러나 짙은 녹색 옷의 여자는 그녀를 원하지 않았다. 부상자는 남색 치마의 여자를 향해서 손을 뻗었다.

"튜미나."

짙은 녹색 옷의 여자가 속삭였다.

"튜미나."

남색 치마의 여자는 연녹색 치마의 여자를 쳐다보았다. 연녹색 치마의 여자가 고개를 끄덕였다. 남색 치마의 여자가 그녀와 자리를 바꾸었다. 짙은 녹색 옷의 여자 곁으로 와서 남색 치마의 여자는 부상자가 내민 손을 잡았다.

"나 여기 있어."

남색 치마의 여자가 속삭였다.

"튜미나."

짙은 녹색 옷의 여자가 안심한 듯 미소를 지었다.

선실 문가에 이스포베딘이 갑자기 나타났다.

"경로 입력을 완료했습니다. 앞으로….."

이스포베딘은 말하다 말고 여자들을 보고 그 자리에서 굳어졌다. 연녹색 치마의 여자와 어두운 녹색 옷을 입은 부상자의 똑같은 얼굴을 번갈아 바라보았다. 그리고 남색 치마의 여자와 그녀를 쳐다보다가 이스포베딘은 천천히 손을 움직여 총을 뽑았다.

"이스포베딘."

그녀가 말했다. 이스포베딘은 대답하지 않았다. 느린 동작으로 총을 든 손을 올려 녹색 옷의 부상자를 향해 똑바로 겨누었다.

"이스포베딘."

그녀가 자리에서 일어나려 했다. 총구가 그녀를 향했다.

"움직이지 마."

이스포베딘이 말했다.

"너희들 누구야?"

"이스포베딘."

그녀가 말했다.

"이스포베딘, 총 내려. 내가 설명할게."

"입 다물어."

이스포베딘이 그녀에게 쏘아붙이고 다시 녹색 옷의 여자에게 총을 겨누었다.

"너희들 뭐야? 누구야?"

"이스포베딘."

그녀가 다시 불렀다. 이스포베딘이 그녀를 향해 정면으로 총을 겨누었다.

그녀는 양손을 들었다. 이스포베딘의 시선을 놓치지 않고 계속 쳐다보면서 천천히 말했다.

"말렌카, 레비녹."

"뭐?"

이스포베딘의 얼굴이 굳어졌다. 그녀가 다시 말했다.

"말렌카, 레비녹."

아이들의 이름을 말하면서 그녀는 조금씩 몸을 돌려 이스포베딘을 정면으로 향하고 옆에 앉은 연녹색 여자에게 등을 돌렸다. 발로 연녹색 여자의 다리를 살짝 건드렸다.

"지금 뭐라고 했어?"

이스포베딘이 말했다. 그 목소리가 떨리는 것을 그녀는 놓치지 않았다.

"네 아이들이지?"

말하면서 그녀는 살짝 허리를 움직여 이스포베딘이 눈치채지 않게 몸의 방향을 바꾸었다. 연녹색 여자의 오른쪽 반신이 그녀의 몸 뒤에 가려졌다.

"네 아이들 어디 있는지 알아?"

이스포베딘의 얼굴이 한순간 일그러졌다. 아주 작은 근육의 움직임이었으나 그 표정에는 놀라움과 의구심, 경계심, 그리고 다른 무엇보다도 말로 표현할 수 없는 슬픔이 들어 있었다.

이런 술수만은 쓰고 싶지 않았다. 이런 식으로 이스포베딘을 괴롭히고 싶지는 않았다. 그러나 그녀에게는 달리 방법이 없었다.

"아이들 찾고 싶지 않아? 말렌카하고, 레비녹?"

그녀는 연녹색 치마의 여자가 그녀의 허리 뒤쪽에 꽂아둔 총을 한 손으로 조심스럽게 빼는 것을 느꼈다.

"아이들이 어디 있는지 가르쳐 줄까?"

이스포베딘이 의심과 절박한 간절함이 섞인 표정으로 그녀를 응시했다. 똑바로 그녀를 향했던 총구가 조금씩 내려갔다.

연녹색 치마의 여자가 그녀의 다리를 찼다. 그녀는 엎드렸다.

연녹색 치마의 여자가 총을 발사했다. 총알이 이스포베딘의 이마를 관통했다.

총소리를 듣고 남자가 달려왔다. 그녀는 이스포베딘의 시신 위로 몸을 숙이고 맥박이 있는지 살펴보았다.

"죽었어."

남색 치마의 여자가 말했다.

"그렇게까지 하고 싶진 않았는데."

그녀가 중얼거렸다.

"말렌카하고 레비녹이 누구야?"

연녹색 치마의 여자가 물었다.

"이 사람 아이들이야."

그녀가 대답했다.

"잃어버린 아이들."

11
추락

정찰선은 조용히 검은 공간을 가로질렀다.

남자가 달려와서 이스포베딘의 시체를 보았다.

"어떻게 된 겁니까?"

남자가 놀랐다.

"다쳤어요?"

남자가 여자들을 쳐다보았다. 여자들이 고개를 저었다. 남자는 문가를 막아선 이스포베딘의 시신 너머로 손에 들고 있던 물과 먹을 것을 녹색 옷의 여자에게 내밀었다. 남색 치마의 여자가 대신 받아 들었다.

남자는 이스포베딘의 시신을 끌어내기 시작했다. 그녀가 일어서서 도왔다. 이스포베딘의 시신을 어깨에 메고 화물칸으로 내려가며 남자가 물었다.

"어떻게 된 일입니까?"

그녀는 설명했다. 남자는 별 반응 없이 귀 기울여 들었다.

그녀는 남자가 이스포베딘과 관계를 가졌던 것을 생각했다. 그 남자는 죽었고, 그 이스포베딘도 죽었다. 눈앞의 남자는 이스포베딘을 알지 못했고, 남자의 어깨 위에 실려 가는 죽은 이스포베딘도 남자를 알지 못했다. 그녀는 바로 옆에서 뒷머리에 총을 맞고 쓰러지던 남자의 모습과 아이들의 이름을 부르며 죽어가던 이스포베딘의 마지막을 떠올렸다. 갑자기 격심한 구역질이 치밀었다.

"왜 그래요?"

남자가 그녀의 얼굴을 보고 걱정스럽게 물었다. 그녀는 입을 열면 토할 것 같았기 때문에 이를 악물고 고개를 힘껏 저었다.

구역질은 잠시 후에 가라앉았다.

"장례를 치러 줘야 하지 않을까?"

그녀가 중얼거렸다.

"화물칸에 실어 놓는 건 너무 심하잖아."

남자도 동의했다. 그러나 정찰선 안에 장례를 치러줄 만한 장비나 도구는 없었다. 있다 하더라도 그녀와 남자가 단시간 내에 찾을 수 있을 것 같지는 않았다.

그래서 그녀와 남자는 해치로 갔다. 해치 앞에 이스포베딘의 시신을 눕히고 격실 문을 닫았다. 그리고 그녀가 버튼을 눌러 해치를 열었다. 이스포베딘의 시신이 해치를 미끄러져 내려가 검은 공간 속으로 둥실 흘러갔다.

그녀는 어째서인지 하얀 행성의 강을 생각했다.

"미안해요."

그녀가 이스포베딘의 시신을 향해 조그맣게 중얼거렸다.

그녀와 남자는 해치를 닫고 선실로 돌아왔다.

"우주선 착륙시킬 줄 알아?"

남색 치마의 여자가 선실로 돌아온 그녀에게 물었다.

물론 그녀가 알 리 없었다. 연녹색 치마의 여자가 남자를 쳐다보았다. 남자도 곤란한 표정으로 고개를 흔들었다.

"우리 어떻게 착륙하지?"

남색 치마의 여자가 명확히 누구에게라고 할 것 없이 모두에게 물었다.

그녀가 남자를 쳐다보았다.

"왜 날 쳐다봐요?"

남자가 난처해 했다.

"경로 입력했다고 했으니까, 착륙은 기계가 시키는 대로 하면 어떻게든 될 거야."

그녀가 말했다.

"제국인들의 글자, 읽을 수 있지?"

"글자만 읽는다고 착륙할 수 있는 줄 알아요?"

남자가 어처구니없어했다.

"전혀 모르는 것보다는 낫잖아."

연녹색 치마의 여자가 그녀의 편을 들었다.

남자가 천장을 쳐다보며 한숨을 쉬었다. 그리고 자리에서 일이섰다.

"어디 가?"

그녀가 물었다.

"조종실로 갑니다."

남자가 선실을 나갔다.

정찰선이 크게 진동했다. 연녹색 치마의 여자와 남색 치마의 여자가 누워 있던 짙은 녹색 옷의 여자 위로 쓰러졌다. 그녀도 중심을 잃고 비틀거리다가 간신히 몸을 바로 세웠다.

정찰선 안에 돌연히 큰 소리가 울려 퍼졌다. 인간의 목소리였다. 그러나 그 언어를 전혀 알아들을 수 없었다. 그녀와 여자들은 깜짝 놀라 서로 바라보았다.

남자가 선실로 달려왔다.

"여기 좀, 와 봐요."

남자가 두서없이 소리쳤다. 그녀는 갑작스러운 진동과 목소리의 충격에서 아직 회복하지 못한 채 조금 휘청거리며 남자를 쳐다보았다.

"뭘?"

"하여간 와 봐요!"

그래서 그녀는 남자를 따라서 뛰어갔다.

조종실 화면 전체에 그녀의 얼굴이 떠 있었다. 그녀 자신의 거대한 얼굴이 무표정하게 그녀와 남자를 바라보았다. 아무 감정 없는 얼굴로 천천히 차갑게 뭔가 말했다. 그러나 그녀는 알 아들을 수 없었다.

"뭐라고 말해?"

그녀가 남자에게 물었다. 남자도 혼란에 빠진 얼굴로 그녀를 마주 쳐다보았다.

"못 알아듣겠어요."

남자가 화면과 그녀를 번갈아 바라보다가 말했다.

"당신의 언어로 말하라고 해요."

그래서 그녀는 화면을 보며 자신의 언어로 외쳤다.

"넌 누구야?"

화면 속 그녀 자신의 얼굴이 뭔가 말했다. 그러나 목소리는 주변이 진동할 정도로 컸지만 말의 내용은 전혀 이해할 수 없었다. 그녀가 다시 소리쳤다.

"뭐라고 말하는 거야? 알아들을 수 있는 언어로 이야기해!"

화면 속 그녀의 얼굴이 옆을 바라보았다. 뒤로 물러났다. 화면 속 그녀의 등 뒤에는 그녀와 똑같은 얼굴의 사람들이 줄지어 서 있었다. 모두 처음 보는 제복을 입고 있었다. 제국의 회색 제복도, 외계인들의 하얀 제복도 아니었다.

정찰선이 천천히 회전했다.

"끝이 없어…"

그녀가 화면을 가득 채운 자기 자신의 모습을 보며 중얼거렸다.

"어째서…"

"원격 조종 장치가 있었나 봐요."

그녀의 말을 잘못 이해한 남자가 대답했다.

"도로 끌려가고 있어요."

그녀는 반사적으로 남자를 돌아보았으나 남자가 하는 말을 듣고 있지 않았다. 화면 전체에 가득한 자신의 얼굴을 가만히 바라보았다. 자신과 똑같이 생긴 사람과 서로 칼을 겨누었을 때 상대방의 비뚤어진 미소를 생각했다. '항복해. 그럼 조금 더 편하게 죽게 해 줄게.' 비아냥거리던 조롱과 경멸의 표정을 떠올렸다. 배에 칼을 찌르고 비틀었을 때의 경악한 얼굴이 관자놀이에 대고 총을 발사했을 때 무너져 내리던 순간을 기억했다.

화면에 비친 얼굴은 그녀가 죽인 그녀가 아니었다. 또 다른, 새로운 그녀였다. 그녀와 똑같이 생긴 그 얼굴은, 그 뒤에 늘어선 얼굴들도 모두, 차갑고 사무적이고 무심하고 평온했다.

그녀는 자신의 옷을 내려다보았다. 그녀는 여전히 제국의 회색 제복을 입고 있었다. 제복의 여기저기 찢어진 곳은 짙은 녹색 옷의 여자가 입은 전투의 상처를 증언해 주었고, 바지 아래쪽에는 소년의 죽음이 거무스름한 갈색의 덩어리가 되어 딱딱하게 굳어 말라붙었다.

끝나지 않았다. 그녀에게 소중한 사람들도, 그녀를 해치려 했던 사람들도, 그토록 다치고 죽어갔지만 끝나지 않았다.

그녀는 제복 주머니에 손을 넣어 소년이 준 얇고 반투명한 청록색의 열쇠를 꺼냈다. 열쇠를 손바닥에 숨긴 채 화면에 보이지 않도록 조심스럽게 남자 쪽으로 내밀었다. 그녀의 손이 남자의 손바닥에 닿자 남자가 그녀를 쳐다보았다.

"돌아갈 수는 없어."

그녀가 말했다.

남자의 얼굴이 잠시 어리둥절한 표정에서 깨달음의 표정으로, 그리고 굳은 무표정으로 변했다.

그녀는 남자의 눈을 들여다보았다. 천천히 고개를 저었다.

"난 돌아갈 수 없어. 돌아가고 싶지 않아."

그녀가 자신의 언어로 속삭였다.

남자가 고개를 끄덕였다.

그리고 남자는 청록색 열쇠를 받아서 화면에 보이지 않게 손바닥에 감추었다. 잠시 자신의 손을 내려다본 뒤에 남자는 계기반을 둘러보았다. 청록색 열쇠에 새겨진 것과 같은 문양의 가느다랗고 작은 홈을 발견하고 남자는 천천히 느리게 아무렇지 않은 듯 홈이 있는 방향으로 움직였다. 계기반에 몸을 기대고 화면에 등을 돌리고 섰다.

열쇠를 끼우기 전에 남자가 그녀를 바라보았다. 그녀는 고개를 끄덕였다.

화면 속 그녀의 얼굴이 경계의 빛을 띠기 전에 남자는 재빨리 손을 돌려 홈에 열쇠를 끼웠다.

정찰선이 급격하게 기울어졌다. 그녀와 남자는 한 덩어리가 되어 넘어졌다. 조종실 바닥을 타고 내려가 벽으로 밀려 떨어졌다. 일어나려 했으나 그녀가 정신을 차릴 새도 없이 조종실이 뒤집혔다. 뭔가 그녀의 얼굴을, 이어서 어깨를 세게 쳤다. 몸을 가눌 새도 없이 그녀는 곧바로 조종실 천장을 향해 내던져졌다. 그녀는 남자를 찾으려 했으나, 남자에게 손을 뻗었으나, 남자의 손이 닿는 대신 그녀의 팔목에 단단하고 날카로운 것이 스치고 지나가며 피부를 찢었다. 정신을 잃기 직전 그녀는 선실에 두고 온 자신의 칼과 수를 놓은 붉은 칼집을 생각했다. 자신과 똑같이 생긴 사람을 찔렀을 때 칼날에 묻었던 피가 어째서인지 지금의 상황에서 아무 맥락도 없이 선명하게 떠올랐다.

그리고 그녀는 추락했다.

누군가 그녀를 흔들며 말하고 있었다. 몸이 움직이지 않았다. 그녀는 자신이 눈을 떴는지 감았는지 알 수 없었다. 눈꺼풀이 움직이지 않았고 눈앞의 어둠도 좀처럼 사라지지 않았다.

"아틀."

그녀를 흔드는 사람이 소리쳤다.

"아틀은 어디 있어?"

그녀는 간신히 한쪽 눈을 떴다. 다른 쪽 눈은 축축하고 무거운 뭔가에 덮여서 떠지지 않았다.

남색 옷의 여자였다. 지금 그녀와 같은 정찰선을 타고 추락한 여자가 아니라, 하얀 행성에서 폭격 중에 사라졌던 여자. 짙은 녹색 옷의 여자가 그토록 애타게 찾았던 사람이었다. 그녀는 초점이 잘 맞지 않는 눈으로 자신을 내려다보는 여자의 얼굴을 들여다보았다. 여자의 얼굴 한쪽이 커다란 상처로 덮여 있는 것이 희미하게 눈에 들어왔다.

선실 안에 있다고, 너의 연인이 선실 안에 있다고 그녀는 말하고 싶었다. 너를 찾고 있다고, 내내 너를 찾았다고, 너를 위해 목숨을 걸었다고, 그녀는 이야기해주고 싶었다.

목소리가 나오지 않았다. 그녀는 몸을 일으키려 했다. 몸이 움직이지 않았다. 목을 움직이려 하자 목과 머리와 어깨 전체에 철봉이 관통한 것 같은 격심한 통증이 퍼졌다. 아주 잠깐 고개를 움직였을 때 그녀는 자신의 배에서 쇳조각이 튀어나와 있는 것을 보았다.

"움직이지 마."

남색 옷의 여자가 속삭였다.

"아퉁은 어디 있어?"

대답을 할 수 없었으므로 그녀는 눈동자를 움직였다. 그러나 선실이 어느 쪽에 있는지, 자신이 정확히 어디에 있는지 알수 없었으므로 그녀는 어느 방향을 가리켜야 할지 확신할 수 없었다.

목소리가 나오지 않았다. 그녀는 입을 벌린 채 헐떡거렸다. 많은 것을 이야기하고 싶었다. 전투에 대해서, 멀지 않은 곳에 있을 하얀 외계인들의 기지에 대해서 이야기하고 싶었다. 짙은 녹색 옷의 여자가 남색 옷의 여자를 찾기 위해 얼마나 많은 것을 감수했는지 이야기하고 싶었다. 자신과 똑같이 생긴 사람과 서로 칼을 겨누었던 것에 대해, 반으로 갈라진 채 살아 있던 소년의 생명유지장치를 끊은 것에 대해, 아이들의 이름으로 이스포베딘을 속여 총을 쏘았던 것에 대해 이야기하고 싶었다. 말하고 울고 소리치고 싶었다. 그것이 아무도 이식하거나 왜곡하지 않은 그녀의 기억이었고 오로지 그녀만이 살고 겪은 고유한 삶이었다. 그리고 그 기억은 그녀만의 것이었으므로 지금 그녀의 몸에서 피가 모두 흘러나가면 생명이 끊어지면서 그 기억들도, 그녀가 살았던 모든 순간들도 사라질 것이었다.

그녀는 남자를 생각했다. 남자의 이름을 모른다는 사실을 깨달았다. 이제는 너무 늦었다. 그녀는 영원히 알 수 없을 것이었다.

그녀는 하늘을 바라보았다. 하얀 하늘이 검은 얼룩으로 덮이고 있었다. 그녀는 자신의 숨이 끊어지는 순간을 보고 있다고 생각했다. 그러나 남색 옷의 여자가 불안하게 고개를 들었기 때문에 그녀는 검은 얼룩이 무엇인지 이해했다.

제국의 사람들이었다. 제국의 우주선이 오고 있었다. 그녀는 화면 속에 보였던 그녀와 똑같이 생긴 사람들, 그러나 낯선 제복을 입고 알 수 없는 언어를 사용하는 사람들을 떠올렸다.

"칼…."

그녀가 속삭였다.

"내 칼…."

그녀는 몸을 일으키려 했다. 기침을 했다. 입에서 피가 쏟아졌다.

남색 옷의 여자가 일어섰다. 하늘을 바라보았다.

"도망쳐…."

그녀가 말했다.

"칼…"

그녀는 억지로 몸을 일으켰다. 배에는 여전히 쇳조각이 꽂혀 있었다. 그녀는 기침을 하며, 한 손으로는 기침 때문에 쇳조각이 움직이지 않게 붙잡은 채 다른 손으로 주위를 더듬었다.

"내 칼…"

그녀는 일어섰다. 비틀거리며, 휘청거리며, 남색 옷의 여자에 게 부축을 받아 찢기고 짓이겨진 몸을 감싸 안고, 그래도 어쨌 든 그녀는 일어섰다.

칼은 없었다. 그녀는 맨손이었다. 그녀는 한 손으로 여전히 쇳조각이 튀어나온 배를 꽉 누른 채 힘겹게 고개를 들고 하늘 을 바라보았다.

남색 옷의 여자가 그녀의 다른 손을 힘주어 잡았다. 그녀도 동료의 손을 마주 잡았다.

둘만 남았다. 칼은 없다.

그녀는 남색 옷의 여자를 바라보았다.

이제 끝이다. 물러서지 않는다.

남색 옷의 여자도 그녀를 마주 보고 고개를 살짝 끄덕였다.

두 여자는 손을 마주 잡고 똑바로 선 채 제국인들의 우주선 에서 새하얀 빛이 뿜어 나와 하늘과 땅을 가르는 모습을 지켜 보았다.

〈끝〉

작가의 말

    나선정벌(羅禪征伐)은 1654년과 1658년 두 번에 걸쳐 일어난 조선-청나라 연합군과 러시아 사이의 군사적 충돌이다. 원인은 영토분쟁이었는데, 신생국가였던 청나라는 쇠락해가는 명나라를 견제하면서 영토를 확장하려 했고, 러시아는 정치적 혼란과 이에 따른 경제 위기를 타파하기 위해 1580년대부터 시베리아로 진출하여 당시 서유럽에서 비싸게 거래되던 동물 털가죽을 수급하려 했다. 이 두 제국은 1650년대 초부터 충돌하기 시작했고 청나라는 병자호란 이후 속국이 된 조선에 지원을 요구했다. 조선은 청나라를 위해서가 아니라 자국의 북쪽 지역을 지키기 위해서 총포수를 파견했다. 조선군은 1654년과 1658년 두 번 모두 승리했고, 1658년 제2차 나선정벌에서 러시아 측 지휘관인 오누프리 스테파노프(Онуфрий Степанов)가 사망하여 조선-청나라 연합군이 최종적으로 승리를 거두게 되었다.

2차 나선정벌에 참여했던 함경북도 첨사 신유(申瀏)가 남긴 일기《북정록(北征錄)》에 당시 상황이 자세히 기록되어 있다. 여기에 따르면 조선군은 러시아라는 국가가 존재한다는 사실조차 몰랐으며 그저 북쪽에 사는 도적 떼 정도로 여기고 출정했다. 그런데 막상 러시아군을 마주하자 신유는 상대가 도적 떼가 아니고 제대로 편제를 갖춘 강력한 군대임을 알게 된다. 여기서 신유는 두려워하지 않고 그렇다고 적을 얕보지도 않고, 싸워볼 만한 상대라 존중하는 군인다운 태도를 보인다. 전투는 현재 중국의 흑룡강 인근에서 이루어졌는데, 1차 나선정벌 당시 조선군은 러시아군을 기습하여 하루 만에 승리를 거두었다. 그런데 2차 나선정벌에서 청나라 군대는 러시아 함대가 호위하고 있던 상선에 실린 물품을 탐내어 조선 총포수들에게 전투 중에 총을 쏘지 못하게 한다. 이 때문에 전사자가 없었던 1차 나선정벌과 달리 2차 나선정벌에서는 8명의 전사자와 26명의 부상자가 발생한다. 신유는 피해자들의 이름과 고향을 하나하나 기록했다. 전투가 끝난 뒤에 청나라군은 신유에게 전사자의 시신을 태워 버리라고 하는데, 신유는 조선의 관습대로 전사한 부하들을 정중히 매장해준다.

신유에게는 2차 나선정벌 전투가 승리로 끝난 이후에 더 큰 고난이 찾아왔다. 청나라는 1차 나선정벌 이후 조선군의 지원 없이 자체적으로 러시아군 기지를 공격했다가 패배한 이력이 있다. 이 때문에 2차 나선정벌이 끝나자 청나라에서는 그 기세를 몰아 조선군 지원병들과 함께 러시아군의 시베리아 기지로 진격하고 싶어 했다. 반면 신유는 전승을 거두고 임무를 완수했으니 부하들을 더 고생시키지 않고 고향으로 돌아가기를 원했다. 신유는 일주일에 걸쳐 청나라의 진격 요구를 거절하고 청군을 설득한 끝에, 겨우 러시아군이 사용하던 조총 한 자루를 전리품으로 얻어 결국 고향으로 돌아온다. 신유가 받아온 이 러시아군의 조총은 러시아와 조선이 1860년 정식으로 수교를 맺기 200년 전에 러시아와 조선이 이미 공식적으로 역사에 남은 접촉을 가졌다는 중요한 증거품이다.

그러니까 나는 이 조총이 그 뒤로 어떻게 됐는지 너무나 궁금했다. 그리고 나선정벌은 그 자체로 드라마틱한 영웅 서사의 요소들을 모두 갖춘 완벽한 이야기이기도 하다. 1차 나선정벌을 이끌었던 변급(邊岌)과 2차 나선정벌을 이끌었던 신유는 인종도 언어도 문화도 사고방식도 전투방식도 전부 다른 러시아의 군대를 처음 마주쳤을 때 외계인을 마주친 기분이 아니었을까? 나는 특히 신유가 마음에 들었다. 자신과 함께 싸우다 이국땅에서 스러진 동료들의 죽음을 애도하며 조국의 관습대로 매장한 사실이나, 전사자들의 이름과 고향을 하나하나 일기에 기록하며 비통해한 것, 부하들의 목숨을 담보로 청나라에 잘 보여 입신양명하겠다는 허영심 없이 그저 할 일을 해내고 고국에 돌아가고 싶어 한 것, 그리고 군인으로서 무기에 관심을 보여 비싼 털가죽도 금은보화도 아닌 러시아군의 총을 갖고 싶어 했던 것 등등, 훌륭한 군인이었던 것 같고, 좋은 사람이었던 것 같다.

그래서 나는 나선정벌의 이야기를 바탕으로 소설을 쓰고 싶었다. 그러니까 이 이야기에 나오는 "제국"의 모델은 스타워즈가 아니고 나선정벌의 원인 제공자인 청 제국(1618~1924)이다. 그런데 나선정벌을 우주로 옮겨놓자마자 문제가 발생했다. 쓰다 보니까, 쓰면 쓸수록 전혀 다른 이야기가 되어갔다. 그러나 소설이란 원래 그런 것이므로 딱히 문제라고는 할 수 없을지도 모른다. 그래서 계속 썼다.

　어쨌든 전쟁의 이야기, 싸우는 이야기라는 점은 처음부터 끝까지 변하지 않았다. 그리고 쓰다 보니까 이야기는 내가 아는 종류의 투쟁에 관한 이야기로 조금씩 자리가 잡혀갔다. 어떤 투쟁이든 그 싸움 전체는 나라는 한 개인보다 훨씬 크게 마련이고, 나는 그 안에서 내가 겪은 일들밖에 알지 못한다. 글을 쓰면서 나는 세월호 1주기를 많이 생각했다. 광화문 현판 아래 세월호 부모님들과 나의 동지들과 차벽으로 막힌 채 앉아 있던 것, 차벽 위로 물대포가 솟아오르고 차벽 사이로는 우리 편의 끝없는 깃발들이 보였던 것을 생각했다. 앉아 있는 우리를 향해 경찰이 줄지어 다가올 때 옆에 함께 앉아 있던 세월호 어머님하고 손을 꼭 잡았던 것을 생각했다. 민중총궐기를 생각했다. 고공농성 하시는 분들을 만나러 전광판 아래로 굴뚝 아래로 행진하던 것을 생각했다.

　탄핵 가결안이 통과되었을 때 국회 앞에 모여 있던 사람들이 "이겼다! 이겼다!"고 외치던 목소리와 하늘을 향해 치켜든 수많은 주먹들을 생각했다. 그러나 한 개인은 정말로 작고, 그 개인이 던져진 세상은 크고 넓고 그 안에는 수많은 불의와 수많은 싸움들이 있었다. 그 싸움은 그렇게 쉽게 이길 수 있는 종류가 아니라는 사실을 나는 깨닫는다. 나를 지탱해주는 것은 그 안에서 나와 같은 일들을 함께 겪으며 내 손을 잡아주는 사람들이고, 나도 누군가의 손을 잡고 그렇게 누군가를 지탱하고 있을 것이다.

그런 이야기를 쓰고 싶었다. 그리고 가능하면 멋있게 쓰고 싶었다. 그래서 총싸움도 하고 칼싸움도 했는데 그리하여 SF를 가장한 무협지가 되었다. 쓰면서 재미있었으니까 후회는 없다.

나선정벌은 이후 어떻게 되었느냐면, 1700년대 조선에서 히트친 판타지 소설이 되었다. 조선은 임진왜란(1592~1598)을 겪고, 병자호란(1636~1637)을 겪고, 삼전도의 굴욕을 겪고 왕자 중 한 명이 청나라에 인질로 끌려가는 수모를 줄줄이 겪은 끝에 나선정벌이라는 작은 승리를 거두었다. 게다가 조선을 그토록 짓밟고 속국으로 만든 청나라조차 이기지 못했던 강력한 미지의 외적을 변방의 이름 없는 총포수들이 물리친 것이다. 이 이야기는 열패감에 젖어 있던 조선 지식인들의 관심을 끌어 1700년 초부터 두세 번쯤 소설화되었다. 그러다가 신유의 후손이 직접 나서서 신유가 남긴 《북정록》과 이전에 출간된 한글판 소설을 엮어서 전쟁판타지 액션 로망으로 다시 쓰게 된다. 나선정벌이 소설로 거듭나면서 허구의 전투는 규모가 점점 커지고 실제로는 없었던 이국적인 동물들과 아름다운 러시아 여자들이 난데없이 등장하는 가운데 신유를 모델로 한 주인공은 장대한 전투에서 엄청난 패배를 거듭하던 청나라를 바람같이 나타나서 구원해주는 천하의 '수퍼솔저'로 묘사된다.

내가 아는 싸움들은 그렇게 간단하지 않다. 난세와 영웅의 관계에 관한 여러 가지 명제들이 존재하지만, 가만 보면 어느 시대나 모두 난세인 것 같다. 내가 살아가는 난세에서 내가 아는 영웅은 수천의 대군을 호령하는 장수가 아니라 끝이 보이지 않는 싸움에 뛰어들어 옆 사람의 잡은 손을 절대로 놓지 않는 그냥 보통의 평범하고 용감한 사람들이다. 그런 사람들의 이야기를 쓰고 싶었다. 그런 분들이 현실에서 승리하는 날이 오기를 기원한다. 간절히.

2019년 1월
정보라

붉은 칼

초판 1쇄 인쇄   2019년 1월 15일
초판 1쇄 발행   2019년 1월 22일

지은이   정보라
펴낸이   박은주
기획   김창규, 최세진
디자인   김선예, 장혜지
마케팅   박동준

발행처   아작
등록   2015년 9월 9일(제2018-000142호)
주소   03924 서울시 마포구 월드컵북로54길 25
            상암DMC푸르지오시티 504호
대표전화   02.324.3945   **팩스**   02.324.3947
이메일   decomma@gmail.com
홈페이지   www.arzak.co.kr

ISBN   979-11-89015-42-8　03810

아작은 디자인콤마의 문학 브랜드입니다.

이 도서는 한국출판문화산업진흥원의 출판콘텐츠 창작 자금 지원 사업의 일환으로
국민체육진흥기금을 지원받아 제작되었습니다.